btb

MIX
Papier | Fördert gute Waldnutzung
FSC® C014496

Penguin Random House Verlagsgruppe FSC® N001967

5. Auflage
Genehmigte Taschenbuchausgabe Dezember 2019,
btb Verlag in der Penguin Random House Verlagsgruppe GmbH,
Neumarkter Str. 28, 81673 München

Umschlaggestaltung: semper smile, München,
nach einem Entwurf von Christian Walter
Druck und Einband: GGP Media GmbH, Pößneck
SL · Herstellung: sc
Printed in Germany
ISBN 978-3-442-71786-6

www.btb-verlag.de
www.facebook.com/penguinbuecher

Gewidmet Ingo Ludwig (†1992)
und Silvio Seydaack (†2002)

geneinander gekämpft, ohne uns dabei je direkt gegenübergestanden zu haben. Und als wir uns – Jahre später – trafen, Veteranen nunmehr, Kriegsbeobachter, bekam ich keine Beleidigung, keine Demütigung, keinen Schlag, keine Kugel, nicht seinen Hass – nur seine Nummer. Für den Fall, dass ich etwas Haschisch bräuchte. Ich rief ihn an. Die Übergabe erfolgte um Mitternacht im blauen Schein der Tankstelle, die nun dort stand, wo wir einst auf dem Rummelplatz inmitten der Schwemmwiesen unschuldsvoll die Alten nachgeäfft hatten. Vor den Kämpfen.

Wir waren Freunde gewesen, hatten Fußball und Skat miteinander gespielt und heimlich Schnapskirschen gegessen. Er war zwei Jahre älter als ich, undurchdringlich, zäh und still. Als Nachbarskinder verbrachten wir damals viel Zeit miteinander. Seine Mutter trug immer viel zu enge Kleider. Sie war überall rund, wo man auch hinschaute, und steckte ihm heimlich Zigaretten zu. Die rauchte er dann in der

Verborgenheit eines alten Kohlenkellers, während ich draußen Schmiere stand, um zu verhindern, dass der Vater davon Wind bekam. Ein kräftiger Mann, der stets nach dem Schweiß heldenhafter Arbeit roch, sodass man ihn aus der Ferne hätte erschnüffeln können. Er hatte Hände groß wie Schaufeln. Die fürchtete sein Sohn.

Bei Regen und Schnee, Sonnenschein und Nebelwetter waren wir unterwegs, draußen. An dem Fluss, der die kleine Stadt in zwei Hälften teilt, konnte man stundenlang sitzen und den Booten hinterherschauen oder auch angeln. Ein schmaler Steg unterhalb der großen Betonbrücke war unser Stammplatz und ein guter Ort für fette Fänge. Die herrenlosen und die wohlbehüteten Katzen der Straße hatten ihre Freude an unserer Sommerleidenschaft. Und wir an ihnen.

Manchmal erschoss Hitler einen Spatzen.

Im Winter überfielen wir das schüchterne Mädchen, das mit seinen Eltern am Ende der Straße wohnte, ganz in der Nähe des Flussufers. Ihr Nachbar, ein Dackelbesitzer, lebte hinter vergilbten Gardinen. Er vertrieb uns oft vom Fußballspielen auf dem Rasenplatz, indem er uns anschrie und mit einem Handfeger drohte. Das schüchterne Mädchen wurde auf dem Heimweg von der Schule mit Schnee befeuert, eingeseift und ihrer Mütze beraubt. Ich glaube, sie hatte keine Freunde außer uns.

Immer wenn ich mit Hitler, der selbstverständlich noch nicht so hieß, Schnapskirschen aß, saßen wir auf dem Boden in seinem Kinderzimmer und es regnete. Das Zimmer war winzig. Er teilte es mit seinem kleinen Bruder. Ein Tisch, ein Klappbett und maximal vier Kinder passten gerade so hinein. Wir lagen auf dem Teppich ausgestreckt nebeneinander und freuten uns, nicht drüben sitzen zu müssen, am Kaffeetisch, wo die Erwachsenen immerzu Geburtstage feierten. Wir ließen die Zeit vergehen, spielten Karten oder kämpften mit Armeen aus kleinen Plastikrittern um einen holzgeschnitzten Bauernhof.

Die Kirschen schmeckten zwar scheußlich, aber sie waren unser Geheimnis, und darauf kam es an. Wir aßen sie mit verkniffenen Gesichtern, bis es uns würgte. Dann starrten wir apathisch aus dem Fenster, dem Regen hinterher, bis das zu langweilig wurde und zu heiß und zu eng.

Nebenan flogen bereits alle Stimmen durcheinander. Es gab einen Kindertisch, von dem aus man die ganze Gesellschaft beobachten konnte. Hoppla, wie da eine gewaltige Armada von Kuchengabeln zielstrebig den Mündern entgegenschaufelte! Dem Gläsertreiben war ebenfalls kaum zu folgen, und oft rückten wir näher heran, verglichen die Trinkgeschwindigkeiten unserer Väter und lernten, die verschiedenen Likörsorten den anwesenden Omas und Tanten zuzuordnen. Zwischendurch raubte Hitler weitere Hände voll Schnapskirschen aus der mütterlichen Vorratskammer. Wir krochen unter die Kaffeetafel, stopften sie in uns hinein und schoben die Kerne einzeln und sorgfältig verteilt unter den Teppich.

Während sich die Mütter und Tanten schrill in Rage plapperten und die Väter inbrünstig zum Mord an einem Fußballschiedsrichter der Kreisliga aufriefen, saßen wir besoffen am Kindertisch. Und der Opa hatte wieder diesen rührseligen Blick, den er immer bekam, wenn er von früher sprach: »Im Kriech, da hat's dit nich jejeebn. Da hat doch keener nich nach jefracht!« Und die Oma hörte gar nicht mehr hin, denn sie war eingeschlafen, im Sitzen, während ein Stück Torte an ihrem behaarten Kinn bammelte. Es war immer dasselbe.

Die Schwemmwiesen sind fort, mit ihnen der Rummelplatz. Ich beobachtete die Kinder, die sich nun nachts hier trafen, nicht der Losbuden und des Kettenkarussells wegen, sondern weil es Zigaretten gab und Bier und einen beleuchteten Treffpunkt. Wie eine Spionin drückte ich mich im Schatten herum. Nebelwölkchen stiegen mir aus Mund und Nase. Aber auch als Hitler endlich vorfuhr, nahmen sie keine Notiz von uns. Als hätten wir nie gelebt. Es folgte ein schweigsamer Austausch, er rauschte wieder davon, ich lief geduckt die Straße entlang zur zugefrorenen Havel, wusste, dass es ein Fehler gewesen

ven gab er Vollgas und lachte, wenn die Männer murrend den umherfliegenden Kartoffeln und Rüben auswichen. Ich durfte vorne sitzen. Pappi spielte als Verteidiger bei Eintracht Krawallin, dritte Kreisklasse. Aufgeregt stand ich am Spielfeldrand und wartete darauf, dass er ein Tor schoss. Hat er nie gemacht. Es war trotzdem schön. Ich erinnere mich an das feuchte Gras, in dem wir in den Halbzeitpausen lagen, an den Geruch der Kreide, mit der sie das Spielfeld markierten. An den Geschmack von Sprudel und Bratwurst.

Gegenüber von Ottos Kneipe, in Spuckweite unseres Hauses, lag der Gemüseladen. Dort saß wochentags mein Vater in seinem blauen Kittel, saß im Kabuff und rauchte mit den Einzelhändlern der Stadt. Ein Laden voller Onkels, die ständig Konserven, Kartons und Tapeten-

Fahrzeuge, die sie nun, im Zeitalter der volkseigenen Betriebe, befuhren, nur sehr langsam vorankamen. Sie endete in einer Sackgasse am Havelufer. Auch meine Welt hörte dort auf. Der Fluss teilte die Stadt in oben und unten, in die Stadt der Proletarier, wo alle Wege zu den Ziegeleien und Tonstichen führten, und jene der Angestellten und Ingenieure, die aus ihren fernbeheizten Neubauwohnungen auf Kleingärten und Garagen blickten. Wir lebten im Grenzgebiet unter Rotdornbäumchen, die aus dem zerfurchten Pflaster wuchsen. Gleich vorn an der Ecke zur Hauptstraße gab es eine Konsum-Verkaufsstelle, jeden Morgen frische Brötchen und manchmal Wundertüten.

In der Havelstraße wohnten viele alte Leute, die den ganzen Tag nur aus den Fenstern schauten. Täglich lief ich mit Bruno vor ihren Kissen Parade. Es schien, als warteten sie am Ende eines arbeitsreichen Lebens darauf, dass es von vorne losginge. Wer nicht arbeitet, hat

bockte. Aber es half nichts. Die Eltern trösteten mich: Wenn ich ein Schulkind sei, würden die Schienen verschwinden. Doch gleich in der ersten Schienengitternacht rasten kopflose Wesen hinter mir her, kamen immer näher, während ich mich nicht rühren konnte und schrie. Am Tage hatten die Männer im Hof geschlachtet, und Trine, meine Lieblingsgans, war stumm und hektisch auf mich zugeflattert. Ihr abgetrennter Kopf hatte dabei im Gras gelegen und ihre Augen mir ein letztes Mal zugezwinkert.

Unheil

Das Unheil kam für mich an einem kühl-grauen Herbsttag in die Welt.

Ich war fünf Jahre alt, als wir auf dem Heimweg vom Kindergarten in einen Menschenauflauf gerieten, wie ihn die Stadt seit dem Krieg nicht mehr gesehen hatte. Vorm Blumenladen drängelten sich die Leute und reckten ihre Hälse, als würden dort Apfelsinen verkauft oder West-Jeans. Die Mutsch hielt meine Hand ganz fest, versuchte, uns durch die Menge zu mogeln, da winkte Oma Frieda über die Köpfe hinweg. »Hierher!« Sie war mit ihrer blauen Kittelschürze aus dem Gemüseladen gerannt, stemmte die Hände in die Hüften und schrie uns entgegen: »Erst hat der Florist seine Frau umgebracht«, theatralisch setzte sie zwei Finger an ihre Schläfe, »... und dann sich selbst.« Die Mutsch hielt mir die Augen zu und brüllte zurück: »Nicht vor dem Kind, Mutter.« Sie riss mich fort. Das Unheil aber war nicht aufzuhalten.

In der folgenden Nacht fiel der Strom aus. Ich hatte schon geschlafen und war vom Gekreisch der anderen aufgewacht. Mutsch, Omi und die Havelstraßentante drängelten sich um das kleine Flurfenster, aus dem sie in den Hof hinunterkreischten. Sie schienen mich nicht zu bemerken. Ich erkannte Erwins tiefe Stimme, auch fielen der Havelstraßenonkel, Pappi und der größere meiner Cousins in den Chor mit ein. Ich zog an den Röcken, die mir die Sicht versperrten und schob meinen Kopf durch Oma Friedas Beine, da griff jemand nach meiner Hand und schubste mich zurück ins Zimmer. »Bleib!« Da unten im Hof hatte Trines Kopf gelegen. Nun kämpften dort die Männer. Aber wer gegen wen?

Fortan beobachtete ich die Erwachsenen um mich herum genauer. Meine Cousins waren mir an Jahren zu weit voraus, als dass sie mich an ihren Theorien hätten teilhaben lassen. Ich fragte mich, ob es sich mit dem Unheil ähnlich verhielt wie mit den Stromausfällen, die urplötzlich kamen und wieder gingen. Welche Mittel könnte man sich für diese Fälle zurechtlegen, wenn die Welt der Erwachsenen aus den Fugen geriet? Würden Kerzen helfen?

Das Weihnachtsfest war still und traurig. Jeder feierte für sich. Verlassen saßen wir zu dritt um den geschmückten Baum herum. Nicht mal der Weihnachtsmann kam vorbei. Immerhin hatte er Geschenke für mich dagelassen, eine rote Kindergitarre, Süßigkeiten und einen Brief mit Lob und Tadel. Vor allem müsste ich mehr schlafen, schrieb er. Pappi war ganz grau im Gesicht. Eines aufgeflogenen Tauschgeschäfts wegen war er in das örtliche Sägewerk abkommandiert worden. Dort, so hieß es, würden die ganz harten Hunde malochen, die mit den Knasttätowierungen und fehlenden Schneidezähnen. Mutsch erklärte: Wenn er mit denen eine Parteigruppe aufgebaut habe, könne er wieder zurück zum Gemüse. Wir sangen noch »O Tannenbaum«, bevor mich Pappi ins Bett schickte: »Denk an den Weihnachtsmann!« Da lag ich wieder steif hinter Gittern und stellte mir die wilden Kerle im Sägewerk vor, während Pappi und Mutsch nebenan ihre einzige Rolling-Stones-Platte hörten. Sehr laut.

Am Tag vor Silvester sah ich Opa Erwin mit gepackten Koffern in ein Auto steigen. Im Frühling zogen auch wir aus. Pappi besaß zwar noch alle Gliedmaßen und durfte wieder als Verkäufer arbeiten, aber dunkle Wolken saßen ihm seither hinter der Stirn, er rauchte viel und flippte schnell aus. Erst die Nachricht, dass wir ein neues Baby bekommen würden, konnte die Wolken einen Moment lang vertreiben.

Die Eltern hatten ein kleines, halb verfallenes Haus gekauft. Es lag eigentlich nur ein paar Steinwürfe entfernt von der Havelstraße, auf der anderen Seite des Flusses, aber damit jenseits des Endes der mir vertrauten Welt. Es gab dort niemanden, den ich so kannte wie meine Cousins, Andreas Walther, Pille oder Palle. Sie waren einfach weg, und keiner sagte was. Ich fürchtete das Schweigen so sehr, dass ich mich nicht mehr über den Fluss zu gehen traute. Zum Glück waren Oma Frieda und Bruno bei uns geblieben. So wohnten wir auf einer Baustelle. Mutsch rannte mit der Schubkarre vor ihrem Kugelbauch hin und her. Fremde Männer besetzten die Toilette. Der Mischer dröhnte. Ich wühlte im Garten, zog Würmer aus der Erde, schmiss sie in die Regentonne und beobachtete sie dann beim Untergehen. Manchmal kam Bruno mit seiner nassen Schnauze vorbei, rammte mir ein Stöckchen in die Rippen, bis ich nachgab und es fortwarf. Einmal sprang er mich von hinten an, sodass ich vor Schreck vornüber in die Tonne fiel. Nur meine Füße guckten raus. Gerade noch rechtzeitig zog mich Pappi aus der Pampe und haute mir erst mal eine runter. Er durfte das. Er hatte mich gerettet. Meinem Hundefreund wurde ebenfalls verziehen. Woher sollte der auch wissen, dass man in einer Regentonne nicht schwimmen kann? Nur Omi meckerte: »Blöder Köter.« Sie konnte ihn gut leiden.

Als mein Brüderchen Adolar zur Welt kam, durfte ich mir im Spielzeugladen etwas aussuchen. »Nimm, was du willst«, hatte Pappi gesagt. Die Entscheidung fiel nicht schwer. Es gab nur dieses eine allergrößte Spielzeug im Schaufenster. Den Rest des Tages saßen wir in der Kneipe, Pappi, seine Freunde und ich. Draußen schien die Sonne. Die Schnapsgläser kreisten. Ich war eine große Schwester mit Riesenteddy.

Endlich wurde ich auch die Beinschienen los und kam in die Schule. Es war dieselbe, in die Mutsch jeden Tag zur Arbeit fuhr. Ich wusste, wo das Pionierleiterzimmer war und durfte sie besuchen. Aber das wollte ich gar nicht, immerhin war ich einen Kopf größer als meine Mitschüler. Wenn einer frech war, knallte ich ihm eine.

Am Ende meiner ersten Schulwoche brachte Pappi ein getigertes Kätzchen mit nach Hause. »Lag im Müll.« Es blieb bei uns und hieß Willi.

»Aber Pappi, es ist doch eine Katze und kein Katerchen.«

»Ja, weißt du denn nicht, dass alle Katzen Willi heißen?«

Solange ich noch ein Kindergartenkind war, hatte mir die Mutsch jeden Abend etwas vorgelesen. Einige Bücher konnte ich auswendig. So wie das von Teddy, dem Arbeiterführer, der mit den Kindern aus dem Hamburger Armenviertel Karussell fuhr. Ich tat einfach so, als würde ich selbst daraus vorlesen und verblüffte meine Mitschüler. Leider hatte ich nicht bedacht, dass auch andere die Geschichte kannten, und bei der ersten gröberen Abweichung vom Original plärrte Michael Müller los. Spontan klatschte ich ihm eine. Michael blutete, als würde er sterben. Sein rechter Schneidezahn war weg. Ich fand ihn unterm Lehrertisch wieder, aber mein Abtauchen wurde als Fluchtversuch missdeutet. Den Zahn vergrub ich später heimlich unter unserem alten Apfelbaum. Der Direktor schimpfte. Mutsch schämte sich. Pappi verordnete Stubenarrest. Drei Wochen später wählten sie mich zur Gruppenratsvorsitzenden. Die Eltern waren stolz und ich verwirrt. Doch nichts falsch gemacht?

Unser Haus lag unweit einer verwunschenen Klosterruine, gegenüber vom Polizeigebäude, das früher mal ein Gefängnis gewesen war und immer noch aus Gitteraugen um sich glotzte. Der Putz rieselte schon herab, wenn nur ein Täubchen erschrocken aufflatterte. Doch im Eingangsbereich war das Gebäude intakt. Dort lagen die Büros der Abschnittsbevollmächtigten Schäfer und Glubke. Die beiden gingen zu Fuß durch die Stadt und schauten nach dem Rechten. Dabei reichte der dickliche Genosse Glubke dem länglichen Genossen Schäfer nur bis zur Schulter. Manchmal, abends, wenn in ihrem Büro noch Licht brannte, kletterte ich auf einen Giebelvorsprung, reckte meinen Hals und beobachtete, wie sie beflissen Formulare in ihre Schreibmaschinen spannten und jeden Buchstaben einzeln hineinschlugen. Mit ihren Zeigefingern. Klack. Klack. Klack.

Drei Häuser weiter bog der Weg zum Sportplatz ab. Von Omis blauer Plüschcouch aus konnte man die Aschenbahn, die Zuschauertribüne, beide Tore und sogar die Weitsprunggrube sehen. Gegenüber lag der Feuerwehrplatz mit seinem hohen Turm, in dem die Schläuche zum Trocknen hingen. Von seiner Spitze her ertönte immer mittwochs um dreizehn Uhr die Sirene. Anfangs erschrak ich davon und unser Adolar-Baby heulte jedes Mal mit. Doch wir gewöhnten uns daran.

Die zweigeschossigen Häuser der Nachbarschaft ähnelten einander mit ihren Fensterläden und den breiten Dächern. Sie hatten einmal zur alten Domäne gehört, die jetzt wie ein Geisterhaus am Ende des Platzes thronte und zerfiel. Ich vermisste die alten Schiffersleute auf den Fensterbänken. Hier hatten alle etwas zu tun, wohnten Arbeiter, Ärzte und parfümierte Stadtangestellte, Zugezogene wie wir und Alteingesessene wie der Wirt des Sportlerheims. Was seinen Leibesumfang und eine gewisse, Bierdunst umnebelte Gütigkeit betraf, hätte er gut der Bruder von Otto Brunk sein können. War er aber nicht. Trotzdem schenkte er mir ab und an eine Bratwurst. Wohl aus Mitleid. Als zugezogen galt in unserer Stadt jeder, dessen Großeltern nicht an Ort und Stelle geboren waren. Opa Erwin und Oma Frieda hatten einst als Bauern in einem benachbarten Straßendorf gelebt. Für die meisten waren wir Fremde.

Am Feuerwehrplatz, in einem der zerfallenden Nebengebäude der Domäne, lebten die Findigs. Unterm löchrigen Dach fanden Vater, Mutter und acht Kinder Platz, die meist ungekämmt und plappernd um die Häuser zogen. Vorneweg lief Mattes, mit dem ich in dieselbe Klasse eingeschult worden war. Doch schon nach ein paar Wochen war er nicht mehr bei uns gewesen, war ein Busschüler geworden, auf dem Weg zur Sonderschule. Er war der Älteste und der Einzige der Kinderbande, der aussah wie wir anderen. Zwei seiner Schwestern hatten einen Buckel, der kleine Hein humpelte ein bisschen, und vorm mittleren Bruder fürchtete ich mich, weil seine Augen aus dem Gesicht zu fallen drohten. Jedenfalls sah es so aus. Die Findig-Kinder schleppten einen Kuddelwagen mit sich herum, den sie im Laufe des Tages mit Altpapier und Flaschen beluden. Sie suchten und sammelten und brachten alles zur Sero-Annahmestelle, wo man Geld für die Altstoffe bekam. Mutter Findig war eigentlich nie zu sehen, der Vater, hieß es, sei ein brutaler Säufer.

»Das sind Assis. Mit denen spielt man nicht«, sagten die Nachbarn. Das war mir piepegal. Bis ich einmal vom Spielen mit den Findigs nach Hause kam und mir fürchterlich der Kopf juckte. Die Läuse waren sehr hartnäckig, ich wurde kahl geschoren und war von meiner Neugier geheilt.

Zwischen Feuerwehrplatz und Flussufer lag das Kloster. Wilder Efeu umrankte die stattliche Ruine. Ihre Feldsteinmauern verwehrten den Blick in die dahinterliegenden Obstgärten. Es gab viele Kinder in der Klosterstraße, die ich allesamt nicht mochte. Vielleicht war es auch umgekehrt. Manchmal beobachtete ich die anderen heimlich beim Fußballspielen auf dem Rasenplatz und wünschte mir, dabei zu sein.

Dann schlich ich traurig zurück auf den Hof und fand Trost bei meinem Hundefreund. Bruno von der Ganzenpracht musste jetzt in einem Zwinger wohnen. Er hatte Hausverbot bekommen – wegen des Babys, und weil die Mutsch plötzlich bemerkt hatte, dass er stank. Ich verbrachte ganze Nachmittage damit, am Gitter zu hocken, wo wir uns wortlos Mut zusprachen.

Ich war aber nicht die Einzige, die keiner der Kinderbanden angehörte, die die verschiedenen Plätze und Höfe, Ecken und Geheimverstecke besetzten und vor denen man nur am Flussufer seine Ruhe fand. Ein Trampelpfad führte durch dichtes Gestrüpp zu einer Steininsel im Fluss. Von dort aus konnte man den Rotdorn in der Havelstraße blühen sehen. Und auf dem Grund, zu Füßen, versteckten sich die Krebse.

Eines Tages war mein Platz besetzt.

Es hatte schon den ganzen Vormittag genieselt, und ich hielt mich im nassen Gebüsch versteckt, wartete, dass er endlich gehen würde. Tat er aber nicht. In einer Mischung aus Zorn und Ungeduld hockte ich mich schließlich neben ihn. Er hatte mich längst bemerkt und fragte abfällig grinsend, ohne mich dabei anzuschauen: »Was is'n das für ein Köter?«

»Er heißt Bruno. Bruno von der Ganzenpracht. Ein Irischer Setter. Echter Stammbaum.«

»Alles klar.«

»Und wie heißt du?«

»Geht dich 'n Scheißdreck an.«

Mein neuer Freund Hitler, der damals noch Oliver hieß, wohnte drei Häuser weiter, war eine Klassenstufe über mir und lief meist allein über den Schulhof. Wir trafen uns nun öfter, wie zufällig, an der Havel oder auf dem Weg nach Hause. Von ihm lernte ich, dass Schweigen nichts Schlimmes sein muss. Er brachte mir bei, nicht alles laut auszusprechen und im richtigen Moment zu fragen. Es dauerte nicht lange, bis wir beieinander ein- und ausgingen. Unsere Väter hatten sich bereits auf dem Fußballplatz kennengelernt. Beider Herzen schlugen für den heimischen Verein und das gute Leben. Die Mütter tauschten Rezepte für Eierlikör und Kirschschnaps aus und luden sich gegenseitig zum Verkosten ein. »Wirklich schade, dass deine Alte Pionierleiterin is«, seufzte Oliver in einem Anfall von Gesprächigkeit. »Aba da kann man nüscht machen.«

Fahnenappell

In der Schule lernten wir viele Dinge über die Welt und wie es den Kindern in anderen Ländern und Zeiten erging. Obwohl es schon sehr lange her war, dass eine schreckliche Bombe die ganze Stadt und fast alle Menschen darin vernichtet hatte, gab es in Hiroshima immer noch Kinder, die sterbenskrank waren.

Ängstlich marschierten wir in Zweierreihen zu einem Keller im Neubaugebiet. Das war eine Schutzübung. Damit wir lernten, was bei Bombenalarm zu tun sei. Bereits auf dem Weg in den Schutzraum mussten wir unsere Masken aufsetzen. Die waren selbst gebastelt, aus alten Nylonstrumpfhosen und rochen nach den Füßen unserer Mütter, die diese Spende nur unter starkem Protest geopfert hatten. Dicht gedrängt standen wir in diesem Keller und einige weinten, was sicher auch am Geruch ihrer Masken lag. Nur Mike Lehmann hatte Glück. Er war die ganze Zeit im Klassenzimmer geblieben. Seine Mutter hatte vergessen, ihm eine Strumpfhose mitzugeben. »Das sind Assis«, meinte Ulli Schmidtke, nachdem wir auf den Schulhof zurückgekehrt waren. Mike stand mit zerkauten Lippen in der Ecke. Später bastelten wir Kraniche aus Papier und schickten sie einem uns namentlich bekannten Mädchen ins Krankenhaus nach Japan. Ich schrieb mein erstes Gedicht und widmete es dem Weltfrieden.

Frieden

Im Frieden kann man spielen
und die Eltern lieben
Doch das Wichtigste dabei
ist die Freundschaft, überall
Erst, wenn jeder zusammenhält
gibt es Frieden auf der Welt

Am Pioniergeburtstag bekam ich dafür eine Urkunde und einen Gutschein für ein Buch. Ich kaufte mir Julius Fučíks »Reportage unter dem Strang geschrieben«. Es war erst ab zwölf und raubte mir den Schlaf: »Menschen, ich hatte euch lieb. Seid wach!« Am Schuljahresende überreichte mir unsere Klassenlehrerin ein Abzeichen. Sie sagte: »Mimi ist wie Ernst Thälmann.« Wahrscheinlich, weil ich erst Mattes Findig und später Mike Lehmann bei den Hausaufgaben geholfen hatte. Alle kicherten, und ich bekam rote Flecken im Gesicht. Beim Fahnenappell rief mich der Direktor nach vorn. Mutsch stand neben ihm und lachte. Wie schön sie war in ihrer blauen Bluse! Trotzdem mochte ich die Fahnenappelle nicht. Ich schämte mich, so vor allen anderen zu stehen. Aber ich wollte ein Vorbild sein. Die zehn Gebote der Jungpioniere kannte ich auswendig:

Wir Jungpioniere
lieben unsere Deutsche Demokratische Republik.
Wir Jungpioniere
lieben unsere Eltern.
Wir Jungpioniere
lieben den Frieden.
...

Am meisten freute ich mich auf den Tag, an dem wir das blaue gegen ein rotes Halstuch, eines wie Mutsch es trug, eintauschen und Thälmann-Pioniere würden.

»Proletarier aller Länder – vereinigt Euch!«, stand im Schulflur an der Wand. Das stammte von Karl Marx, nach dem die Schule benannt war. Unter den Schriftzeichen reckten sich viele, viele Fäuste in die Höhe. Das waren Arbeiterfäuste. Auch in den Ziegeleien unserer Gegend hatten die Leute schrecklich schuften müssen, Männer, Frauen und Kinder. Das hatte mir mein neuer Freund erzählt. Und er wusste es von seinem Opa Fritz. War Marx etwa auch dort gewesen, um zu helfen?

Oliver schaute nur ungläubig. »Ob Marx uff Ziejelei jewesen is? Wie blöd bist du denn?«

»Na, um der Arbeiterklasse zu helfen!«

»Heutzutage werden die Ziegler doch von der Partei der Arbeiterklasse ausjebeutet.«

»Das versteh ich nicht.«

»Mann, bist du doof.«

Oliver war immer ehrlich zu mir. Das rechnete ich ihm hoch an. Wenn er etwas sagte, dann meinte er es so. Sogar Omi konnte ihn gut leiden. »Der Junge hat es auch nicht leicht.«

Der Herbst kündigte sich mit schweren Stürmen an, als es hieß, sie würden Bruno von der Ganzenpracht fortbringen. In ein Tierheim. Oma Frieda sollte so lange auf uns aufpassen. Bruno, mein feuerroter, mein weicher, edler Beschützer ... Wir saßen am Ofen und spielten Mensch ärgere dich nicht. Ich verlor alle Spiele. Piepegal.

Später, sie strickte gerade an einem neuen Paar Socken, Adolar machte ein Nickerchen, erklärte sie mir, dass die Eltern unseren Hund in Wahrheit in den Wald gebracht hätten. Ausgesetzt. Weil er nach dem Kleinen geschnappt habe. Als mir die Tränen aus den Augen schossen, tat es ihr leid. »So ist das Leben.«

Von nun an ging ich allein an der Havel spazieren, warf Stöckchen ins Wasser, und keiner holte sie zurück. Plötzlich fürchtete ich mich vor Leuten wie Detlef, der mich im Vorbeigehen angrinste und manchmal stehen blieb. Detlef rieb sich nämlich gern an Frauen, etwa wenn sie in der Schlange standen oder im vollen Bus. Gummiohr dagegen war nicht verrückt, aber dennoch zum Fürchten. Ein Teil von ihm sei im Krieg geblieben, hieß es. Er hasste uns Kinder, weil wir immerzu das fleischfarbene Ersatzteil anstarren mussten, das das Loch in seinem Kopf verbarg. Einzig Oliver hatte keine Angst vor ihm: »Is doch nüscht, nur Plaste.«

Als ich vorm Kloster ein Rabenjunges fand, das seine Eltern aus dem Nest geschmissen hatten, wollte Oliver es sofort erschießen. Ich bekam einen Wutanfall, woraufhin er von dem kleinen schwarzen Flaumhaufen im Gras abließ, mich anstarrte und so lange hänselte, bis ich ihm die Wahrheit über Brunos Verschwinden erzählte. Nun aber schämte ich mich, meine Eltern als herzlose Menschen enttarnt zu haben. Er musste mir versprechen, nichts weiterzuerzählen. Auf dem Heimweg, der kleine Vogel zitterte in meinen Händen, hielt er mich kurz am Arm fest: »Mach dir nüscht draus. War nur 'n Hund.«

Zu Hause trauten sie sich nicht, mich mit dem Federvieh zurückzuschicken. Pappi kaufte einen großen Käfig und erklärte feierlich: »Wir nennen ihn Bettino Kraxi. Raben sind sehr intelligent.« Drei Tage später lag der Namensvetter des italienischen Ministerpräsidenten tot in unserer Garage. Die Katze Willi hatte zugeschlagen.

Weil der leere Zwinger im Hof alle an den armen Bruno erinnerte, brachte Pappi eine Horde Hühner mit nach Hause. Der Hahn krähte permanent, außer morgens. Mir war das sehr sympathisch, aber Pappi drehte ihm den Hals um und tauschte die Hühner gegen Kaninchen ein. »Hasen sind gut für die Atmosphäre.« Begeistert übernahmen wir Kinder die Pflege. Da ahnten wir noch nicht, wie langweilig so ein paar Hofhasen auf Dauer sind, vor allem, wenn man sie auf Gewicht hält, also viel füttert und wenig Bewegung zulässt.

Wenn wir einen Ausflug in den Tierpark unternahmen, war Oma Frieda schon Tage vorher aufgeregt. Der Geruch von Kölnisch Wasser verbreitete sich in ihrer kleinen Dachwohnung. Verschiedene Handtaschen standen zum Einsatz bereit. Jede einzelne gefüllt mit grünen Pfeffi-Stangen und einer Hand voll Bonbons für uns Kinder. Ein Stofftaschentuch lag ebenso darin wie Stielkamm und Regenhaube.

Oft fuhren wir auch in die benachbarte Kreisstadt, wo Pappis Schwester Ingeborg mit ihrer Familie lebte. Omi musste dann zu Hause bleiben, um, wie es hieß, auf die Tiere aufzupassen. Ingeborgs Mann, Onkel Wilhelm, war ein hohes Tier bei der SED-Kreisleitung. Er sprach sehr laut, selbst wenn man ihm direkt gegenüberstand. Bei Tante Ingeborg gab es Riesenmengen Kuchen und witzige Cousinen. Wenn ich bei ihnen übernachten durfte, dann pupten wir um die Wette, bis wir Bauchschmerzen bekamen. Vom Lachen. Tante Ingeborg war sehr altmodisch in der Art, wie sie sich in Worten und Taten ausdrückte. Sie glich niemandem, den ich kannte. Alles an ihr erschien umständlich und praktisch zugleich. Das helle Gackern ihrer Stimme konnte man bis in den letzten Winkel des großen Gartens hören, wo sie Kartoffeln anbaute, Tomaten und Kohl. Ihre Tüchtigkeit wirkte immer ein bisschen übertrieben. Ihre Liebenswürdigkeit uns Kindern gegenüber war grenzenlos. »Hachgottchen«, sie sagte das immerzu.

Einmal nahmen uns die Eltern zum Silvesterball in die Kreisstadt mit, der im großen Saal des einzigen Hotels weit und breit stattfand. Alle trugen ihre schönsten Kleider. Von unserem Tisch aus beobachteten wir kichernd, wie die beiden eng umschlungen von einem Bein aufs andere traten. Wir saßen in der Nähe der kleinen Musikkapelle. Man konnte die Trommel im Bauch spüren. Lange hielt es Omi nicht auf ihrem Platz. Sie schnappte sich meine Hand und zog mich, glückselig vor sich hin pfeifend, über das glänzende Parkett. Der Adolar-Zwerg trug eine Fliege aus dunklem Samt, klopfte den Rhythmus mit den Fäusten mit und lachte. Er durfte so lange wach bleiben, bis die Sektkorken knallten. Den Rest der Nacht verbrachten wir drei dann gemeinsam in Omis Zimmer am Ende des Flures, wo wir Mau-Mau spielten, bis uns die Augen zufielen.

Omi war oft traurig. Dann erzählte sie von früher. An einem sonnigen Nachmittag saßen wir auf ihrer blauen Plüschcouch, sie strickte gerade an einem Westover, als sie sich an eine Freundin erinnerte: »Die sind jede Nacht über sie drüber.« Irgendwann sei die Nachbarstochter dann auf der Flucht zurückgeblieben. »Zum Sterben«, erklärte Omi, ohne dass ich danach gefragt hätte. »Mich haben sie verschont, ich hatte ja das Kind dabei. Die waren sehr kinderlieb.« Ich verstand diese Geschichte als eines unserer vielen kleinen Geheimnisse.

Später, als sie sich meiner Schweigsamkeit gewiss sein konnte, erzählte sie auch von einem jungen Soldaten: »Ein Russe, noch grün hinter den Ohren.« Sie saß mit dem dreijährigen Jungen, der Mama zu ihr sagte, aber nicht ihr Sohn, sondern ihr kleiner Bruder war, in einem Berliner Keller, versuchte, Nahrung aufzutreiben, zu überleben und herauszufinden, ob und wo die Eltern und anderen Geschwister noch lebten. »Da war so eine Eckkneipe, wo es immer freitags was zum Essen gab.« Omi hatte einen Verehrer unter den dort Beschäftigten. »Hinter der Theke war so eine Luke, da ging's steil runter zu den Fässern.« Die Männer lockten den Soldaten mit Zigaretten. »Dann haben die ihn da runtergeschmissen, und am nächsten Tag gab es Kaninchenfleisch.« Oma Frieda strickte weiter. Ihre Tränen tropften auf die Wolle. Ich schwieg verwirrt, ging erst mal an die frische Luft.

Ab und an wurde ich zu Geburtstagen eingeladen. Es gab Väter und Mütter, die mich ihrer Verwandtschaft in engen Neubau-Wohnzimmern wie eine Trophäe vorführten. Als Tochter der Pionierleiterin. Bei offiziellen Anlässen, etwa am Jahrestag der Oktoberrevolution, tätschelten Veteranen meinen Kopf, die eine altertümliche Sprache pflegten, was mir sehr imponierte, konnte man sie sich doch sogleich als Kampfgefährten Lenins oder Thälmanns vorstellen.

Zwischen den Erwachsenen gingen auch weiterhin Dinge vor, die ich nicht verstand. Feierrunden endeten oft im Streit, Vaters neue Freunde tauchten auf und verschwanden wieder. Sie sprachen leise und schlossen dabei die Türen hinter sich.

Die Sympathien zwischen uns Kindern wechselten schnell und unsystematisch. Als Michael Müller und Mike Lehmann begannen, in der großen Hofpause zu rauchen, gesellte ich mich neugierig dazu. Die heimlichen Zusammenkünfte fanden hinter einem der Neubaublocks unter abgelegenen Balkonen statt. Ich stand Schmiere, zog an meiner ersten Zigarette und staunte. Abgesehen von mir war nur ein Mädchen dabei, doch sie sprach lauter als alle anderen. Sogar die älteren Jungs hörten ihr zu. Katharina Kasunke imponierte mir auf Anhieb. Ich beobachtete sie genau, ahmte die Art nach, wie sie den Rauch ausblies, das Wegschnipsen der Zigaretten. Doch ich lernte auch die beiden Steinmänner kennen und fürchten: »Unsa Alter sacht, selbst beim Kaiser und bei Göring durften wa in 'n Wald. Nur die Kommunisten lassen uns nich rin.«

»Is wie mitte Russen. War allet unser Wald«

»Jenau, dit is Volkseigentum!«

»Und jetz verseuchen die allet, die Russenschweine.«

»Fehlt nur noch, dasse uns dit Angeln vabieten.«

»Dit sollnse ma ruhich vasuchn!«

Meine Duldung war nicht von Dauer, so sehr ich auch beteuerte, nichts weiterzuerzählen. Zurück auf dem Schulhof spielte ich mit den anderen Mädchen Gummihopse und lächelte den Aufsichtskräften zu. Niemand sollte von meinem Doppelleben wissen. Doch die älteren Jahrgänge hatten längst Wind davon bekommen und machten sich lustig über mich, das strebsame Lehrerkind auf Abwegen. Die Mädchen tuschelten, wenn ich an ihnen vorbeilief. Die Jungs grölten, wenn sie mich sahen. Ich begriff nicht, was sie meinten, hörte aber die Verachtung in ihren Stimmen. Sie säumten den Weg von der Turnhalle zum Schulhof wie die Bäume einer Allee, rempelten einander an und rissen Witze. Mit hin und her pendelnden Oberkörpern bewachten sie das Eingangstor unserer Schule wie eine Horde Gorillas. Wenn ich ankam, machten sie die Gasse eng. Vor lauter Aufregung kam es vor, dass ich stolperte und hinfiel. Großes Gelächter. Mein Freund Oliver stand schweigend dabei und tat so, als ginge ihn das alles nichts an. An manchen Tagen machte mich das krank. Dann durfte ich im Bett liegen bleiben. Das Fieber kam von alleine.

Manöver

»Die Losung des Tages lautet: ›Ewige Freundschaft mit den Völkern der Sowjetunion!‹« Wenn Ulli Schmidtke das sagte, klang es wie Poesie. Sie lachte gern, hatte überall Sommersprossen und funkelnde grüne Augen. Im Matheunterricht saß sie neben mir. Gemeinsam wurden wir für einen Aufenthalt in der Pionierrepublik ausgewählt. Die Mutter packte einen riesengroßen Koffer. Sechs Wochen. Nie zuvor war einer aus der Familie so lange verreist! Oliver zog uns am letzten Schultag vor der Abfahrt auf: »Na, freut ihr euch schon auf die Russenuniform?« Wir ließen ihn – von Abenteuerlust gepackt – links liegen. Ich war zwar froh, den Gorillas entkommen zu sein, doch schon auf dem Bahnhof wäre ich am liebsten umgekehrt. Die Eltern winkten heiter, während ich mein Gesicht sehnsüchtig an das dreckige Zugfenster presste.

Bei unserer Ankunft schien die Sonne über dem Werbellinsee. Herbstblätter schaukelten auf den Wellen. Der Sandstrand wirkte sonderbar aufgeräumt. Voller Ehrfurcht schritten wir durch das Eisentor auf das Lagergelände zu. Dahinter reihten sich schmucklose Häuser entlang der breiten, leeren Straße zu einer Parade aus Beton. Man führte uns zuerst zur Kleiderausgabe, wo wir unsere Uniformen ausgehändigt bekamen, rote Parkas mit dem Emblem der Pioniere, karierte Röcke, lange, blaue Stoffhosen und weiße Hemden. Ein lachender Mann mit extrem langen Ohrläppchen verlas die Lagerordnung und teilte uns einem zweigeschossigen Wohnblock zu. »Besser, wir halten uns an alles«, flüsterte Ulli, »sonst ziehn die uns auch die Ohren lang.« Mir war nicht zum Lachen. Aus der Gemeinschaftsdusche quoll ein Muff wie tausend Käsefüße.

Die Pionierleiterinnen waren strenger als Mutsch. Schon am Nachmittag ging die Schule los. Wir marschierten in Viererreihen hintereinander. Gruppe für Gruppe reihte sich hinter uns ein. Im Gleichschritt führten sie uns zum Fahnenappell auf einen Schulhof, der genauso aussah, wie der bei uns zu Hause.

»Für Frieden und Sozialismus – seid bereit!«

»Immer bereit!«

Ulli stieß mir ihren Ellenbogen in die Rippen: »Das war doch mein Name, oder? Muss ich jetzt nach vorne?«

Tatsächlich teilten sie Ulli einer Trainingsgruppe für das anstehende Sportfest zu. Sie würde der Auswahl der Pionierrepublik Wilhelm Pieck angehören.

»Wer kann ein Instrument spielen?«

Spontan riss ich meinen Arm in die Höhe. Schließlich war auch ich »bereit« und nicht umsonst den weiten Weg gefahren!

»Dienstag antreten in Block C, Haus 3, Zimmer 216. Punkt 16 Uhr.«

Der Unterricht war schwer, die Lehrer streng. Nichts wurde wiederholt. Die anderen wussten mehr als ich. Schon am ersten Abend hockte ich mutlos auf dem Bett, während die arme Ulli beim Training schwitzte. Dörte Becker, die aus Königs Wusterhausen kam, einer kinderreichen Familie entstammte und schon einen BH trug, sah meinen Kummer, setzte sich zu mir und flüsterte in mein Ohr: »Wenn du ein Junge wärst, wärst du sehr schön.«

Ich lief den grell erleuchteten Flur entlang über den Kasernenhof, vorbei an den Blöcken B, C und D, hinunter zum Wasser. Dort schmiss ich mich der Länge nach in den Sand. Blieb regungslos liegen und lauschte dem Pochen meines Herzens. Was war nur falsch an mir, was meinten alle? Würde es überhaupt möglich sein, sich an einen solchen Ort zu gewöhnen, wo ständig einer aufpasste?

»Aufstehen!«, mahnte der Wachmann. Ich blickte in sein gutmütiges Partisanengesicht und fragte hoffnungsvoll, ob ich telefonieren dürfte. Schweren Blicks schüttelte der Partisan sein Haupt und führte mich zurück zum Block. Eine Pionierleiterin mit Strichmund erklärte zur Begrüßung: »Ich bin enttäuscht von dir. Wir dachten, du wirst Gruppenratsvorsitzende.« Drei Tage später ernannten sie mich zur Agitatorin. Selbst Ulli konnte sich ein Grinsen nicht verkneifen. Denn von nun an musste ich die Aktuelle Kamera protokollieren, die wir täglich vor dem Abendessen schauten. Es war gar nicht möglich, dem Nachrichtensprecher zuzuhören. Die Gedanken flogen unweigerlich davon. Meine kläglichen Versuche, den Inhalt der Sendung am folgenden Gruppennachmittag zusammenzufassen, interessierten nicht mal die Pionierleiterin.

Der Leiter der Singgruppe hatte gelbe Haare und schlimmen Mundgeruch. Wir mussten ihn duzen. »Pioniere, nennt mich Manni.« Manni zeigte uns die verschiedenen Griffe auf der Gitarre, wobei er sich ganz nah über jeden Einzelnen beugte. Wir übten zweimal die Woche. Luft anhalten. Sonnabends trat das Gitarrenensemble beim

Massensingen auf, wo Manni enthusiastisch dirigierte. Eintausend Pioniere standen in einem holzgetäfelten Saal und blickten zu ihm empor. Wir schlugen im Hintergrund auf die Instrumente ein und alle Stimmen sangen:

Sing, Soldat, sing
du Mann mit dem Gewehr!
Sing, Soldat, sing
weit war der Weg und schwer.
Bei der Rast im grünen Gras
sing von deinen Träumen was
von Soldatenlieb und -ehr!

Auch die Sonntage galten unserer Ausbildung. Gebannt lauschte ich den Vorträgen über das SDI-Programm und die wachsende Gefahr eines Atomkriegs. Nachdem wir die Ausstellung »Rote Hilfe Pionier« besucht hatten, konnte ich die ganze Nacht nicht schlafen. Die weggeschossenen Gesichter, amputierten Gliedmaßen und fürchterlichen Gasmasken verfolgten mich. In meinen Träumen vermengten sich die abgerissenen Arme und Beine, die Schmerzensschreie von Omis Freundin und das Dröhnen der sowjetischen Panzerketten über knirschenden Pferdeleichen zu einem einzigen Gemetzel. Am nächsten Tag war ich so müde, dass ich fast den Abmarsch zum Manöver verpasst hätte. Die Pionierleiterin mit dem Strichmund zeigte Erbarmen und teilte mich als Wachposten ein. Immer wenn jemand vorbeigerannt kam, machte ich ein Kreuz in die dafür vorgesehene Spalte. Bis es dunkel wurde.

In der zweiten Woche wurden wir in die sozialistische Produktion eingeführt. Es ginge schließlich darum, sich in die Lage der werktätigen Massen versetzen zu können, erklärte der Lehrer in weihevollem Ton. Ich saß an einem automatischen Schraubendreher am Ende des Fließbandes. Dörte Becker saß mir gegenüber. Sie steckte Schrauben in Löcher und zwinkerte zu mir rüber. Gemeinsam stellten wir Steckdosen her. Ulli saß am anderen Ende des Raumes, weil man sie zur Warenkontrolle eingeteilt hatte. Nach der ersten Schicht waren wir uns einig: Die Werktätigen würden schon bald an Langeweile sterben.

Als endlich Besuchstag war, flehte ich die Eltern an, mich mit nach Hause zu nehmen. »Sei tapfer!«, hieß es. »Das sind doch nur noch ein paar Tage.« Sie steckten mir Süßigkeiten zu und ein Paar Socken mit kleinen, roten Hirschen auf gelbem Grund, das mir Omi gestrickt hatte. Während der Verabschiedung am Tor rannte eine Rotte Wildschweine über die Straße. Wir Pioniere standen traurig am Rand, und die Eltern machten Fotos von den flüchtenden Tieren. Dann stiegen sie in ihren Sonntagskleidern in die frisch gewaschenen Autos und machten sich auf den Weg in ein Ausflugslokal direkt am See. Ich sehnte mich nach Hause, nach den stillen Angelstunden mit Oliver, nach Omis Eierkuchen. »In der Pionierrepublik zu sein, ist eine Auszeichnung«, hatte die Mutter gesagt. Irgendwas lief falsch.

Die Tage vergingen, ich gewöhnte mich ein. Weil ich im Deutschunterricht Aktiv und Passiv verwechselte, bekam ich meine erste Fünf. Ulli tröstete mich: »Ick hab ooch nur 'ne Vier.« Dafür hatte sie schon nach zwei Wochen einen Freund, um den sie alle beneideten. Er war knapp drei Meter groß und amtierender DDR-Meister im Speerwurf. Ich musste am Klettergerüst Schmiere stehen, damit die beiden keiner beim Knutschen erwischte, und schaute zu, wie die Sonne im See versank. Manchmal saß Dörte Becker mit einem Buch in der Nähe und winkte mir. Ich tat dann so, als wäre sie nicht da.

Am letzten Wochenende verkuppelte mich Ulli mit einem dünnen Jungen ohne Augenbrauen. Als ich vorsichtig seine Finger berührte, blickte er mich an wie ein Reh, das seine Mutter verloren hat. Wir ließen uns bei der Abschlussdisko nichts anmerken und tanzten ein paar Runden miteinander. Ich war glücklich, als es endete.

Montagmorgen, zurück im Alltag, wartete Oliver neugierig vor unserer Haustür. »Na, wie war's?«

»Blöd.«

»Gehn wa Angeln, heute Nachmittag?«

»O. K.«

Ich kehrte gern in meine Klasse zurück, bemühte mich, unangenehmen Fragen auszuweichen, und schwärmte von den Tanzabenden.

»Hatteste 'n Freund?«

»Klar.«

Die Deutschlehrerin war erschüttert, als sie mein Zwischenzeugnis sah. »Das wird wohl nichts mit einer Eins am Jahresende.«

Piepegal.

Ich freute mich auf den Nachmittag.

Jenseits der Betonbrücke begann der Fluss, in schönen Schleifen zu mäandern. Wir bahnten uns einen Weg durch das Schilf, über Gartenzäune hinweg, hin zur großen Wiese. Dort lagen nachts die Jäger auf der Pirsch und warteten auf das verräterische Platschen der Wildschweine, wenn sie ans andere Ufer übersetzten. Tagsüber sah man an den vielen Biegungen Angler sitzen, gemütlich rauchend, stumm. Eine eingeschworene Gemeinschaft, doch wir wussten, worauf es ankam, nahmen uns einen Platz fernab der Etablierten und waren still. Oliver hatte unterwegs zwei schöne, große Weidenäste mit Verzweigungen gesucht. Geschickt brach er das Holz zurecht, steckte es ins flache Wasser, und wir legten unsere Angelruten hinein. Ich bewunderte seine Ruhe. Er sah schön aus, wenn er an nichts dachte. So standen wir nebeneinander, blickten aufs Wasser und äfften die Alten nach. Die Tageshitze erreichte ihren Höhepunkt. Ich konzentrierte mich auf das Zirpen der Grillen, das Brennen der Sonnenstrahlen auf Stirn und Oberarmen, auf das gleichmäßige Wippen meines Flotts. Was hinter mir lag, begann zu schwinden.

»Soll übelst sein, hab ick jehört«, sagte er plötzlich.

»Kann schon sein.« Ich hatte keine Lust zu reden.

»Mir kannstet doch erzähln. Wart so schlimm?«

»Nein. War langweilig und streng.«

»Sag ick doch, Russenarmee!«

Ich bekam einen Wutanfall. Er quietschte vor Vergnügen.

Vom Ufer gegenüber brüllte uns eine Schnapsstimme an: »Ruhe da drüben.«

Wir verstummten. Kein einziger Biss. Gleichgültig legte ich meine Angel zusammen.

»Jehste schon?«

Ohne ihm zu antworten, lief ich auf einen kleinen Pfad zu, der in den Wald führte. Ein Umweg, aber ich hoffte, wenigstens ein Wildschwein zu sehen oder einen Fuchs oder einen von den Sowjetsoldaten mit den schräg stehenden Augen, die die Kaserne bewachten. Am meisten hoffte ich, dass er mir folgte. Tat er nicht. Seitdem schwieg Oliver wieder, wenn wir angelten.

Krieg

Der Herbst fiel aus. Als nach wochenlangem Dauerfrost dichter Kohlenqualm die Straßen der Altstadt erfüllte, wurden viele Kinder krank. Alle husteten. Zur Aufmunterung nahm uns Hitlers Opa Fritz mit hinaus an einen der alten Tonstiche, an deren Ufern wir sommers gefaulenzt hatten. Nun war der See zugefroren, ein paar Kinder von Werk IV spielten Eishockey mit ihren Vätern. Wir schlitterten ausgelassen über das dicke Eis und erschraken, als ein tiefes, dunkles Grollen aus dem Bauch des Sees zu uns nach oben stieg.

»Is nüscht«, beruhigte uns Opa Fritz. Wir würden noch erfahren, wie es klingt, wenn das Eis bricht. In aller Seelenruhe hackte der hagere Ziegelfritz, wie sie ihn nannten, ein Loch in den Stich. Zum Eisangeln. Oliver bewunderte ihn so wie ich meinen Opa Erwin. Nur setzte Fritz die Barschbabys, die Erwin in den Tagen des Rotdorns wieder zurück ins Wasser geschmissen hatte, als Köder ein. Der riesige Zander, den wir mit nach Hause brachten, erstaunte selbst Pappi: »Ein Prachtkerl, alle Achtung!«

Mutsch war keine Pionierleiterin mehr, sondern Lehrerin und war vor allem bei den Mädchen sehr beliebt. Alle wollten sein wie sie. Aussehen wie sie. Lehrerin werden wie sie. Die älteren Jungs pfiffen ihr auf dem Schulhof hinterher. Die meisten zumindest. Denn da waren noch jene, deren Augen sich zu kleinen Schlitzen verengten, wenn sie Mutsch kommen sahen oder den Russischlehrer oder den Direktor oder mich. Zum ersten Mal unterrichtete sie auch meine Klasse. In Staatsbürgerkunde. Sie schaute über mich hinweg. Ich versuchte, mir vorzustellen, dass sie nicht meine Mutter sei.

Pappi wurde sehr krank. Seine Beine und Arme waren von den vielen Insulinspritzen vollkommen zerstochen. Es hatten sich Knoten gebildet und eine Entzündung, sodass ihn die hundertjährige Ärztin für eine Weile nach Hause schickte, damit er sich ausruhte. Zum Glück liefen gerade die Olympischen Winterspiele im Fernsehen. Wir scharten uns um seinen Lieblingssessel, lachten über Eddie the Eagle, der zwar nicht Skispringen konnte, aber Mut bewies, indem er sich unerschrocken von den größten Schanzen stürzte. Oder war es Doofheit? Meist schlief Pappi vor den Finaldurchgängen ein. Als schließlich Katarina Witt ihre Kür aufs Eis brachte, blieb Mutsch alleine wach. Um drei Uhr früh weckte sie mich zum Daumendrücken. Am Ende waren unsere Hände taub, aber es hatte genützt: Kati stand ganz oben auf dem Siegerpodest. Sie war kein einziges Mal hingefallen. Mutsch drückte und herzte mich und strahlte, als hätte sie gerade höchstpersönlich olympisches Gold gewonnen.

Heimlich trafen sich die Männer immer freitags nach Arbeitsschluss bei Opas neuer Freundin. Sie war eine mondäne Frau mit großem Busen und hübschen Westkostümen. Erwin nannte sie seine »Madam«. Pappi genoss ihr mütterliches Gebaren, schließlich hatte er selbst keine Mama mehr. Und ich mochte es, diesem Schauspiel der Erwachsenen beizuwohnen, das stets mit rührseligen Liedern endete. Opa Erwins Akkordeonspiel war stadtbekannt. Aber nur, wenn ich darüber schwieg, würden sie mich weiterhin mitnehmen. Mein Herz tat weh.

Obwohl die Scheidung von meinem Opa Erwin Jahre zurücklag, konnte Omi einfach nicht darüber hinwegkommen. Sie schämte sich dafür, dass er sie sitzengelassen hatte. Ihr Mann, ihr Beschützer, ihr Erwin. Einen anderen gab es für sie nicht. Denn Erwin war einmalig. Immer wenn er kam oder auch nur die Rede von ihm war, in den Geschichten der Erwachsenen, schien eine Brise Seeluft, ein Hauch von Abenteuer durch den Raum zu wabern. Dabei war er bei der Sparkasse angestellt. Ein geschiedener Kraftfahrer, der sich nach Feierabend in einen Rosenkavalier verwandelte, mit pomadeglänzendem Haar und einer Flasche Sekt unterm Arm, immer unterwegs zu einer seiner Verehrerinnen.

Auf Oma Friedas Tisch lag das Fotoalbum, obenauf sein Bild, das mit dem Schifferklavier. »Ich sollte auf ein Nachbarkind achtgeben.« Sie begann, durch die Seiten zu blättern, blieb bei den Fotos aus Eichwalde bei Friedeberg hängen, wo sie geboren war. Sie deutete auf ein kleines, schon ganz verblichenes Bild mit gezackten Rändern, auf dem der Hof ihrer Eltern zu sehen war. »Es regnete wie aus Eimern. Ich musste das Vieh ganz allein versorgen.«

Ich kannte die Geschichte auswendig. Ein weiteres Geheimnis, das sie mir anvertraut hatte. Es war nicht das schlimmste, aber eins, das ich verstand.

»Dann kam der Sturm. Ich hin und her, musste alle Türen und Klappen dicht machen am Stall.« Das kleine Mädchen folgte ihr dabei. »Und plötzlich war sie weg.« Meine Oma, selbst noch ein Mädchen mit Zöpfen, rannte verzweifelt über den Hof, rief nach dem Kind, bis andere dazukamen, riefen und überall nach der Kleinen suchten. Der Himmel löste sich in alle Meere auf. Es gewitterte. Der Gutshof war mit Pfützen überzogen, die beharrlich wuchsen. Alles schrie und rannte. Bis dem Knecht auffiel: »Die Bretter über der Jauchegrube. Weggespült.« Vergeblich versuchten die Nachbarn, das Mädchen in der überfluteten Grube zu finden. Es war hineingetreten wie in eine Pfütze und von ihr verschluckt worden, ganz ohne einen Hundeschreck. Erst Tage später, nachdem der Regen endlich nachgelassen hatte, fand man ihre Leiche.

»Wie alt warst du denn?«

»So alt wie du jetzt.«

Die Omi hatte aufgehört zu weinen, und jetzt war ich es, die heulen musste. Dann stand die Mutsch in der Tür: »Worauf wartet ihr. Wir wollen endlich los.«

Es wurde ein schweigsamer Ausflug. Ich wich nicht von Omis Seite. Während Adolar auf Vaters Schultern zum Raubtiergehege getragen wurde, saßen wir zu dritt im Affenhaus. Omi bekam sofort gute Laune und begann, mit den Schimpansen zu reden. »Affen sind wir, alles Affen.«

Immer häufiger stand Oliver vor unserer Tür. Es kam mir vor, als würde er den Schutz des geschlossenen Hofes suchen. Als gelte sein Interesse weniger unserem Beisammensein als der Freiheit, die er – von hohen Mauern geschützt – bei uns fand. Es gab nur wenige Dinge, die ich besser konnte als er. Das Schießen gehörte dazu. Der alte Knicker tat seine Dienste. Die Zielscheiben besorgte Pappi, und wenn keine mehr da waren, richteten wir den Lauf eben auf Äpfel. Als schließlich die kleine Kohlmeise vom Baum fiel, lachte Oliver und schlug mir anerkennend mit der flachen Hand auf den Hinterkopf: »Siehste, das hat gesessen.« Reglos lag der Haufen Federflaum im Gras. Ich rührte das Gewehr den ganzen Sommer nicht mehr an.

Zeugnisübergabe. Ferien. Hurra! Diesmal war ich in ein Trainingslager der Leichtathleten berufen worden, zu den Werfern. In hohem Bogen waren meine Schlagbälle, Handgranaten und Keulen über den Schulhof geflogen, die wippenden Pappelkronen entlanggesaust, weiter als die aller anderen. Doch die täglichen Waldläufe waren eine Tortur. Es gab nichts, dem ich so wenig Disziplin entgegenbringen konnte wie dem Ausdauerlauf. Während alle anderen bereits Speere durch die Gegend schleuderten, Kugeln in die Luft stießen, in Kiesgruben sprangen, ihre Sprintfähigkeiten testeten und als Helden zukünftiger Spartakiaden über sich hinauswuchsen, schlich ich, blicklos für die Schönheit der mich umgebenden Natur, mit heraushängender Zunge durch den Kiefernforst. Meine Gefährten empfingen mich nachsichtig und milde lächelnd zur nächsten Trainingseinheit. Hurra.

Ich würde nie einen Olympiasieg erringen.

Die Tage waren rettungslos futsch. Lustlos absolvierte ich die Übungen. Mein fehlender Ehrgeiz spiegelte sich im Verhalten der Trainer wider. Sie übersahen mich meist, schauten weg oder unterhielten sich miteinander, während ich an der Reihe war. Ihnen schien als schlechter Mensch zu gelten, wer nicht laufen konnte oder wollte oder beides, so wie ich. Im Ernstfall war ich höchstens als Kanonenfutter zu gebrauchen. Ich sah mich, die Handgranate in der Hand, in vorderster Linie auf den Feind warten. Bis zur letzten Sekunde. Peng! Am Ende der ersten Woche beschloss ich, das Leichtathletiktraining an den Nagel zu hängen. Sollten andere durch die Stadien hecheln.

Montagmorgen, Schulbeginn. Wir waren zurück im Alltag, doch diesmal wartete kein Oliver auf mich. Am Nachmittag lief ich zum Nachbarhaus. Ich klingelte, und als es hieß, er sei nicht da, wusste ich, dass das nicht stimmte. Aber am nächsten und übernächsten Tag war es dasselbe.

Schließlich fing ich ihn auf dem Heimweg ab, tat so, als hätte ich mich zufällig in diese Ecke der Stadt vertrödelt. Er sah zerquetscht aus. Ein Auge war ganz dunkelblau, seine Blicke ausweichend. Und doch schien er erleichtert zu sein, mich zu sehen. So standen wir in einer Wolke aus Streuselkuchenduft vor der Bäckerei. Ich plapperte, er grinste hilflos, bis ich aufhörte, ihn zu löchern, und wir schweigend nebeneinander herliefen. Längst ahnte ich, vor wem er sich fürchtete. An der Haustür verabschiedeten wir uns wie immer. »Tschüss, bis morgen.«

»Ja, bis morgen.«

Am nächsten Tag trafen wir uns in Begleitung unserer kleinen Brüder auf dem Feuerwehrplatz. Adolar war quietschvergnügt. Wir spielten ein schonungsloses Familienfußballduell, hauten uns gegenseitig auf die Knöchel, stießen an Schienenbeine, prallten mit den Köpfen aneinander. In den Pausen saßen wir auf der Wiese und aßen den Sauerampfer, gerade so, wie er aus dem Boden in unsere Hände wuchs. Plötzlich tauchten die Steinmann-Brüder auf. Ihre Mutter wohnte im Neubaugebiet, gegenüber der Kaufhalle und unweit der Schule. Der Vater lebte, wenn er nicht auf Montage war, am anderen Ende der Stadt. Sie trugen ausgeblichene West-Jeans und Russenfrisuren, drei Millimeter kurz. Mit ihren hellblauen Augen und dem drohenden Gang liefen die zwei zielstrebig auf Oliver zu. Mein Freund blieb ganz ruhig, nahm seine Brille ab und steckte sie in die Hosentasche. Mich schienen sie nicht mal zu bemerken. Die beiden fielen mit Anlauf über Oliver her, rissen ihn zu Boden und traten auf ihn ein. Unsere kleinen Brüder schrien im Duett wie die Feuerwehrsirenen. Ich warf mich auf den kleineren der Steinmänner, zog an seinen Ohren und boxte ihm so lange in die Seite, bis er losließ und heulend auf der Wiese lag. Der Große hatte meinen Freund im Schwitzkasten, der wehrte sich und sie wälzten sich über einen Teppich aus Kleeblättern. Oliver hatte der enormen Kraft seines Angreifers nicht viel entgegenzusetzen. Aber jetzt stürzten sich unsere kleinen Brüder von hinten auf den Angreifer, trommelten mit ihren Fäusten auf ihn ein. Ich hielt immer noch den kleineren Steinmann am Boden. Er wehrte sich nur halbherzig. Olivers Bruder Dirkie jaulte kurz auf und griff sich an die blutende Nase. Nun drehte Adolar durch, schmiss sich auf eines der Gorillabeine des Großen und biss hinein, puterrot und furchterregend. Das war zu viel für die Steinmänner. Gemeinsam sprangen sie auf und rannten davon. Oliver hielt seine zerbrochene Brille in den Händen, Dirkie blutete. Unsere Hosen waren mit Grasflecken übersät.

In diesem Moment ertönte das Signal, ein kurzer, durchdringender Pfiff. Auch Oliver und sein kleiner Bruder flitzten davon. Vaters Ruf, Abendbrot. Zuspätkommen verboten.

Adolar schlief schon fest, als ich die Mutter nebenan schimpfen hörte. Sie füllte die Waschmaschine mit unseren grasgrünen Hosen. Die Väter saßen gegenüber im Sportlerheim, tranken Scheidebecher um Scheidebecher. Ich konnte nicht einschlafen, fürchtete mich vor der Rache unserer Gegner. Wir würden den Rasenplatz eine Weile meiden müssen, genauso wie die Kaufhalle und den Schulhof. Doch das Wichtigste war: Wir hatten gewonnen.

Freund und Feind

Der alte Ziegelfritz nahm uns jetzt öfter mit auf seinen Kahn, denn ihm fehlte die Geselligkeit des Betriebs, der ihn in die Rente entlassen hatte. »Die roten Schweine, wer soll denn davon leben!«, schimpfte er. Er konnte pausenlos meckern, über Marx, Lenin, die Russen, die Kommunisten, meine Mutter und die Partei der Arbeiterklasse. »Scheiß Bonzen.« Feixend hörten wir dem Gezeter zu. Oliver ließ nichts auf seinen Opa kommen. »Mein Alter sagt, der spinnt. Aber stümmt nich, Fritz is in Ordnung. Eines Tages vererbt er mir den Kahn.« Auch mein Opa Erwin konnte Fritz nicht leiden. »Mit Nazis trinkt man keinen Schnaps.« Aber das verschwieg ich Oliver lieber. Ich war für Frieden. Auch bei uns im Boot.

Auf dem Heimweg fuhren wir mit unseren Fahrrädern um die Wette. Wir sausten an den Ufern der Stiche entlang, über die Betonstraße bis zur Schwindelschweiz. Zur Kaiserzeit hatten Spekulanten dort Mietskasernen direkt ans Fabrikgelände gebaut, illegal, und an die Proletarierfamilien vermietet. Nun lauerten uns dort deren Nachfahren – die Steinmänner – auf, denn ihre Sippe kontrollierte diesen Teil der Stadt, mit seinen halb verfallenen Mietskasernen, zwischen Suffkes, kinderreichen Familien und fernab der Polizeiwache. Vor einem fürchteten wir uns mehr als vor allen anderen. Über Krimimüller, einen drahtigen Boxertypen ohne Schneidezähne, kursierten die wildesten Gerüchte. Er war schon im Knast gewesen und arbeitete bei der Sero-Altstoffannahme. Es gibt Leute, wenn die lachen, dann bekommt man Angst. Mutsch war einmal als Schöffin ans Gericht bestellt worden. Nach der Verhandlung über Krimimüller hatte sie die ganze Nacht schluchzend im Bett gelegen. Omi erzählte mir dann, dass Krimi seine Mutter totgeschlagen habe: »Einfach so.« Er und der ganze Steinmann-Clan säumten sommers die Straße, tranken Bier und suchten Streit. Wenn wir Glück hatten, kamen wir unbehelligt an ihnen vorbei. Ein paar Mal erwischten sie meinen Freund, traten gegen sein Fahrrad, boxten ihn ins Gesicht. Ich hatte eigentlich immer Glück. Mich rührten sie nicht an.

»Du bist eben ein Bonzenkind.«

»Ach so?«

»Wat weeß ick ...«

Wie alles irgendwann aufhört, endete auch unsere Freundschaft in jenen Tagen. Es gehörte sich für Oliver nicht mehr, mit mir in einer Fußballmannschaft zu sein. Wahrscheinlich hatte ihn ein Mitschüler dafür gehänselt: »Mit Mädchen spielt man nicht.« Ich versuchte, ihn zu vergessen, verabredete mich mit Mitschülern und ging alleine angeln. Am ersten Ferienwochenende traf ich auf meinem Rückweg durch die Schwindelschweiz auf die Steinmänner, die augenblicklich begannen, mich mit leeren Flaschen zu befeuern. Oliver saß auf einer Bank, schaute zu und hielt sich den Bauch vor Lachen. Ein heißer, allumfassender Schmerz, so, als löse sich die Haut vom Körper, lähmte mich bei diesem Anblick, besinnungslos trat ich in die Pedale, fuhr irgendwohin, weit weg, nur fort. Im Stadtpark ließ ich mich ins Gebüsch fallen und blieb noch liegen, als die Ameisen bereits begonnen hatten, ihren Pfad über meine Beine zu verlegen, als Schnecken ohne Scheu an meinen Fingern schmatzten. Von nun an war ich die, die Angst haben musste. Mein Freund hatte mich an die Gorillas verraten. Das brach mir einen Sommer lang das Herz. Doch ich ergab mich. Was hätte ich auch tun sollen? Nun begegneten wir einander nur noch zufällig auf dem Schulhof, misstrauisch.

Im Dezember erreichte uns eine schlimme Nachricht. Mutsch erklärte: »Deine Urgroßmutter ist gestorben.« Mir fiel es schwer zu begreifen, was das bedeutete. Wir hatten sie ein paar Mal in ihrem Straßendorf unweit der Kreisstadt besucht. Ich erinnerte mich an ihr winziges Zimmer mit all den fremden Gerüchen, dem Kachelofen, der schäbigen Fußbank. Schemenhaft tauchte das Mobiliar wieder auf, die Kissen und Decken mit den Kordeln und Fransen. Diese Welt war mir so fremd und vertraut zugleich erschienen wie die faltigen Gesichter und merkwürdigen, bunten Kleider, die darin vorkamen. Ich hielt meine Uroma für eine Zigeunerin. Aber Mutsch hatte immer empört abgewunken: »Oh Gott, nein, Oma ist Försterstochter, sie stammt aus gutem Hause!« Verwirrend. Immerhin wusste ich, dass ihr Mann all die schönen Bilder gemalt hatte, die liebevoll gerahmt an niedrigen Wänden hingen. Und weil er nun ganz alleine in der Rumpelbude wohnen musste, luden wir ihn an Weihnachten zu uns ein. Es wurde ein sonderbares Fest. Der Tisch war für sieben gedeckt. Opa Erwin saß plötzlich wieder neben Oma Frieda in unserem Wohnzimmer. Und an seiner Seite mümmelte ein Mann ohne Zähne unentwegt auf einer Zigarre herum. Das dicke Ding qualmte die schöne Samttapete voll, doch Mutsch verkniff sich jeden Tadel, weil der Urgroßvater so traurig war. Wenn er sprach, verstand ich kaum ein Wort, so harsch rollte sein R die Transsib entlang. Er wirkte irgendwie schwarz-weiß inmitten der glitzernden Lamettafäden und glänzenden Weihnachtskugeln. Wir Kinder starrten ihn misstrauisch an. Als wir unsere Gedichte aufsagten, fing er an zu weinen. Später erfuhr ich, dass meine Urgroßeltern nie Lesen und Schreiben gelernt hatten. Ich erschrak angesichts solcher Armut.

Opa Erwin war ihr jüngster Sohn, der Schauspieler und Schlawiner, Trunkenbold und Bürgerschreck der Familie. Eigentlich wollte er ja Musiker werden, spielte sein Schifferklavier und sang und sang aus Leibeskräften: »Wenn auf Capri die rote Sonne im Meeeeeeeer versinkt …« Aber Geld war keins da für solche Träume. Einmal hatte er von Hitler geträumt – von dem echten – und war am nächsten Tag zum Volkssturm gelaufen, ein Freiwilliger für die letzte Schlacht. Eines Nachts weckten sie ihn und seine Freunde. »Räumung! Los, los!« Und als Erwin schlaftrunken die Leiter hinabstieg, um sein neues

Quartier zu beziehen, da sah er sie: Schreckliche Gestalten kauerten, gespensterhaft und halb skelettiert, im Stroh beieinander. Mein Opa lief auf den Hof hinaus und sah, wie die Uniformierten mit den Totenköpfen ihre Peitschen auf halb nackte Leiber herabsausen ließen, die mehr tot als lebendig in die Scheune drängten. Und als man das große Tor hinter ihnen schloss, sie in die Finsternis entließ mit Hundegebell, da rannte Erwin. Rannte einfach weg.

Zum Glück haben die ihn nicht erwischt. Doppelglück: Er fand unterwegs eine hinkende Kuh, nahm sie mit und schrie nicht mehr »Heil Hitler«. Nie wieder. Wegrennen, das hatte er gelernt. Und feiern. Und Schifferklavier.

Ich glaube, Oma hatte immer nur Kummer mit ihm. Sein vieles Glück, ihr großes Pech, es passte nicht zusammen.

»Ernst Thälmann ist unser Vorbild. Als Thälmann-Pionier gelobe ich, so zu leben, zu lernen und zu kämpfen, wie es Ernst Thälmann lehrt, getreu unserem Gruß bin ich: Für Frieden und Sozialismus immer bereit!«

Längst hatten wir unsere blauen Pionierhalstücher gegen rote eingetauscht. Und doch gehörte ich nicht zu den Großen, denn die trugen ja Blauhemden, so wie Olivers neue Freunde. Auch jenseits des Schulhofs wurden die Platzkarten neu gemischt. Er musste wohl einen Joker gehabt haben. Ich jedenfalls zog eine Lusche. Während er sich an mir unbekannten Orten erfolgreich als Jugendlicher in Szene zu setzen vermochte, hing ich immer noch verwirrt an den Bolzplätzen und auf Bootsstegen herum. Ich baute Schneemänner mit den Nachbarskindern, ballerte auf unserem Hof mit dem Knicker die Äpfel vom Stamm, kletterte auf Bäume und weigerte mich beharrlich, etwas anderes als ein Kind zu sein.

Die Eltern gerieten meinetwegen in Streit. Mutsch versuchte, mich mit Mode zu ködern. Vater lief beim Sonntagsspaziergang hinter mir, um meinen Gang zu korrigieren: Brust raus, Arsch rein, grade gehen,

Füße parallel. Auf Fotos sollte ich lächeln oder ernst gucken. Grimassen ziehen hieß ab jetzt: sich hässlich machen. Hässlich. Was meinten die bloß? Alles war plötzlich verboten. Ich wurde immer verstockter, zog einen Dauerflunsch.

Und Oliver lernte reden. Wenn man den Schulhofgerüchten Glauben schenkte, tanzten die Gorillas nun nach seiner Pfeife. Ich begegnete ihm immer seltener und begann, mich damit abzufinden: Er hatte mich vergessen.

»Klass gotow k uroku. Die Klasse ist bereit zum Unterricht und vollzählig anwesend. Mike Lehmann hat sein Vokabelheft zu Hause liegen lassen.«

In Russisch Meldung zu machen, war das Schlimmste. Keiner kam davon. Vor diesem Lehrer zitterten selbst die Steinmänner. Auf dem Schulhof war er als strenge Pausenaufsicht berüchtigt. Wenn er sich näherte, zerstoben die Gruppen wie Pusteblumen: »Psst, Breschnew kommt!« Sein Unterricht ließ Albträume wahr werden. Einmal hatte Ulli Schmidtke auf die Frage nach ihrem Lieblingssender wahrheitsgemäß mit »RIAS« geantwortet. Der Sturm, der daraufhin losbrach, das Klassenzimmer durchtoste und bis hinaus auf den Flur zu vernehmen war, trieb mir noch im Nachhinein Tränen in die Augen.

Mit Mike machte er kurzen Prozess. Er wurde nach Hause abkommandiert, das Heft zu holen. Als Mike abgehetzt wieder am Lehrertisch stand, bekam er feierlich eine Fünf ins Klassenbuch eingetragen und durfte sich – wie ein geprügelter Köter – wieder an seinen Platz setzen. Nach Unterrichtsschluss zitierte mich Breschnew überraschend zu sich. War mir bei der Meldung ein Fehler unterlaufen? Das hätte er doch sofort und demonstrativ vor der Klasse korrigiert ... Er musterte mich mit gütigen Augen. Ob ich seine Arbeitsgemeinschaft besuchen wolle? Unsicher und dankbar dafür, doch nichts falsch gemacht zu haben, willigte ich ein. Immerhin mochte ich den Klang der fremden Worte, diesen weichen Singsang mit Urgroßvaters gerolltem R. Es war die Sprache Lenins, Väterchen Frosts und Snegurotschkas. Schon am Nachmittag saßen wir zu dritt in der AG, die der Vorbereitung auf die Russisch-Olympiade diente. Es war anstrengend. Und langweilig. Insgeheim träumte ich dennoch davon, nach Moskau zu fahren.

Kurz vor Beginn der Russisch-Olympiade, mein Kopf war angefüllt mit Vokabeln und einem Bataillon rollender R, flatterte uns eine außergewöhnliche Einladung ins Haus. Genaugenommen galt sie den Nachbarn. »Ihr müsst unbedingt mitkommen, die Genossen kennenlernen. Und kochen können die Russen …«, schwärmte Olivers Vater. Die Eltern willigten sofort ein, eine Offiziersfamilie in der benachbarten Garnisonsstadt zu besuchen.

Der Tag war regnerisch und kühl. Es hatte Streit gegeben. »Mein Großer will nicht mit. Als ob ER das zu entscheiden hätte …« Widerstrebend quetschte sich Oliver zu uns auf die Rückbank. Ich hielt die Luft an und schaute weg. Der Vater mit den fürchterlichen Händen hatte sich durchgesetzt. Nach wenigen Kilometern Richtung Norden bogen wir links ab, durchquerten ein kleines Waldstück und landeten direkt vor der Kaserne. Oliver stand mit herabhängenden Schultern abseits, als sich das große, schwere Eisentor öffnete, sodass der rote Stern in der Mitte in zwei Hälften brach.

In schweigsamem Staunen liefen wir eine endlose Allee entlang. Es stimmte also. Die Soldaten lebten in ihrer eigenen Stadt! Sie hatten überall Birken gepflanzt, und ich war verblüfft, als ich die kyrillischen Schriftzeichen über den einzelnen Gebäuden und Geschäften lesen konnte, auch wenn ich deren Bedeutung nicht immer verstand. Oliver war schon weiter im Unterricht. Er solle übersetzen, verlangte sein Vater von ihm. Störrisch presste er die Worte zwischen seinen Lippen hindurch. Einmal weigerte er sich, da haute ihm der Alte auf den Hinterkopf. Oliver bebte, ballte die Fäuste, fiel schließlich zurück und schlurfte lustlos hinter uns her. Ich schämte mich und wusste nicht, wofür. Aufgeregt erklärte der Ingenieur meinen Eltern die Kasernenstruktur und lobte dabei unablässig die Tatkraft der sowjetischen Freunde. Pappi machte dazu Bemerkungen, deren Sinn mir verschlossen blieb. Ich sah nur, dass er lachte, während die anderen so taten, als würden sie nichts merken.

Auf einem runden Platz inmitten einer Kreuzung standen zwei Panzer, alt und verrostet. Die waren bis nach Berlin gekommen und dann zur Mahnung an den großen Krieg hierhergebracht worden. Viele Kinder liefen die Wege links und rechts entlang, die Mädchen mit großen Schleifen im Haar und alle in prächtigen, dunklen Uniformen. Sie trugen Einkaufstaschen nach Hause und schauten neugierig zu uns herüber. Nur die erwachsenen Sowjetbürger bewegten sich seltsam steif durch diesen winzigen Teil ihres Landes, der mitten im Wald lag, bei uns um die Ecke. »Das ist wie in der Pionierrepublik«, rief ich lauthals aus. »Halt's Maul!«, zischte es von hinten. »Oliver, reiß dich zusammen«, drohte sein Vater. Was hatte ich jetzt wieder falsch gemacht?

Vor einem der schmucklosen Wohnblocks, die wir passierten, stand ein älterer Herr, freundlich lächelnd in seiner dunklen Uniform, behangen mit bunten Orden. Der Nachbar kannte ihn, nannte unseren Gastgeber Wasja und stellte uns auch den Rest der Familie vor, Martina, Irina und Mitja. Martina, die hagere Mutter, hatte Berge von Essen für uns gekocht. Sie war Deutsche, unweit der Kaserne geboren, und hatte, wie sie sich schwärmerisch erinnerte, ihren Wasja beim Studium in Minsk kennengelernt.

Irina verschwand auf Nimmerwiedersehen im Treppenflur, Mitja zeigte mir und Oliver seine Schulbücher. Wir alberten herum und stopften das Essen in uns hinein. Oliver schien auf einmal vergessen zu haben, dass es mich nicht mehr gab. Er kannte sich gut aus und beantwortete meine Fragen in einem Anflug von Ausgelassenheit. Ich wunderte mich über die Teppiche an den Wänden und die flüssige Butter, in der all das leckere Zeug herumschwamm.

Unsere Gastgeber waren lustige Leute mit großem Appetit. Sie schenkten den Eltern immer wieder nach. Wasja wandte sich uns Kindern zu und begann, auf Dinge zu zeigen. Dann nannte er das russische Wort dafür. Wir mussten es wiederholen, und die Männer stießen mit ihren Schnapsgläsern an. Die Mütter verschwanden tuschelnd in der Küche. Zum Abschied schenkte mir Mitja, der – wie seine Mutter – in beiden Sprachen zu Hause war, eines der Märchenbücher, das ich so lang betrachtet hatte. Auf dem Umschlag winkte Väterchen Frost in die Ferne.

In jeder der folgenden Russischstunden musste ich an ihn denken. Mitja. Er hatte so ausgesehen wie die Kinder in den sowjetischen Märchenfilmen. Gleichzeitig erinnerte er mich mit seinen strohblonden Haaren und den hellblauen Augen an die Steinmänner – doch war er viel freundlicher. Die Soldaten am Kasernenausgang hatten dunkle Haut und Mandelaugen gehabt. Die Sowjetunion war wirklich ein Vielvölkerstaat. In Geografie und Russisch strengte ich mich nun besonders an, hoffend, die neuen Freunde bald wiederzusehen und mehr über das unbekannte Riesenreich zu erfahren.

Dann stand die Olympiade an. Angespornt von den Erlebnissen in unserem Bruderland auf deutschem Boden, schlug ich mich wacker und gewann. Am Ende des Schuljahres bekam ich einen Orden überreicht. Beim Gang durch die Menge beim Fahnenappell zogen sie mich an den Haaren und lachten über die Streberin. Ich begann, mich daran zu gewöhnen.

Mutsch war zur Stellvertreterin des Schuldirektors befördert worden. Die Nachbarn kamen mit Sekt vorbei, ein paar Kollegen trugen Präsentkörbe ins Wohnzimmer. Vater schenkte die Gläser voll. Bald tranken die Männer Brüderschaft. Die Hortleiterin tanzte barfuß zu »Paint it black«, und der gestrenge Russischlehrer saß schlafend auf der Veranda, während ihm Willi zärtlich die Hand ableckte. Die Jungs hatten recht, er sah aus wie Breschnew.

Arbeit

Der Beginn unseres polytechnischen Unterrichts fiel auf einen blassgrauen Montag. Das Werkstor grüßte mit unheilvollem Quietschen. Ulli Schmidtke ergriff meine Hand. Hatten wir in der Pionierrepublik Wilhelm Pieck gemeinsam an einem Fließband gesessen und im automatisierten Produktionsprozess Steckdosen hergestellt, führte uns der heimische Unterricht in die Vergangenheit der Arbeit. Die Zeit war auf dem Betriebsgelände der VEB Ziegelwerke vor hundert Jahren stehen geblieben. Das Wasser lief aus undichten Regenrinnen, versickerte im Boden, matschte unser Schuhwerk zu. Kaputte Türen hingen windschief in den Scharnieren, dazu Rostfraß, blinde Fenster, der Geruch von Moder. Unser Ausbildungsort war eine zugige Werkstatt. Es roch nach Metallspänen und Kühlflüssigkeit, die an unseren Schürzen und Arbeitshandschuhen klebte. Mir machten der Lärm und die Größe der Maschinen ein bisschen Angst, Ulli stand blanke Panik in den Augen.

In der Mittagspause marschierte die ganze Klasse hinter dem Meister her, der uns in die Kantine ans Ende des Werksgeländes führte. Sie bot Platz für zweihundert Arbeiter, doch nur wenige Tische waren besetzt. Eingeschüchtert blickten wir uns um, sahen Blaumänner, abgearbeitete Hände, vom Wetter gegerbte Gesichter. Das waren die Proletarier aus der Schwindelschweiz, die in verfallenen Häusern mit Plumpsklos wohnten, fernab des Neubaugebietes. Sie reckten ihre Fäuste nicht in den Himmel, wie wir es vom großen Wandbild in der Karl-Marx-Oberschule kannten. Stattdessen wärmten sie ihre müden Hände an angeschlagenen Kaffeetassen. Gerade drückten wir uns um ein paar Fensterplätze herum, als die Tür aufflog und eine Gruppe fröhlich vor sich hin plappernder Mosambikaner die Kantine betrat. Sie lebten draußen, bei den Tonstichen, in einem Vertragsarbeiterwohnheim aus gelben Ziegelsteinen und kamen nur sehr selten in die Stadt. Ulli umklammerte meinen Arm, während ich fasziniert in ihre Gesichter starrte.

»Scheiß Neger.« Mike Lehmann drängte uns zum Aufbruch. Dabei machte er ein Gesicht, als habe er gerade einen Sack mit toten Kätzchen aus der Havel gezogen. Weil er immer noch Schwierigkeiten mit dem Lesen hatte, versuchte Mike zumeist, sich im Unterricht zu verstecken, und sprach auch sonst nicht viel. Jetzt folgte ihm die ganze Klasse verdattert nach draußen. »Im Dunkeln kann man die überhaupt nicht erkennen!«

Unser Vater hatte sich wieder erholt und einen Fischladen übernommen, dessen Vorbesitzer überraschend »an Suff« verschieden war, wie Omi anmerkte. Er trug nun einen weißen Kittel und roch nach Meer. Ich mochte es. Man konnte die Karpfen, Forellen und Flundern im Becken nach Luft schnappen sehen. Doch er hatte es nicht gern, wenn ich mich dort herumtrieb. Ich war schließlich alt genug, um im Haus mitzuhelfen.

Auch da war er ganz Chef, verbot mir, mit dem Knicker zu schießen, allein auf den Rummel zu gehen, und wenn er es so wollte, durfte niemand ein Wort sagen. Oft gab es Streit deswegen. »Das ist normal so, Kind.«, beruhigte mich Omi. »Das kommt vom Stress.« Seit sie selbst Rentnerin geworden war, saß sie meist pfeifend an der Nähmaschine. Ich sah gern dabei zu, wie ihre Füße in den grünen Hauspuschen gleichmäßig hoch und runter wippten. Sie konnte mit den Händen zaubern. In ihrer Geschicklichkeit glich sie dem Meister aus dem Ziegelwerk, dessen große, schwielige Hände uns bei der Arbeit mit der Metallfeile auf ähnliche Weise verblüfft hatten. Als würden die Finger selber denken. Und der Kopf kann so lange aus dem Fenster schauen.

Oma Frieda durfte nun sogar in den Westen fahren, von wo sie Schnittmuster mitbrachte, Kaffee und Schokolade. Dabei fuhr sie nur unseretwegen nach drüben, wo sie keinen kannte. Omi fürchtete sich vor den Grenzkontrollen, vor Westberlin, war überfordert vom Tempo der Großstadt. Auch das blieb unser Geheimnis. Auf ihrer blauen Plüschcouch hockend, strickte sie abends vor sich hin. Manchmal glaubte ich, sie durch die Tür erzählen zu hören. Dann klopfte ich und trat ein, um ihr Gesellschaft zu leisten. Sie verriet mir ein weiteres Geheimnis, eins, das die Wutanfälle und wechselnden Launen des Vaters erklärte. Sie wusste, dass er bald in die Klinik musste. Die Behandlung sei zwar schmerzhaft und noch in der Probephase, aber seine einzige Chance, das Augenlicht nicht gänzlich zu verlieren. Ich verzieh ihm alles.

Tatsächlich musste Pappi jetzt wieder häufig zu Hause bleiben. Abwechselnd trug er mal links, mal rechts einen Augenverband, und kaum, dass die Netzhäute verheilt waren, schwollen seine Beine an. Dabei tat er so, als wäre alles normal. Wir ahmten ihn darin nach. Adolar wurde feierlich in den Fußballverein aufgenommen. Schon nach einer Woche Training beschloss er, ein berühmter Libero zu werden. Unsere Mutter hockte lange bei Überstunden in der Schule, wo sie Versammlungen und Weiterbildungen aller Art beiwohnte. Omi suchte Anschluss im benachbarten Klub der Volkssolidarität. Dort, in einem holzgetäfelten Zimmer über der Broilerbar, fanden Tanzabende statt, bei denen sie ihre frisch geschneiderten Blusen vorführen und von vergangenen Zeiten schwärmen konnte. »Die sind alle aus der alten Heimat.«

Auf dem Hof war immer was zu tun. Kohlen mussten geschippt, Fahrräder repariert, Rasen gemäht, Äpfel gepflückt und Fensterläden geputzt werden. Meist lag der kranke Vater im Wohnzimmer auf der Couch. Manchmal stand er plötzlich auf und überprüfte, ob ich auch nichts verkehrt machte. Denn sobald ein Mensch zu viel Zeit in einer Umgebung verbringt, beginnt er, an ihr herumzunörgeln. Alles erschien ihm plötzlich schadhaft, schmutzig, verbesserungswürdig. Dabei hatte Pappi nie goldene Hände besessen. Das mag daran gelegen haben, dass er selbst fast ohne Vater aufgewachsen war. Die Kraftlosigkeit, die ihn nun befiel, machte alles noch schlimmer. Ich erkannte sie wieder. Doch konnte sich unser Vater schlecht zu den Alten in der Havelstraße gesellen und aus dem Fenster schauen, bis ein Kind vorbeikam oder ein Hund oder ein Kind und ein Hund. In seine Stirn, die einst so weich gewesen war und glatt und schön, grub der Zorn immer tiefere Falten. So saß er zerfurcht bei uns zu Hause, war nicht einmal in der Lage, sich eine Suppe zu kochen. Er schaffte es einfach nicht. Um zu verhindern, dass Vater verhungerte, verdonnerten sie mich schließlich dazu, Essen aus der Schulkantine mit nach Hause zu bringen. Der Blecheimer baumelte an meinem Fahrradlenker, und ich verabschiedete mich von freien Nachmittagen und jeder Art von Bummelei auf dem Nachhauseweg. Einmal ergossen sich Makkaroni und Tomatensoße quer über die Fahrbahn vor unserem Haus. Ich erwog, fortzulaufen und nie wieder zurückzukehren. Doch bevor ich meinen Plan in die Tat umsetzen konnte, kam die Nachbarin angerannt. Sie hatte alles beobachtet, vor allem mein Gesicht, und beschlossen, mir zu helfen. Statt wegzurennen, brach ich in Tränen aus.

Gehorchte ich vormittags dem Diktat der Mutter und ihrer Pädagogenschar, stand der Rest des Tages unter dem Regiment des Vaters und seiner fortschreitenden Krankheit. Meist verstand es Omi, mich aufzumuntern, indem sie mir Geschichten aus ihrer Kindheit erzählte, die mein Leid weit übertrafen. Dann schaute ich den am Fenster vorbeiziehenden Wolken hinterher und bewunderte die menschliche Fähigkeit, immer weiter zu leben.

An seinen wenigen guten Tagen fuhrwerkte unser Vater bis zur Ohnmacht auf dem Hof herum, reparierte, strich, grub und hämmerte, bis alles an ihm keuchte. An anderen Abenden fuhr er mit dem Fahrrad die Havel entlang, alte Freunde besuchen, um schließlich mit ihnen bei Möllemanns am Kessel zu stehen. Meist blieb er dann noch bei Otto Brunk hängen, sodass wir immer wussten, wo er war und ich ihn schließlich abholen konnte: »Komm, Pappi. Mutti wartet mit dem Abendbrot.«

»Noch einen Scheidebecher!«

Jedes Mal wartete ich, bis er bereit war. Doch an wirklich schlechten Tagen weigerte er sich mitzugehen. Dann herrschte Angst im Haus, und es konnte vorkommen, dass er ein Fenster zerschlug.

Ausgerechnet Omi, der alte Pechvogel, wurde unverhofft zur Heldin der ganzen Stadt: Sie hatte nur den ehemaligen Kollegen einen Besuch abstatten wollen, als gegenüber des Obst- und Gemüseladens ein Militärfahrzeug in ein Wohnhaus krachte. Omi war als Erste vor Ort und zog die alte Frau Hering aus den Trümmern ihres Wohnzimmers, in dem nun das Russenauto stand. Oma Hering war tatsächlich unverletzt geblieben. Sie würde nur nie wieder angstfrei fernsehen können. Der Fahrer dagegen, ein junger Kasache, war auf der Stelle tot. »Scheiß Russen«, schimpften die Leute in der Nachbarschaft, was mich erschreckte. Der Rekrut war doch nicht mutwillig verunglückt.

An einem klaren Wintertag rollten wir in der Hofpause Schneebälle, damit sie zu Eis wurden, hart und ebenmäßig. Mein Geschoss flog gut und traf den Kopf der Pausenaufsicht. Ausgerechnet Breschnew! Er hielt sich die Hand vors blutende Gesicht, ich erstarrte vor Schreck, genauso wie die Mutsch, der ich erneut hinter der schweren Tür des Direktors gegenübertreten musste, um den Tadel zu empfangen. Vater tobte, sprach Verbote aus, knallte so energisch mit den Türen, dass wir zwei neue Scheiben brauchten. »Wir sind so enttäuscht von dir ...« Was für eine Eselin ich war!

Vor jeder der folgenden Russischstunden würgte mich das Schuldgefühl. Der Lehrer selbst tat, als wäre nichts gewesen. Was vom Schuljahr übrigblieb, waren Stubenarrest und Hausarbeit. Erst der Sommer erlöste mich. Vater erholte sich auf einer Kur, und ich ging wieder angeln. Zu guter Letzt fuhren wir sogar gemeinsam nach Karlovy Vary in die Ferien, feierten dort Adolars Geburtstag und kauften ihm eine Mappe und Stifte für die bevorstehende Einschulung. Unsere Eltern schlenderten Hand in Hand durch die Gassen. Sie redeten viel und stritten nur einmal, als Pappi seinen Ehering nicht wiederfand. Nachts schlichen sie aus dem Zimmer und blieben lange fort. Auf den Fotos von damals lachen wir viel, was am Sommerwetter, der Stadt, dem Land und vor allem an Adolars Zahnlücke gelegen haben mag. Er sah zum Knutschen aus.

Beim großen Fahnenappell zu Beginn des Schuljahres konnte ich kaum die Augen von ihm lassen. Der kleine Adolar. Er wirkte ganz verloren. Wer wollte es ihm verdenken? Die Anwesenheit von Mutsch konnte daran nichts ändern, sie war hier weder Mutsch noch seine Mama, sondern Stellvertreterin und stand mit strenger Miene neben dem Direktor, während der die Namen derer vorlas, die es zu rügen galt. Während der Ferien sei es zu Zwischenfällen gekommen, die ein sofortiges Eingreifen erforderten. Die beteiligten Schüler würden zeitweise der Schule verwiesen. Zuerst liefen die Steinmänner aufreizend schwungvoll quer über den Appellplatz und ließen das Ganze über sich ergehen. Zu meinem Entsetzen rief der Direktor dann auch meinen alten Freund nach vorn. In den Reihen der Älteren machte sich Unruhe breit. Der jüngere Steinmann grinste immerzu. Sein großer Bruder wirkte merkwürdig steif. Oliver hatte das Auftreten eines Partisanenführers. Er schaute nicht weg wie die anderen, als sie ihn vor unser aller Augen mit Worten, hart und eckig wie Beton, tadelten. Er grinste hämisch. Mir war die Sache unheimlich. Mike Lehmann ballte die Fäuste. Was auch immer geschah, ich kapierte es nicht und machte mir Sorgen um mich, um Adolar, um uns.

Von meiner täglichen Pflicht, unserem Vater das Mittagessen zu liefern, wurde ich entbunden, nachdem er Bodos Bockwurstbude für sich entdeckt hatte, einen kleinen Imbiss, der neben dem Rathaus eröffnet worden war. Bodo war ein alter Trinkkumpan, die beiden kannten sich von früher. »Aus der Gastronomie.« Dieser Umstand, etwas Schnaps und die Aussicht, eventuell wieder arbeiten zu können, verbesserte die Stimmung phasenweise.

Krankheit

Wie Schimmelpilz in den Kellerritzen hatte sich die Wut erst im Haus, dann auf der Straße verbreitet und beherrschte schließlich die ganze Stadt. Zuerst war mein Vater befallen. »Die Krankheit verändert sein Wesen«, hatte Omi gewarnt. Dann sah ich, dass es auch andere traf. Unbemerkt hatte die Wut jahrelang unterm Pflaster gehockt, unter maroden Dielen, in der Kanalisation, auf den Dachböden und hinter verblichenen Fotografien. Bei uns im Haus konnte ich es knistern hören. Der Vater verhängte Redeverbote, tagelang, deren Grund wir nicht verstehen konnten. Worte wurden in Köpfen eingeschlossen, drehten sich im Kreis.

Oliver und seine neuen Kumpane lehrten mich, die Schule zu fürchten. Auf einmal war es, als gäbe es keinen sicheren Ort mehr, nirgends. Zu Hause wartete, wenn er nicht bei Bodo saß, mein cholerischer Vater. Um ihm aus dem Weg zu gehen, lernte ich Judo und wurde Mitglied der Gesellschaft für Sport und Technik, in der man mich am großkalibrigen Gewehr ausbildete und mir einen Mopedführerschein in Aussicht stellte, sobald ich die Norm zur Bezirksspartakiade erfüllen würde. An meiner Trefferquote gab es nichts zu deuteln, das Knickerschießen mit Oliver hatte meine Sinne geschärft. Ich meldete mich freiwillig, wann immer gesellschaftliche Aufgaben in der Pionierorganisation zu vergeben waren, schrieb Sitzungsprotokolle, gestaltete

Wandzeitungen und Gruppennachmittage, die unserer Vorbereitung auf die Jugendweihe dienten. Doch die roten Fahnen, die Losungen, Klassenräume und Schulflure boten mir genauso wenig Schutz wie unser Hof. Überall lauerten Gefahren und Unübersichtlichkeiten, feindselige Blicke und Anfälle von Wut. Menschen wie Dinge schienen einen stummen Streik zu führen. Kleiderhaken und abgebrochene Kreidestücke, tropfende Wasserhähne und Löschpapierblätter – eben noch vertraute Gegenstände – lösten plötzlich Angst und Widerwillen aus.

Auf der Flucht vor den Eltern nahm ich sogar das Leichtathletiktraining wieder auf und ordnete mich widerstandslos am Ende der Rangordnung ein. Ich hatte viel Trainingsrückstand, doch konnten sie mich immer noch als Werferin gebrauchen. Was ebenfalls half, war die Freundschaft zur medaillengekrönten Heldin unserer Trainingsgruppe, Ulli Schmidtke. Die Übungsleiter hofierten sie wie ein Wesen von einem anderen Stern. Ulli konnte laufen wie eine Gazelle. Selbst im Ziel, wo wir anderen uns japsend ins Gras fallen ließen, blieb sie lässig auf der Aschenbahn stehen, legte die Hände an die Hüften, drückte ihr Kreuz durch und lächelte. Diese Art des Gewinnens ohne Triumph hatte ihr nicht nur die Sympathien des gesamten Trainingszentrums eingebracht. Immer wieder verabredeten sich Jungen aus den verschiedenen Teilen der Stadt wie zufällig in der Nähe der Umkleidekabinen. Oliver stand oft feixend dabei. Er wohnte ja um die Ecke und langweilte sich genauso wie alle anderen. Sie betrachteten die Wettkämpfe aus den Augenwinkeln und machten sich einen Spaß daraus, die Verlierer zu verhöhnen. Stürze, gerissene Latten und Stolperer im Zielsprint kommentierten sie mit Gejohle. Wir Trainierenden widmeten uns wesentlicheren Dingen. Die Ehrgeizigsten rieben sich ihre Muskeln vor dem Training mit Schlangengift ein, einer scharf riechenden Salbe, die einem in den engen Kabinen das Hirn einnebelte.

So was hatte Mike Lehmann nicht nötig. Was er auch tat, es gelang und war ihm piepegal. Oft fehlte er beim Training, dafür stand er pünktlich am Bus, wenn wir zu Wettkämpfen in entlegene Regionen der Republik aufbrachen. Sein Interesse galt allein dem Unterwegssein. Als die Meisterschaften des Bezirks Potsdam auf unserem Sportplatz ausgetragen wurden, glänzte Mike mit Landesrekorden. Er war wie ein König ohne Gefolge, ohne Königreich. Ulli gewann zwei goldene und eine Silbermedaille. Mein eigener Wettbewerb verlief überraschend. Die Favoritin, ein quadratisches Mädchen aus einem nahe gelegenen Schäferdorf, verletzte sich beim Einwerfen. Anderen machte ihre Nervosität zu schaffen. Selbst Katharina Kasunke, inzwischen Starkraucherin und kräftigstes Mädchen der Parallelklasse, die mich bei jeder Schulmeisterschaft geschlagen hatte, flog mit drei Fehlversuchen hintereinander raus. Niemand erreichte seine Bestweite annähernd. Bis auf mich. Mein Arm tat weh, aber plötzlich stand ich neben Ulli und Mike bei den Goldmedaillenträgern, die sich gegenseitig knufften und, die Hände in den Hüften, lässig ihre Haare ins Genick warfen. Der Trainer klopfte mir auf die Schulter. Vielleicht würde ich doch zu mehr als Kanonenfutter taugen.

»Nun seid ihr bald Teil der Freien Deutschen Jugend!«

Die Mahn- und Gedenkstätte lag drei Stunden Fahrt entfernt. Wir brachen in aller Frühe auf, um dort im Rahmen einer Feierstunde unsere Blauhemden überreicht zu bekommen. Ein paar Mitschüler fehlten am Treffpunkt. Folgte man den Gerüchten, so hatten es ihre Eltern verboten, andere waren plötzlich mitsamt ihren Familien verschwunden. »Rüberjemacht.« Wir fuhren ohne sie los.

Mike Lehmann saß mit glasigen Augen und Schnapsfahne neben mir. Gazellenulli rutschte auf ihrem Stuhl hin und her. Katharina, die Starke, hockte bleich wie ein Gespenst hinter uns. Erst als sie mein vor Aufregung geflecktes Gesicht bemerkte, begann sie, leise zu kichern.

Eine ehemalige Insassin des Konzentrationslagers sprach uns Mut zu, das entnahm ich ihrer Haltung, denn verstehen konnten wir in den hinteren Reihen nur wenig. Und doch imponierte mir ihre furchtlose, bestimmte Art sehr. Dann war ich an der Reihe, nach vorn zu gehen und meinen Text aufzusagen. Schamvoll mied ich die Blicke meiner Mitschüler, die der Lehrer, den der alten Kommunistin und stotterte meine Worte in den Raum:

»Liebe FDJler, Genossinnen und Genossen,

wir erfüllen das revolutionäre Vermächtnis. In unserem Gelöbnis zur Jugendweihe im vierzigsten Jahr des Bestehens unserer Deutschen Demokratischen Republik werden wir das versprechen. Nicht nur in unserem Heimatort, ja, in unserem ganzen Land wird das humanistische und revolutionäre Erbe bewahrt und fortgesetzt. Wir lernen aus den Kämpfen der revolutionären Arbeiterbewegung, der Antifaschisten und aller fortschrittlichen Kräfte der deutschen Geschichte. Die Kenntnis und Lehren der Geschichte vermitteln uns Kraft und Optimismus für die Lösung der heutigen und zukünftigen Aufgaben ...«

Meine Stimme klang fremd, wie in einem Tunnel. Als draußen, vor dem Fenster, die Krähenvögel lautstark zum Schwedtsee zogen, dessen Grund mit der Asche der Ermordeten bedeckt war, hielt ich inne. Statt bei dieser Zeremonie in der engen Baracke, wünschte ich mir, dort am Ufer zu stehen. Das Textblatt zitterte in meinen Händen. Ich bekam keinen Ton heraus, suchte den Blick der Mutsch, doch die hatte sich schnell hinter einem Fahnenständer versteckt. Mike Lehmann rülpste laut in die Stille hinein und erntete schallendes Gelächter. Nun griff der Direktor mit strenger Miene ein, schob mich zurück an meinen Platz, und ich dachte die ganze Zeit an Opa Erwin, der dem Todesmarsch der Frauen begegnet war. Dem würde an diesem Ort auch nicht nach Reden zumute sein.

Auf der Rückfahrt saß ich allein, hinten im Bus. Alle plapperten durcheinander und träumten laut von der Jugendweihe, die neben dem langweiligen Pflichtteil mit Geschenken lockte, neuen Klamotten und einem Fest. Was ich auch tat oder dachte, es lief immer schief.

In meiner Klasse hatten längst alle Mädchen einen Freund – bis auf mich, die Streberin, Ulli, die bei allem Rumgeknutsche dann doch keusche Gazelle, und Simone, die nach dem Kuhstall ihres Vaters roch. Einen Jungen anzusprechen, erschien mir undenkbar. Keine Ahnung, wie die anderen das hinbekamen.

Meine älteren Cousinen in der Kreisstadt waren schon »richtige Damen«, wie Tante Ingeborg zu sagen pflegte, sie gingen regelmäßig abends aus und nahmen mich eines Tages mit: auf mein erstes Konzert. Petra Zieger und Band spielten im städtischen Kulturhaus. Die im ganzen Land berühmte Sängerin trug einen Lederblouson und grellblonde, hochtoupierte Haare. Die Musiker spielten Rock 'n' Roll, und Frau Zieger, die Schlagerfee aus dem Fernsehen, sang und tanzte dazu. Bei der anschließenden Disko erblickte ich den süßesten Jungen der Welt. Er war bestimmt schon siebzehn und so wie meine Cousinen ein Stammbesucher des Kulturhauses. Ich traute mich kaum, ihm beim Tanzen zuzuschauen. In der folgenden Nacht küsste er mich auf den Mund und zog so lange an meinem T-Shirt, bis eine allmächtige Stimme den Traum beendete. Ich erschrak. Die Stimme in meinem Kopf hatte wie die der Pionierleiterin mit dem Strichmund geklungen. Oder war es die von Mutsch? Drei Wochen später war er verschwunden. »Rüberjemacht«, wie mir die Cousinen ungefragt erzählten. Damit war der Traum wirklich vorbei.

Ebenso wie meine Kinderzimmerzeit mit Adolar. Denn die liebe Omi machte mir das Geburtstagsgeschenk meines Lebens. Ich, Mimi Schulz, bekam mein eigenes Zimmer. Sie hatte dafür ihre Wohnstube geräumt. Man konnte sogar abschließen. »Is doch genug Platz für alle«, erklärte sie schlicht und überließ mir gleich noch ihre geliebte Ofenbank. Nun wohnten wir beide unterm Dach. Ich schwor, ihr immer die Kohlen aus dem Keller zu holen. Eine Weile hielt ich mich sogar daran.

In Sporthallen und Umkleidekabinen erfuhr ich endlich mehr von Katharina Kasunke, dem Mädchen von der Raucherinsel. Sie hatte drei Geschwister, mit denen sie sich einen winzigen Verschlag unterm Dach ihrer Eltern teilen musste. Die waren zwar nett, galten aber als Assis, denn der Vater trank und arbeitete nicht.

Ulli Schmidtke berichtete mit leiser Stimme, umhüllt von Wolken aus Schweiß und Deodorant, dass sie unter einer putzsüchtigen Mutter litt: »Das kommt von Bitterfeld.«

»Das hast du mir nie erzählt.«

»Du erzählst doch ooch nüscht von zu Hause.«

Wir trafen uns in den Pausen und beim Sport, schwärmten für Jungs und beklebten an den Nachmittagen unsere Kinderzimmer mit Postern von Depeche Mode und Michael Jackson. Ich gab all meine Mosaik-Hefte mit den gesammelten Abenteuern der Abrafaxe im Tausch für ein paar Westposter aus der Bravo her.

Im Waldbad saß ich mit meinen Umkleidekabinen-Freundinnen meist etwas abseits, im Schatten der Kiefern, und wir beobachteten die Heldinnen und Helden des Strands. Manchmal kamen die Steinmänner vorbei und neckten Katharina, die schon einen großen Busen hatte und sehr schlagfertig war. Andreas Walther, mein Freund aus frühen Kindertagen, hatte ein Auge auf Ulli geworfen. Seit der Scheidung seiner Eltern lebte er mit seiner Mutter und zwei Brüdern im Neubaugebiet. Auf dem Schulhof war er kaum zu sehen, weil er die Pausen mit den Steinmännern verbrachte. Mich schien er vergessen zu haben, doch Ulli zog ihn an wie ein Magnet. Er schenkte ihr sogar einen knallgelben Mopedhelm: »Ich kann dich überall hinfahren. Musste nur sagen.«

Ich bekam zum ersten Mal Blutungen. »Ach du meine Jüte! Du wirst Schmerzen haben. Nimm heiße Kartoffeln. Leg sie dir auf den Bauch. Ach du meine Jüte!« Omis Kommentar erschien mir einleuchtender als: »Jetzt bist du eine richtige Frau«. Meine Mutter sagte das im selben feierlichen Ton, in dem sie Abzeichen für gutes

Wissen verlieh. Und schon musste sie wieder los, zur Versammlung. Vater schwieg und kochte einen Tee.

Als ich eines Abends erschöpft vom Training zurückhumpelte, begegnete mir Katharina, die am Straßenrand hockte und Rauchwölkchen in den Abendhimmel blies.

»Machst'n du hier?«

Sie grinste und bot mir eine Zigarette an. »Kommste rin?«

Ich folgte neugierig. Katharina trug eine pinkfarbene Schleife, die ihre störrischen Haare nicht zu bändigen vermochte. Ihr wippender Gang hatte etwas Lässiges. Nichts schien sie je erschüttern zu können. Ich wusste, dass sie die Schule demnächst verlassen würde und schon mal einen Freund gehabt hatte, der wesentlich älter war als sie. Ihre Eltern behandelten die drei Töchter so, wie sie einander behandelten, schroff und liebevoll zugleich. Zögernd betrat ich das Wohnzimmer, über dem eine Mütze aus Rauch lag. Der Fernseher lief, die Kasunkes blickten kurz auf, nickten mir freundlich zu und schauten wieder in die Röhre. Ihr Vater stellte sich mir vor, indem er einen Kurzen einschenkte und über den Couchtisch schob. »Prost.« Herr Kasunke war ein hagerer Kerl mit Elvis-Tolle und gelben Augen. Er trug noch seinen Arbeitsanzug, obwohl er schon lange kein Installateur mehr war. »Die Leber. Da kannste nüscht machen.« Es gab auch noch zwei Katzen im Hof, die gern in alle Ecken pissten, und ein Moped, an dem es ständig etwas zu reparieren gab. Alles in allem empfand ich das Haus der Kasunkes als friedliches Asyl, aus dem mich niemand zu vertreiben suchte. Ich würgte ein bisschen am Pfefferminzlikör, Katharina zog mich grinsend nach oben, in die Dachkammer, ihren Rückzugsort. Dort lagen wir auf dem Boden, hörten Musik, schwärmten uns gegenseitig von Jungs vor und schmiedeten Pläne für den Besuch einer berüchtigten Dorfdisko.

»Da jibts Gruftis.«

»Was?«

»Na, wie Punker, nur in Schwarz.«

Als ich gehen wollte, lud mich Mutter Kasunke ein: »Kannst jerne mitgucken.«

»Was gibt's denn?«

»›Zombies im Kaufhaus‹. Fängt gleich an.«

Die Familie besaß seit Kurzem einen Videorekorder.

»Ausm Westen. Seitdem sindse selber Zombies«, raunte mir Katharina zu. Ich schaute mit, bis ein Polizist im Fernseher schrie: »Auf den Kopf schießen! Du musst das Gehirn treffen!«

Seit mich mein Vater einmal nachts gezwungen hatte, »Die Körperfresser kommen« zu gucken – er wollte wohl nicht alleine sein –, war ich vorsichtig, was Horrorfilme betraf: Man wusste nie, was die mit den Träumen anstellten!

Mit einem letzten Schnaps verabschiedete ich mich von den Kasunkes, die gebannt auf das Gemetzel starrten. Schneller war ich nie nach Hause gerannt.

Schwüre

Eine neue Welle der Gemeinheit kroch über die Straßen und Plätze in das Neubaugebiet, erreichte bald unser Klassenzimmer. Zuerst erwischte es das schüchterne Nachbarmädchen, das sie so lange über den Pausenhof jagten, bis es zusammenbrach und wehrlos auf dem Boden lag. Ein Schüler, der später nicht zu ermitteln war, weil alle schwiegen, trat ihr in den Bauch. Sie war wochenlang im Krankenhaus. Die meisten hatten weggeschaut, weitergespielt, froh, nicht gemeint zu sein. Einmal stand ich unter ihrem Fenster und traute mich dann doch nicht zu klingeln. Ich hatte einfach Schiss, mit ihr gesehen zu werden. Und als sie schließlich zurück in die Schule kam, war sie wieder unsichtbar geworden, wie in all den Jahren zuvor. Andere waren nun in Mode. Eine Weile sah es so aus, als würden sie demnächst mich über den Hof jagen. Der Ton war schärfer, die Rempeleien ruppiger geworden. Nur ein Zufall half mir aus der Patsche. Beim Ernteeinsatz bekam ich einen Sonnenstich. Ich war bei glühender Hitze auf dem Acker zusammengebrochen und, das Gesicht voran, in die halb volle Kiepe mit Stoppelkartoffeln geknallt. Die vierwöchige Pause, die mir das Malheur verschaffte, reichte aus, Ulli Schmidtke in den Mittelpunkt des Interesses zu rücken. Klassenkloppe! Frisch genesen, ein paar Narben auf der Stirn, machte auch ich mit, rannte – erleichtert und wie von Sinnen – hinter der schreienden Ulli her. Bis mich ihre Mutter auf dem Heimweg von der Schule abfing. »Mimi, dass ausgerechnet du da mitmachst. Ich dachte, ihr wärt Freundinnen!« Spontan bekam ich wieder Fieber und musste erneut zu Hause bleiben. Das Klassenkloppe-Roulette war beendet, als plötzlich zwei Mitschüler fehlten. »Rüberjemacht.« Sommer. Reisezeit.

Ein Zug stand auch für mich bereit. Doch fuhr der weder an die Ostsee noch nach Karlovy Vary oder Prag. Ich würde der Schulauswahl für ein Russisch-Spezialistenlager angehören.

»Das ist eine Auszeichnungsreise.«

»Aha. Wohin?«

»Polen.«

Am Abend vor der Abreise legte mein Vater wortlos zwei Pakete Kaffee und etliche Tafeln Schokolade in meinen Koffer. Ich trank gar keinen Kaffee, traute mich aber nicht nachzufragen. Auch nicht nach Taschengeld. Omi gab mir ein paar Mark und lachte: »Wofür brauchst du denn Geld? Die DDR bezahlt doch alles, und bei die Polacken jibts ooch nüscht zu koofen.«

Wir trafen uns im Morgengrauen. Michael war mit dabei und auch Ulli Schmidtke, die tat, als wäre nichts geschehen. Als ich Oliver am

Bahnhof erblickte, geriet ich aus der Fassung. Wie konnte das sein? Der Junge, der einmal mein Freund gewesen war, stand voller Verachtung abseits der Gruppe und rauchte, obwohl das verboten war. Als er mich anblickte, wurde mir unwohl. Er hasste mich.

Das Land, das wir auf zerrissenen Polstern in einem schmuddeligen Zug durchquerten, wirkte dunkelgrau und ungeheuer traurig. Ich war zwar unempfindlich gegen die Melancholie des leeren Horizonts, die ich von zu Hause kannte, doch hatte ich nie zuvor so schreckliche, gelbe Wolken gesehen, wie sie die Stadt Poznań von allen Seiten belagerten. Ein beißender Gestank schlug uns am Bahnhof entgegen. Die Menschen, die den Fußgängertunnel Richtung Innenstadt säumten, boten einzelne Zigaretten, Blumensträuße aus Papier und Gebäck zum Verkauf an. Sie wirkten krank vor Armut. Ich begriff die Gaben meines Vaters. Ein paar Tage später würde ich mich mit meinem Kaffee und der Schokolade danebenstellen und die Scheine in Bündeln entgegennehmen, ohne mein Taschengeld nachzuzählen.

Die Schaufenster der Läden waren leer. »Hot Dogi« stand über einer Imbissbude, in der es gar kein Fleisch zu kaufen gab, keine Würste oder Buletten.

Ich sah zum ersten Mal bettelnde Kinder. Sie standen vor einer Kirche, die innen viel prächtiger war als alle Kirchen, die ich je gesehen hatte. Ein kleiner Krüppel streckte uns seine Hand entgegen. Ich sah in das Gesicht eines Jungen, der etwa so alt war wie Adolar. Das erkannte ich an seiner Stimme, seiner Größe. Doch sein Gesicht war älter als meins. Er lief auf Krücken, humpelte uns noch lange hinterher und rief dabei unverständliches Zeug. Ich flüchtete.

Die einzige Möglichkeit, die Złotys auszugeben, bot ein Markt in der Nähe unserer Unterkunft. Ich lud die Mädchen aus meinem Zimmer ein, wir liefen unsicher zwischen den Buden umher und wurden schließlich fündig. Noch nie hatte ich so viele Kassetten auf einem Haufen gesehen: Musik aller Stile und Zeiten! Ulli entdeckte »Music for the Masses« von Depeche Mode und umarmte mich spontan. Sie hatte mir verziehen.

Die Zimmer in dem alten Kasernengebäude, das uns vier Wochen lang beherbergte, waren karg eingerichtet. Warmes Wasser gab es nur für Frühaufsteher. Der Unterricht war straff organisiert. Doch als Banknachbarinnen konnten Ulli und ich heimlich Schiffe versenken spielen. In der kleinen Kantine bemühten sich die Küchenfrauen redlich, uns zu versorgen. Die Graupensuppe war morgens klar, mittags gelb und abends rot. Wir verstanden die Not und machten uns trotzdem über die Frauen mit den stark geschminkten Gesichtern, altmodischen Kleidern und Frisuren lustig.

Erst als uns eine Gruppe polnischer Kinder auf der Straße als »Kurvas« und »Faschisten« beschimpfte, hörten wir auf zu lachen. Ich sah den Hass in ihren kleinen, schmutzigen Adolar-Gesichtern, sah ihre zerrissenen Hosen, betrachtete dagegen uns: blonde Mädchen mit blauen Augen, adrett gekleidet.

Ulli Schmidtke konnte die Kümmernis, die mich in den folgenden Tagen ergriff, nicht verstehen. Sie schnappte sich ein anderes Mädchen aus dem Kurs und organisierte kleine Diskos in der Kantine. Beide waren in ältere Jungs verknallt, und Ulli ging, wie auch sonst in allem, sehr zielstrebig vor. Mir blieb nichts weiter übrig, als die unterrichtsfreie Zeit mit Michael Müller zu verbringen. Mit ihm hockte ich im Foyer, und wir klimperten ein bisschen auf seiner alten Gitarre herum. Er wusste über alles Bescheid und hielt mich auf dem Laufenden. So erfuhr ich, dass die älteren Jungs nachts aus den Fenstern im Erdgeschoss flohen, um mit den einheimischen Jugendlichen zu saufen, die versuchten, ihnen Polnisch beizubringen. Oliver führte den Trupp an und entschied, dass Michael nicht dazugehörte. Michael rächte sich, indem er sie beim Lagerleiter verpetzte. Das brachte den anderen Ärger und Michael ein blaues Auge ein.

Die Polen wollten kein einziges russisches Wort hören. Der Klang dieser Sprache versetzte sie in Wut. Wir waren nicht willkommen, fanden kaum Berührungspunkte, und jeder schlug die Zeit auf seine Weise tot. Ich lag wieder mal daneben, las Egon Erwin Kisch und schrieb düstere Gedichte.

mensch

stand einst ein baum
auf weitem feld
sah ich ihn oft
vom wind gebeugt

und doch – zerbrach er nie
nicht im eissturm
nicht im regen

lag einst ein reh
in dichtem gras
hört' ich es oft
ins dickicht flüchten

und doch – stürzte es nie
nicht im eissturm
nicht im regen

flog einst ein kranich
am lichten himmel
sah ich ihn oft
fliehenden flügelschlags

und doch – fiel er nie
nicht im eissturm
nicht im regen

stand einst ein mensch
auf hohem berg
schaute ins tal
und weinte einen fluss

Während der ganzen Zeit lernte ich kein einziges neues Wort. In meinem Kopf gab es keinen Platz dafür. Mein Interesse an der russischen Sprache war versiegt.

Der letzte Abend sandte Michael Müller als seinen lallenden Vorboten in unser Zimmer. Er stank nach Schnaps, die anderen hatten ihn abgefüllt, und er schlief sofort, auf dem Boden liegend, ein. Ulli fragte, ob sie das Zimmer haben könne, für sich und ihren Freund. Ich ging wortlos und ließ Michael liegen.

Die halbe Nacht saß ich schweigend und rauchend vor der Kaserne, beobachtete, wie Olivers Leute zuerst gingen und dann torkelnd wiederkehrten. Auch die Russischlehrer schienen sich prächtig mit ihren polnischen Kollegen zu verstehen. Ihre schnapsseligen Gesänge reichten bis in die Morgendämmerung hinein. Ulli und ihr neuer Freund fickten die ganze Nacht, und als ich zwei Stunden vor der geplanten Abfahrt das Zimmer betrat, waren sie noch in vollem Gange, während Michael in seiner eigenen Kotze schlummerte.

Später, am Bahnhof, herrschte Riesentrubel. Es gab nicht genügend Plätze. Wir quetschten uns zu acht in ein Sechserabteil und versuchten, ein bisschen Schlaf zu bekommen. Irgendwann gab ich auf. Oliver stand rauchend auf dem Gang. Er würdigte mich keines Blicks. Stattdessen beobachtete ich, wie sich eine dunkelhaarige Schönheit an ihn schmiegte, er ihr, scheinbar ungerührt, Rauchkringel ins Gesicht blies. Als mich die wesentlich ältere Frau bemerkte, lächelte sie mir bedeutungsvoll zu. Ich erschrak und lief an das Ende des Zuges, wo ich den Gleisen nachschaute, die sich, jenseits der Streckenlichter, in die Nacht verloren.

Unsere Jugendweihe glich einer Beerdigung. Fast alle gingen in Schwarz. Das lag am Mangelangebot der Jugendmode. Ich als privilegierte Tochter eines, wenn auch krankgeschriebenen, HO-Verkaufsstellenleiters hatte schon am Tag der Lieferung und außerhalb der regulären Öffnungszeiten einen Blick auf die Jahreskollektion werfen dürfen. Mutter verpasste mir ein rotes Jackett, denn rot war ihre Lieblingsfarbe. Dass ich es nur verschämt tragen würde, war ihr nicht klarzumachen. Wahrscheinlich war dieses Jackett das einzige seiner Art im gesamten Bezirk Potsdam. Ich ließ es über mich ergehen, selbst die altmodischen Lackschuhe, die Omi mir andrehte, und die schrecklichen Feinstrumpfhosen, die sie mir stolz überreichte: »Ausm Westen!«

Das alles hatte genauso wenig mit mir zu tun wie mein Körper, meine Jugendweihe, wie mein Leben an und für sich.

Den anderen muss es ähnlich ergangen sein. Wir suchten kollektiv das Weite, kaum dass die Zeremonie beendet war. Verkleidet als unsere Eltern zogen wir von Haus zu Haus und plünderten die Alkoholvorräte. Sie wiederum saßen an die Verwandtschaft gekettet im Kulturhaus und warteten auf die Eröffnung des Buffets, das man direkt unter dem riesigen Transparent zum Republikgeburtstag aufgebaut hatte: »40 Jahre Deutsche Demokratische Republik«.

Es war noch früh am Nachmittag, und wir liefen – manche im ersten Vollrausch ihres Lebens – durch das Havelstädtchen, so, wie es Generationen vor uns getan hatten. Ein paar Jungs kotzten sich gegenseitig auf die Anzüge, während wir Mädchen in halb zerfetzten Feinstrumpfhosen über den Asphalt schlurften. Einige hatten ihre ungeliebten Hackenschuhe bereits unterwegs verloren. Omis Lackschuhe fest im Griff lief ich hinterher und stellte verwundert fest, dass sich die Welt um mich drehte.

Fackeln

Enthusiastisch verfolgte Omi die Entwicklung der Weltpolitik in den Fernsehnachrichten. Sie verehrte Michail Gorbatschow, den sie zärtlich Gorbi nannte. Omi war überzeugt, der Weltfrieden stünde vor der Tür. Mir war das piepegal. Manchmal gelang es ihr, mich zu einem Tänzchen in ihrem winzigen Wohnzimmer zu überreden. Die Dielen knarrten im Takt der Thüringer-Wald-Hymnen von Herbert Roth, wenn sie mich mit volkstümlichem Schwung von einer Ecke in die andere schob. Omi führte und pfiff mir dazu ins Ohr. Es war kein echtes Pfeifen, mehr so Pfhh-pfhhiie-Geräusche. Anschließend legte ich mich auf mein Bett im Zimmer nebenan und zweifelte am Sinn des Lebens.

Manchmal träumte ich von Oliver.

Unsere Wege schienen sich endgültig getrennt zu haben, in verschiedene Paralleluniversen der Gemeinschaft. Ich fühlte mich von den Randexistenzen angezogen, konnte die Traurigkeit der alten Schiffer verstehen, die sie allnächtlich vor sich hertrugen, aus ihren Spelunken die Havel entlang heimwärts wankend. Wie zur Erinnerung an etwas, das es nicht mehr gab. So wie das Vagabundenleben der unheimlichen Alten. Die lief ganz aufrecht, steif fast, und trug dabei immer Schwarz, einen Spazierstock am Arm und eine eigenartige Ballonmütze auf dem Kopf. Es hieß, sie sei einst alle großen Binnenflüsse abgefahren, mit dem Mann, dem längst verstorbenen, damals. Oft hatten wir sie heimlich am Fluss beobachtet, wenn sie dasaß, paffend mit ihrer Pfeife – und dafür ausgelacht. Jetzt grüßte ich sie jedes Mal, wie zur Wiedergutmachung. Wenn sie mir nachts, in der Einsamkeit der kleinen Stadt entgegenlief, klick, klack, klick der Stock, dann begriff ich, warum die Nachbarskinder nur »Hexe« sagten. Es war dasselbe Befremden, das ich angesichts der alten Ziegler empfand, draußen am Stich. Der Männer ohne Zähne in Kleidern, die es nirgends mehr zu kaufen gab. Zigarrenstummel, dürre Kerle, alle krumm vom Ziegelmachen. Stein für Stein war durch ihre Hände gegangen. Hundert Jahre lang. Kinder fürchten sich vor Geistern. Aber ich war ja kein Kind mehr.

Erst Jahre später sollte ich begreifen, dass wir alle einer sterbenden Welt angehört hatten. So wie mein Urgroßvater, damals, am Weihnachtsabend. Auch in meiner eigenen Erscheinung musste etwas Geisterhaftes gelegen haben, wenn ich Marx zitierte, wie man eine Bauernregel vorträgt: »Proletarier aller Länder, vereinigt euch!« Proletarier aller Länder. Den Faschismus, den hatte das Sowjetvolk ein für alle Mal besiegt. Und mit ihm alle Nazis, bis auf ein paar, die bald sterben würden. Drüben, im Westen. Ich glaubte daran. Immer noch. Ich war so was wie der letzte Pionier. Timur – ohne Trupp. Dabei war ich gar kein Pionier mehr.

Adolar war inzwischen groß genug, um sich allein auf dem Fußballplatz zu vergnügen, und die Katze Willi zu umtriebig, um dem kranken Vater ständig Gesellschaft leisten zu können. Weil er sich tagsüber einsam fühlte, hatte er beschlossen, einen neuen Hund anzuschaffen. Die Mutsch verkündete: »Das Viech schläft nicht in diesem Haus!« Und so kam es, dass Brutus von der Havelbucht, ein struppiger Schnauzerrüde, seine erste Nacht im Zwinger verbringen musste. Die Ahnentafel nutzte ihm rein gar nichts. Immerhin erreichte sein unablässiges Gewinsel Pappis Ohren. Mitten in der Nacht stand er wankend vor meiner Zimmertür und überreichte mir den Welpen: »Wir sollten ihn Biermann nennen!«

Die Hauptstadt hatte sich schön gemacht. Erneut gehörte ich zu den Berufenen. Genauso wie Ulli, Michael und der schweigsame Andreas Walther, der mich beim Kampf um die Sitzplätze geschickt von Ullis Seite verdrängte. Sie hatten uns für die Delegation ausgewählt, die die

Karl-Marx-Oberschule beim großen Fackelzug vertreten sollte. Die Republik feierte ihren 40. Geburtstag, und die Parade in der Hauptstadt sollte der Höhepunkt sein, die Torte mit den Kerzen. Der Bus fuhr über die Felder, durchquerte Kiefernwälder und Straßendörfer. Die Fahrt endete in Hellersdorf, einer frisch aus dem Boden gestampften Neubausiedlung. Die aneinandergereihten Betonblöcke unterschieden sich nicht voneinander, und da, wo später Grünanlagen und Spielplätze das Wohnumfeld verschönern sollten, klafften tiefe Krater für Kabel und Kanalisation. Straßen und öffentliche Gebäude trugen keine Namen, nur Zahlen. Ein Provisorium.

»Karl-Marx-Oberschule?«

»Hier!«

»Schule 10, Ecke 18te Straße.«

Die Reisebusse kamen aus allen Himmelsrichtungen. In der Unterkunft stießen Pille und Palle zu uns. Streitlustig wie immer verfolgten sie einen lockenköpfigen Jungen über Tische und Bänke hinweg. Überall brüllten und stampften orientierungslose Kleinstadt-FDJler in unterschiedlichen Dialekten. Nichts erinnerte hier an Berlin, wie ich es von unseren Ausflügen zum Tierpark oder aus der Aktuellen Kamera kannte.

An einer Straßenbahnhaltestelle glaubte ich, Oliver zu erkennen. War er es? Stattdessen fiel mir Dörte Beckers um den Hals. »Mimiiiiiiie!« Ihre Delegation gehörte zum selben Block. Nun standen wir im Stau. Ich versuchte, über die Köpfe hinweg Orientierung in den Straßen Ostberlins zu finden. Spruchbänder, Fahnen und Losungen hingen aus Fenstern und von den Balkonen. Neue Anweisungen aus den Lautsprechern forderten erst Bewegung, dann wieder Stillstand. Wie eine träge Raupe im Innern eines Apfels wälzte sich unser Zug dahin. Pille und Palle begannen, mit ihren leer gefressenen Proviantbeuteln auf den Kopf eines vor uns marschierenden Jungen einzudreschen. Michael Müller geriet dazwischen und holte sich eine blutige Nase. Dörte war wieder verschwunden. Ulli klammerte sich so sehr an meiner Schulter fest, dass es wehtat. Wir wurden abgedrängt und gerieten an den Straßenrand, wo Zuschauer mit Winkelementen standen und uns entgeistert anstarrten. »Mir is schlecht«, sagte Ulli noch, bevor sie in hohem Bogen in die Reihen der Jungpioniere kotzte. Nebenan zogen Ordner mit roten Armbinden Pille und Palle aus dem Pulk.

So vergingen Stunden. Ich war einfach Teil dieser fetten Raupe, in die endlich doch noch Bewegung kam. »Da vorn ist die Tribüne!«, hieß es und: »Wir sind gleich da!« – am Ziel aller Hoffnung, die sich nun in Sprechchören formierte: »Gorbi! Gorbi!« Wir brüllten mit, heilfroh, dass etwas geschah. Ich dachte an Omi und daran, dass sie vielleicht recht gehabt hatte. Eine Welle der Euphorie erfasste mich und meine Freunde. Wir erhoben unsere Fäuste und riefen lautstark mit: »Gorbi! Gorbi!« Insgeheim schwor ich, viel öfter auf meine Omi zu hören und nie wieder die Kohlen für sie zu vergessen. Nur wenige Schritte später erreichte uns das Kommando, erneut stillzustehen. Wir wurden in eine Nebenstraße umgeleitet. Hundert Meter vor der Haupttribüne. Unser Zug hatte seine Aufgabe erfüllt. Andere waren auserkoren, den Staatsgästen mit ihren Fackeln den Weg in die Zukunft zu leuchten.

Wo auch immer die Flasche hergekommen war – sie kreiste und verschlang unsere Gespräche. Angekokelte Blauhemden lagen auf dem Boden, stanken nach Plastik. Betrunken landeten wir in einer Diskothek. Dörte blieb verschwunden, genauso wie Pille und Palle. Ulli und Andreas standen knutschend im Gang zu den Toiletten, während ich mit Michael am Rand der Tanzfläche hockte und trank. Wir waren unsichtbar, und die Tänzer wirkten im Diskonebel wie Soldaten, die gegen eine Wand marschierten. Vor und zurück. Irgendwann stand Ulli wieder bei uns. »Ich will nach Hause.«

Die Ostberliner Luft war trüb vom Rauch der Fackeln. Wir torkelten untergehakt durch Prügelszenen und lautstarke Auseinandersetzungen. Schnaps und Bier hatten uns taub gemacht für deren Protagonisten und alle Gefahren. Dass wir am Morgen in der Hellersdorfer Schule erwachten, erschien uns wie ein Wunder.

Statt zur Schule fuhr ich am nächsten Tag in die Kreisstadt. In den Redaktionsräumen der Märkischen Volksstimme erwartete man mich bereits. Als Vertreterin unserer Delegation sollte ich vom Fackelzug berichten. Dicke Schwaden Zigarettenqualm erfüllten das Großraumbüro. Eine semmelblonde Sekretärin schob mir einen Tee vor die Nase: »Is grade Redaktionskonferenz. Hier, für die Wartezeit.«

Die übrigen Arbeitsplätze waren verwaist, genau wie die Aschenbecher. Scheinbar spielte sich die Konferenz am Ende des schlauchartigen Raumes hinter einer kleinen Tür ab, von wo leise Stimmen zu vernehmen waren. Ich saß am Fenster zum Innenhof, in dem ein weißer Trabant mit dem Emblem der Zeitung parkte.

»Der fährt schon lange nich mehr. Is unser Redaktionsauto.«

Die Semmelblonde musterte mich.

»Und du sollst den Artikel schreiben? Wie war's denn in Berlin, erzähl ma.«

»Die meiste Zeit haben wir rumgestanden. Und dann sind wir gar nicht bis zur Haupttribüne gekommen. Einfach vorher abgebogen ...«

Sie lachte mit weit aufgerissenem Mund, sodass man ihre geraden, kleinen Zähne erkennen konnte. In dem Moment flog die Hintertür auf, und mit stampfenden Schritten näherte sich eine gewaltige weibliche Person. Ihre Brüste wippten auf mich zu, schon streckte sie mir ihre Hand entgegen: »Schablowski, ick bin hier die Chefin. Und du schreibst uns wat zum Fackelzug?«

Verdutzt sprang ich auf und warf den Stuhl um.

Ohne darauf einzugehen, drehte sich die Matrone wieder um, und ich sah ihr riesiges Hinterteil zurück zur Konferenz wanken. »Na komm!«, rief sie unwirsch, und die Semmelblonde gab mir zwinkernd einen Schubs, wobei sie geschickt meinen Stuhl wieder hinstellte und gleichzeitig den Hörer abhob: »Märkische Volksstimme, Sekretariat am Apparat …«

Das ominöse Konferenzzimmer entpuppte sich als kleine Teeküche. Auch hier qualmte es aus allen Ecken, eine Kanne mit frisch gebrühtem schwarzem Kaffee stand auf dem Fensterbrett, die Kollegen Journalisten begrüßten mich, indem sie die Cognacschwenker in ihren Händen kurz anhoben. Dann unterhielten sie sich einfach weiter.

»Ich geb dir dreißig Zeilen. Kannst dich auf meinen Platz setzen, gleich da vorn. Weißt ja, worum es geht. Wann, was, wer, wie und warum. Alles klar?«

Ich traute mich nicht zu widersprechen und nickte. Dann schob sie mich wieder aus der Küche und schloss die Tür mit lautem Knall. Die Semmelblonde lachte.

»Der letzte Bus geht um drei viertel sieben.«

Ich schrieb den Artikel. Ein rundgesichtiger Kollege tauchte auf, überflog die Zeilen, blickte kurz über den Rand seiner Nickelbrille, lachte lautlos, was am Auf- und Abwippen seines Kugelbauchs zu erkennen war, und lief kopfschüttelnd zurück in die Teeküche. »Das war Kasimir«, erklärte die Semmelblonde. »Der is in Ordnung.« Draußen bog mein Bus in die Haltestelle ein.

Als ich die Zeitung am nächsten Tag aufschlug, wurde mir warm ums Herz. Da stand er. Mein Name. Doch die Euphorie verflog so schnell, wie sie gekommen war. Bis auf einen Satz hatte Sabine Schablowski, die Chefin vom Dienst, alles herausgestrichen und ihre Worte an die Stelle meiner gesetzt. Zum Glück würde das niemand lesen. Die Zeitung war Brennmaterial. Omi wickelte manchmal einen Fisch darin ein. Trotzdem beschloss ich, mich zu rächen. Eines Tages.

Auf den Schulhöfen hatte sich ein eigenes Bild vom Fackelzug geformt. Dort war von Afrikanern die Rede, die ihre Pimmel herausgeholt und einige der Mädchen belästigt haben sollten. Pille galt als Kronzeugin, andere bestätigten die Geschichten.

»Die Scheißkohlen. Beim nächsten Havelfest jibt's auf die Fresse.«

»Die soll'n bloß im Busch bleiben, wo se hinjehörn.«

Wir hatten frische Wut auf den Schulhof gebracht, direkt aus Berlin, Hauptstadt der DDR.

Am Nachmittag brachten sie unseren Vater mit Blaulicht ins Krankenhaus. Akutes Nierenversagen. Zeitgleich lag Omi fiebernd mit einer Gallenkolik auf ihrer Plüschcouch. Während Mutter in den folgenden Tagen zwischen Krankenhaus und Arbeit hin und her rannte, kümmerte ich mich abwechselnd um Omi und Adolar. Eine Woche lang lebten wir so. Dann ließen die Koliken endlich nach, auch unser Vater stabilisierte sich wieder. Am Abend seiner Entlassung landete er im Sportlerheim und trank sich einen Vollrausch an. Der darauffolgende nächtliche Krach muss bis hinauf ins Neubaugebiet zu hören gewesen sein.

In derselben Nacht erschien Oliver vor meiner Tür. Er bräuchte Hilfe. Ich ließ ihn nicht ins Zimmer. Nervös standen wir im Flur und rauchten. Er trug die Haare raspelkurz, trat von einem Bein auf das andere und schnaufte: »Bist du allein?«

»Ja, warum?«

»Meine Mutter. Sie hat Anfälle …«

»Was für Anfälle?«

»Wenn du was siehst, dann gib mir ein Zeichen, ja? Ich mach mir Sorgen …«

»Was für ein Zeichen denn?«

»Vergiss es.«

Ruckartig wandte er sich ab und enteilte in die Dunkelheit, aus der er aufgetaucht war. Seine Flüche hingen noch eine Weile in der Luft. Biermann knurrte dem späten Besuch hinterher.

Unser Vater hing nun an der Dialyse. Die Ärzte gaben ihm »höchstens fünf Jahre«, und er begann, Abschied zu nehmen. Immer öfter fuhren wir darum in die benachbarte Kreisstadt. Der Legende nach hatten deren Ratsherren zur letzten Jahrhundertwende mit viel Geld und besten Beziehungen dafür gesorgt, dass sämtliche Hauptverkehrsadern durch ihre und nicht unsere Stadt führten. Dies zu vergessen, war den meisten Havelstädtern zwar gelungen, nicht aber, es zu verzeihen. In all den Jahren hatten wir Tante Ingeborg ausschließlich auf Drängen des Vaters besucht. War er anfangs stolz und beladen mit Tauschwaren aller Art durch die Pforte seines Elternhauses marschiert, gerade so, als sollten die Geister seiner Eltern sehen, was für ein erfolgreicher Geschäftsmann aus ihm geworden war, schrumpfte seine Ladung mit dem Fortschreiten der Krankheit. Unsere Mutter hatte die Besuche beim lautstarken Onkel schon immer gehasst. Diese gegenseitige Abneigung und ihre Parteibücher waren das Einzige, was die beiden einte. Längst hatten sie sich alle Förmlichkeiten abgewöhnt und vermieden es, einander in die Augen zu schauen.

Die Mutsch hockte vor der dunkelbraunen Anbauwand wie auf einem elektrischen Stuhl. Sie musste das Auto fahren und somit nüchtern bleiben, während sich die anderen mit Goldkrone betranken. Wilhelm genoss die uneingeschränkte Herrschaft in seinem Haus, das einstmals meine Großeltern bewohnt hatten. Ihre Geister schienen für ihn ebenso wenig lebendig zu sein wie für mich. Doch Vater und seine Schwester verband etwas Geheimnisvolles, das mit dem Haus und dem dahinterliegenden Wald, der kleinen Ackerbürgerstadt und ihrem versandenden See zu tun hatte. Wortlos stießen sie mit ihren Gläsern, großen Cognacschwenkern, an und schauten sich bedeutungsvoll in die Augen.

An einem dieser Tage war erst mein Vater mit Wilhelm in Streit geraten, dann hatte sich Arndt, der neue Freund meiner jüngeren Cousine, lautstark eingemischt. Er war Offiziersschüler und gerade aus Leipzig zurückgekommen. »Ich hab daneben gestanden, als die Demonstranten meinen Freund mit der Axt erwischt haben. Am Kopf! Versteht ihr das? Die Axt traf seinen Kopf!«

Vor Zorn liefen ihm die Tränen in seinen roten Schnurrbart, wo sie Perlen bildeten und mit jedem neuen Wort in den Raum hineinschossen: »Von wegen friedlich! Die wollten uns töten. Die Lage war vollkommen außer Kontrolle ...«

Die Eltern schickten uns hinaus. Mit verheulten Augen und ohne »Hachgottchen« stand meine Tante im Flur. Wilhelm brüllte drinnen weiter. Arndt war verstummt. Ohne Abschied stiegen wir in unser Auto. Der angetrunkene Vater war, seiner Natur entsprechend, noch immer erbost. Auf halber Strecke schlug er vor, im nächsten Dorfkrug haltzumachen. Die Mutsch wusste, dass es ihm um Schnaps ging, darum, den Ärger herunterzuspülen. Immerhin gab es dort auch Schnitzel mit Bratkartoffeln, sie müsste nichts mehr kochen, und er würde friedlich einschlafen, später.

Die Gaststätte war überfüllt, wir hatten jedoch Glück. Gerade wurde ein Tisch in Türnähe frei. Missgelaunt drang die Kellnerin durch die Menge zu uns vor. Mit gesenkten Köpfen starrten wir auf die Tischdecke und schwiegen, während der Vater Essen orderte, Schnaps und Bier. Er trank, entspannte sich, wurde rührselig und wuschelte Adolar in den Haaren herum. Die Mutsch suchte meinen Blick. Als die Bratkartoffeln auf dem Tisch standen, war aller Ärger fortgewischt, und wir mampften die Teller leer. Gerade hatte Adolar seinen lallenden Pappi überredet, noch eine Runde Eis zu bestellen, da verstummten die Männer und Frauen im Raum. Ihre Aufmerksamkeit galt dem Fernseher, der in der Nähe des Stammtisches lief.

»Der arme Erich Honecker!« Adolar war noch zu klein um wie alle anderen zynisch auf das gebrochene Timbre des Staatsratsvorsitzenden zu reagieren. Der Opi aus dem Fernsehen tat ihm leid, weil er offenkundig Probleme hatte. Dann verkündete der Nachrichtensprecher Honeckers Rücktritt. Einfach so. Wie irgendein Fußballergebnis. Vater lachte laut auf. Andere fielen ein.

Als die Gläser zu kreisen begannen, saß die Mutsch bleich am Tisch. Die Männer johlten. Vater trank Bruderschaft mit den Bauern.

In meiner Erinnerung stehen die Steinmänner neben ihm, Pille und Palle gesellen sich dazu, Mario Möllemann, begleitet von seinem fürchterlichen Schäferhund, und Oliver. Sie umarmen einander bierselig, schnappen sich mein Brüderchen, wickeln es in eine Deutschlandfahne ein und stemmen das schreiende Kunstwerk in die Höhe wie einen Pokal.

II ZOTTELS DURST

See the stars, they're shining bright.
Everything's alright tonight.
Depeche Mode – Never let me down again (1987)

Biermanns raue Zunge vertrieb mich aus den Träumen. Absätze stolperten über das neue Pflaster. Bei allem, was sich verändert hatte, war nur die nächtliche Stille geblieben, unterbrochen vom Kreischen der Katzen, den Schritten der Heimwankenden. Über dem Bett stand noch immer mit Bleistift auf die Tapete gekritzelt:

Ich will nicht mehr essen.
Ich werde nicht mehr essen.
Ich trete in Hungerstreik.

Der Hund war wieder eingeschlafen.

Ich ging nach nebenan und wusch mir die Hände.

Am Tag seiner betriebsbedingten Kündigung war Olivers Vater bei uns aufgetaucht, um mir ein Bad in den Flur zu bauen. »Hab ich deinen Eltern schon ewig versprochen. Vorher war ja nie Zeit.«

Er hatte gehämmert, gebohrt und mir Autonomie von Omis Wohnbereich verschafft. Wahrscheinlich war er in der Hoffnung gekommen, auch etwas über seinen Sohn zu erfahren. Doch ich schwieg. Später, nachdem Omi gestorben war, sollte ich in diesem zugigen Bad unterm Dach ganze Nächte zubringen. Im Generalstreik. Und immer an Zottel denken, an seinen Krischi und die Mörder, Hitlers Leute.

Als wir uns zum ersten Mal begegnet waren, hatte die Sonne hoch am Himmel gestanden und das Meer zu unseren Füßen gelegen. Unser erstes Ferienlager – am Nacktbadestrand von Usedom. Wir genossen unsere Zeit an der Ostsee. Lagen sonnengebräunt im Sand mit all den anderen Kindern von Lehrerinnen, Ingenieuren, Putzfrauen und Küchenhilfen. Nachts überfielen die Wildschweine unser Lager, wühlten alles um und plünderten die Mülltonnen. Wir warteten so lange, bis sie sich und ihre borstigen kleinen Rüssel in Sicherheit wiegten, bis sie schmatzend an die Tonnen unter unserem Fenster stießen. Dann sprangen wir auf einen Schlag aus unseren Betten, trommelten an die Türen und brüllten nach Leibeskräften. Die Angst zu besiegen.

Tagsüber kam es vor, dass die Händler angeschlagene Ware, Äpfel und sogar Melonen, von den vorbeifahrenden Lieferwägen an unseren Lagerzaun schmissen. Um die prügelten wir uns, und sahen am Ende selber aus wie die Wildschweine. Von oben bis unten eingeschmiert mit dem süßen Saft. Die Kerne klebten an den unmöglichsten Stellen unserer Körper. So lagen wir wollüstig in der Sonne, bis einer der Erzieher kam und seines Amtes waltete: »Los, ab unter die Dusche!«

Zottel war der Ältere der beiden. Er hatte Haare wie Spirellis und war schon damals vorlaut wie kein Zweiter. Ich mochte ihn sofort. Von ihm lernte ich, Erzieher zu veräppeln, ohne dass sie es merkten, und genau das Gegenteil von dem zu tun, was sie uns befahlen – ohne schlechtes Pioniergewissen. Dabei war er ein friedfertiges Weichherz. Beim Happy End im Zeltplatzkino bekam er regelmäßig Schnupfen. Es gab nie Streit mit den beiden, worüber auch, wir waren endlich raus aus allem Streit, konnten am Ende langer Tage unbeschwert in unsere Betten plumpsen.

Zottel war immer hungrig. Dieser Hunger wurde nur noch von seinem Durst übertroffen. Später. Wenn ich an ihn denke, sehe ich die Spelunke vor mir, in der er seine Kindheit und Jugend verbracht hat. Niemand hat je nachgezählt, wie viele dieser Orte existieren. In meiner Erinnerung verschmelzen all die Kneipen zu einer einzigen. Eine verrauchte Wartehalle ist das, mit vergilbten Tapeten und blinden Fenstern, Toiletten übern Hof, alles wirkt wie in Staub gefallen und vorbei. Ein trauriger Ort, an dem alle Sehnsüchte nach dem Eintreten rechts neben der Tür wie Schirme an Kleiderhaken gehängt und meist vergessen werden. Es atmet sich schwer dort, wo die Luft von Biernebel und Zigarettendunst undurchdringlich geworden ist. An den Tischen sitzen unbeweglich Menschen, manchmal in Gruppen, meist allein. Und selbst wenn die Sonne scheint, draußen vor der Tür, bleibt drinnen alles trübe. Es gibt keine Jahreszeiten und keine Wochentage, kein morgens oder abends. Nur zähes Warten. Darauf, dass der Wirt die Aschenbecher leert, ein neues Bier zapft, abkassiert, jemand hereinkommt, hinausgeht, irgendwas passiert. Manchmal lacht einer laut auf, an einem der Tische weiter hinten. Einer von den Alten mit den abgearbeiteten Händen erzählt nur so vor sich hin. Von denen, die weggezogen sind.

Die meisten sehen aus, als hätten sie nichts zu verlieren, als ihre körperliche Existenz und das bisschen Kleingeld in den Taschen. Das Kleingeld wird zu Schnaps, bis der Körper nur noch taumeln kann, der Magen blutet, der Husten kotzt.

In so einer Kneipe hatte er oft gehockt. Es war der einzige Ort, den er akzeptieren konnte für sich und seinen kleinen Bruder. Ihr Vater hatte sich dort totgesoffen, die Mutter trank zu Hause.

Sie lebten in der Kreisstadt. Damals, als wir uns an unserem letzten gemeinsamen Ferientag voneinander verabschiedeten, konnten wir nicht davon ausgehen, uns wiederzusehen. Noch weniger ahnten wir, dass er, Zottel, seinen Bruder Krischi eines Tages in einer Pfütze aus Blut liegend finden würde. Er ihn dort, auf dem Boden, ein letztes

Mal umarmen würde, kalt und zögerlich. Krischi, den Sanftmütigen, Krischi, den Jähzornigen, der nicht sprechen konnte, außer im Vollsuff.

Hechelnd schmiegte sich der alte Biermann an mein Gesicht.

Sein Atem stank nach Dosenfutter. »Du stinkst.« Froh, von mir angesprochen zu werden, klopfte er mit dem Schwanz auf den Teppich. Vom Sportlerheim her wehten die synthetischen Fanfaren von »Go West!« in der Version der Pet Shop Boys ins Zimmer. Wie spät es wohl war? Klappernd rollte eine leere Flasche gegen das Garagentor. Biermann bellte halbherzig. Ich stand auf und öffnete die Tür zum alten Wohnzimmer meiner Großmutter. Ihr Geruch steckte noch immer in den Pappwänden. Die Erinnerung an gewellte Stullenbretter und zu viel Salz auf wenig Butter.

Westen

Omi hatte fast am gleichen Tag wie unser Vater Geburtstag. Man musste nur einmal feiern. Im Wohnzimmer wurde es eng, denn die Familie aus der Kreisstadt kam zu Besuch, Omis Tanzpartnerin aus dem Klub der Volkssolidarität, ein paar Lehrerkolleginnen unserer Mutter und dann die Männer von der HO, Pappis Saufkumpane. Sogar Fleischermeister Möllemann machte es sich am Tischende bequem. Majestätisch thronte er auf zwei Bierkästen, die er einarmig und mit Hilfe eines Lehrlings zur eigenen Verpflegung durch die halbe Stadt gewuchtet hatte. Omi und ihrer Freundin wurde es schnell zu bunt. Sie schnappten sich eine Flasche Kadarka und verschwanden nach oben. »Das ist gut für den Blutdruck.« Bodo von der Bockwurstbude kam mit Gattin, Mutsch stellte die Musik lauter und begann zu juchzen. Sie konnte die meisten ihrer Gäste nicht leiden, musste aber trotzdem herumrennen und alle bedienen. Bockig standen Adolar und ich in der Küche. Wir drapierten gerade Gewürzgurken auf den Häppchen, als es nebenan im Wohnzimmer merkwürdig still wurde. »Erzähl nüscht, Bodo, dit kannste vajessen.«

Beim weiteren Essen und Trinken fiel die Nachricht wieder unter den Tisch. Die Öffnung der Mauer blieb ein Gerücht, das die Geburtstagsgäste erst am nächsten Morgen beim Katerfrühstück bestätigt fanden.

Unsere Mutter hielt all das für eine vorübergehende Erscheinung: »Wir müssen Vorbild sein!« Doch die Englischlehrerin und ein ganzer Haufen Schüler kamen nicht zum Unterricht. Vater saß wie festgenagelt vorm Fernsehapparat. Für Omi stand fest, dass dies ein fast so schönes Geburtstagsgeschenk sei, als würden sich ihre Kinder wieder vertragen und einander die Hände reichen, so von Flussufer zu Flussufer. Sie schluchzte kurz auf und erklärte, wir sollten ruhig rüberfahren, jetzt, wo das ginge. »Ick kenn ja schon alles und pass so lange auf die Viecher auf.«

So kam es, dass wir den Berliner Wedding besuchen fuhren. Der Andrang an der Bornholmer Straße war so gewaltig, dass wir kaum etwas sahen, außer Menschenmassen. Wir landeten im erstbesten Kaufhaus, stierten auf die überfüllten Rolltreppen und hielten uns an den Händen fest. Ich blickte in die Gesichter, auf die Frisuren und Kleider unserer Mitmenschen und begann, mich für meinen roten Anorak zu schämen. Wie gern wäre ich unsichtbar geworden! Das grelle Neonlicht und die ungeheuerlichen Düfte des Warentempels brannten in Hals und Augen. Pappi und Adolar standen paralysiert in der Fernsehabteilung und konnten nicht fassen, auf wie vielen bunten Bildschirmen es gleichzeitig flimmerte. Während unsere Mutter im Angesicht eines schmierigen Verkäufers mit Goldkettchen gewahr wurde, dass die rohen Kräfte des Finanzkapitals über ihre hehren Ideale gesiegt hatten. »Na, junge Frau, wir haben heute einen Toaster aus Edelstahl im Anjebot.« Sein Blick triumphierte über ihr Entsetzen: »Der kann Brot toasten!«

Adolar heulte, weil er nicht alles sofort haben konnte, Pappi ging vor einem Drei-Meter-Bildschirm wegen Unterzuckerung in die Knie. Mit zitternden Fingern wickelte ich ihm ein Stück Würfelzucker aus. Er aß noch drei Stück und rappelte sich wieder auf. »Alles hört auf mein Kommando! Raus!« Wir bahnten uns einen Weg durch den Strom der DDR-Bürger, die das Kaufhaus auseinanderzunehmen drohten. Mein diabetischer Vater stemmte sich todesmutig gegen die Menge. Mit vereinten Kräften gelangten wir hinaus auf die überfüllten Straßen Westberlins. Wir flohen. Bei Anbruch der Dunkelheit erreichten wir endlich unseren Zug zurück in die Havelstadt. Omi, die uns zu Hause mit den aufgewärmten Resten der Geburtstagsparty empfing, nickte bestätigend, als sie unsere hängenden Köpfe erblickte. Sie würde nie wieder rüberfahren müssen. Omi war glücklich.

Der Weihnachtsmann brachte uns Westgeschenke, die er gegen das Begrüßungsgeld eingetauscht hatte. Leider war keine neue Winterjacke dabei. Stattdessen bekam die Mutsch eine Kaffeemaschine. Ich erhielt rosarote Ohrschützer, die schon seit zwei Jahren nicht mehr modern waren. Am zweiten Weihnachtsfeiertag setzte sich Katharina »aus Versehen« drauf, nachdem sie sich in einem ausgedehnten Lachanfall darüber lustig gemacht hatte. Bei einem Streifzug durch das Neubaugebiet wurde ich an Silvester, gut sichtbar in der Lieblingsfarbe meiner Mutter, derart mit Raketen torpediert, dass vom roten Anorak nicht mehr viel übrig blieb. Meine ungeschützten Ohren bekamen auch was ab. Die Taubheit ließ nur langsam nach. Das neue Jahr begann mit leisem Rauschen.

Am ersten Schultag nach dem Jahreswechsel fehlte Michael Müller. Als er wieder auftauchte, konnte er sich an nichts mehr erinnern. Mike Lehmann kam noch später zum Unterricht. Man hatte ihn am

Neujahrsmorgen halb erfroren und vollgepinkelt in einem Straßengraben entdeckt. Drei Wochen verbrachte Mike im Krankenhaus. Zurück auf dem Schulhof stand er meist allein herum, als klebte die Pisse immer noch an ihm. Vielleicht lag es auch daran, dass er keine Haare mehr hatte. Waren die ihm im Krankenhaus abrasiert worden? Und noch jemand fehlte, den außer mir niemand zu vermissen schien: Der Russischlehrer blieb verschwunden.

Das neue Jahr hielt aber auch schöne Überraschungen parat: »Ein Telefon, ein eigenes Telefon!« Verwirrt standen wir um den kleinen schwarzen Apparat herum. Als es klingelte, brachen wir in Jubel aus. Vater nahm ab und traf die erste fernmündliche Verabredung unserer Familiengeschichte: »Wir fahren nach Hamburg! Jankowitsch sagt, sein Bruder lädt uns zu sich ein.«

Bis auf die Mutsch waren alle begeistert, und unserer Euphorie hatte sie nichts entgegenzusetzen.

Schon am nächsten Wochenende hupte es in aller Frühe draußen vor dem Tor. Jankowitsch hatte sich von Bauer Lehmann einen nagelneuen Westbus geliehen, diesmal gegen Gebühr. Der alte W50 war passé. Das neue Gefährt stank nicht mehr nach Gemüse, aber bald nach Kölnisch Wasser, Haarspray und Aufregung. Auch die neugierigen Möllemanns waren mit von der Partie.

Die Fahrt verging für Omi, Adolar und mich in Windeseile, wir schliefen selig bis Hamburg. Als wir ankamen, schob sich die Sonne langsam in den Wintermorgen. Nebel hing über dem Hafen, doch es war etwas anderes, Feierliches, das alle Fahrgäste verstummen ließ. Wäre Opa Erwin mit an Bord gewesen, hätte er sein Schifferklavier ausgepackt und einen Hans-Albers-Schlager geschmettert. Wortlos ergriff Omi meine Hand. Die Mutsch streichelte dem vom Schlaf noch ganz zerknautschten Adolar übers Haar, und Vater stand ehrfürchtig in der frischen Brise aus Kutterdunst und Fischgeruch. Die Möllemanns umarmten einander innig. Hätte man ihnen einen Stoß versetzt, wären sie ins

Wasser gerollt mit ihren stattlichen Fleischerleibern und obenauf geschwommen, dreiarmig.

Um uns herum kam das Hafenleben träge in Gang, angeschoben von den steten Bewegungen der Kehrer, dem Ratschen ihrer Besen auf dem Asphalt. Jankowitsch war zu einem Bootsanleger gelaufen, wo ihn der Goldzahn-Bruder erwartete. Aus sicherer Entfernung beobachteten wir die beiden. Es schien, als würde Jankowitsch immer kleiner werden, während ihm der um einen Kopf Größere immer wieder mit der rechten Hand auf die Schulter klopfte. Dann drehte sich der Bruder um und ging. Frau Jankowitsch lief ihrem Mann entgegen, die beiden stritten kurz, dann verschwand auch er in Richtung unseres Parkplatzes. Mit gesenktem Blick verteilte seine Frau nun quietschbunte Gutscheine an uns alle: »Hier, das Schiff da vorne legt in einer Stunde ab, wir können schon rauf.«

»Ein Schiff?« Die Mutsch konnte ihr Entsetzen nicht verbergen. Schließlich hatte sie sich dem Anlass entsprechend in Schale geschmissen. Sie war auf eine Begegnung mit dem Klassenfeind eingestellt, nicht auf eine Bootstour. Doch offensichtlich war Jankos Bruder weniger an unserem Besuch als an seinem Unternehmen, der kleinen Hafenreederei, gelegen.

Die Butterfahrt nahm ihren Lauf.

Enttäuscht, aber hungrig saßen wir im Speiseraum des Fahrgastschiffes. Kellnerinnen trugen Kaffee und Tee auf, dazu Butter, Brot, Käse, Wurst und Hackfleischigel. Inzwischen war uns der Maurermeister auf leisen Sohlen und mit gerötetem Gesicht an den Tisch gefolgt. Die Erwachsenen nickten ihm zu. Seine Frau küsste ihn auf die wetterfeste Wange. »Prost!« Sie tranken, und mit jeder Runde schien sich das Schaukeln an Bord zu verstärken. Wie von Sinnen verschlangen die Menschen im Innern des Butterfahrt-Kutters ihr üppiges Frühstück. Omi wurde als Erster blümerant, und alle Farbe wich ihr aus dem Gesicht. Gemeinsam mit der Mutsch verließ sie eilig unsere Runde. Keine halbe Stunde später rannten die Kellnerinnen mit kleinen Plastiktüten von Tisch zu Tisch. An allen Plätzen kotzten die Menschen das schöne Essen wieder aus. Einige blieben sitzen und erleichterten sich in die Tüten. Andere stürzten an Deck, um sich über die Reeling zu hängen. Wieder andere entleerten ihre vollen Mägen unentschlossen in den Raum. Adolar starrte mich fiebrig an, dann verengten sich seine Augen und, ohne dass er den Blick von mir abwandte, schossen ihm Cola und Kuchen, gefolgt von Wurstbrot, Schokolade und einem galligen Rest Frühstück aus dem Hals. Ich bekam gerade rechtzeitig die Hände vors Gesicht. Vater reichte mir wortlos eine Stoffserviette.

Wir kümmerten uns abwechselnd um unsere Versehrten, vor allem um Adolar. Omi lag kraftlos an Deck, der kalte Wind peitschte ihr die Schminke vom Gesicht. Ich hielt ihre Hand und half ihr auf, damit sie sich nicht den Tod holte. Mutsch hing vornüber in den Tauen und spielte mit dem Gedanken, sich über Bord zu stürzen.

Zwei Stunden später war der Spuk vorbei. Wir tuckerten wieder in den Hafen ein. Mit unserer Ankunft legte sich der Wind. Stinkend und besudelt wankten wir mit den anderen Butterfahrt-Gästen an Land. Die Frauen beschlossen, eine öffentliche Toilette oder eine Kneipe aufzusuchen, um sich frisch zu machen und neu zu parfümieren. So schlurfte unsere kleine Reisegruppe fort vom Hafen, hinein ins unbekannte Hamburg. Die Reeperbahn. Fasziniert drückten die Erwachsenen ihre noch kotzblassen Nasen am Schaufenster eines Sexshops platt. Ich entdeckte einen rosafarbenen Plastikpimmel. Wozu sollte der denn taugen? Frau Möllemann drängelte mich aufgeregt mit ihrem Riesenbusen zur Seite. Die Mutsch hatte sich Adolar gegriffen, der ihr als Vorwand diente, abseits zu stehen. Der Kleine heulte so laut und bitterlich, dass sich Passanten nach uns umdrehten. Ich traute mich weder, die beiden anzuschauen, noch, einen Blick zu den anderen zu riskieren, schämte mich und wusste nicht, wofür. Orientierungslos stolperten wir weiter und landeten am blickdichten Eingang der Herbertstraße: »Dahinter sind die Nutten.«

Als die Männer wortlos beschlossen hineinzugehen, ergriff Mutsch die Flucht, wobei sie Adolar hinter sich herzog. Ich folgte den beiden, tröstete meinen kleinen Bruder, indem ich ihm einen Schokoriegel kaufte, und gab meiner Mutter die Möglichkeit, ein paar Schritte vorzulaufen und die Fassung wiederzuerlangen.

Auf dem Rückweg waren alle still.

Jankowitsch parkte vor unserer Haustür, wo im Schatten zwischen den Laternen dunkle Gestalten herumlungerten, die prompt verschwanden, als sie uns erblickten. Die Kreuzung hatte sich in den vergangenen Monaten zum Treffpunkt der Kneipengänger entwickelt. Rechter Hand ging es ins Vaterland, links ins Sportlerheim und stadtabwärts hatte jemand einen Getränkeladen mit Außer-Haus-Verkauf im Hof eröffnet. Meist konnten sich die Betrunkenen nicht entscheiden, ob sie nach Hause gehen oder weiterziehen sollten.

»Ich geh noch auf'n Scheidebecher!« Unser Vater konnte sich immer entscheiden.

Kaum war er mit Möllemanns und Jankowitsch in Richtung des Sportlerheims davongeschritten, Mutsch kramte noch in ihrer Handtasche nach dem Schlüssel, tauchten plötzlich die Gestalten wieder auf, vier dunkel gekleidete Männer, groß und zielstrebig, als hätten sie nur auf sie gewartet: »Du rote Fotze!« Sie umzingelten uns, schubsten die Mutsch gegen das Tor, sodass Biermann drinnen zu bellen begann, spuckten sie an und rannten davon. Alles war so schnell gegangen, dass keiner etwas hatte tun oder sagen können. Nun schnappte sich Omi den Schlüssel, packte unsere Mutter an den Schultern und schob sie auf den Hof. Einzig Biermanns Freudensprünge konnten den erstarrten Adolar erlösen. Ich brachte ihn ins Haus und ließ uns Badewasser ein, während die Mutsch nebenan aufgebracht mit Omi debattierte. Dann flogen Türen. Omi war losgerannt, um unseren Vater nach Hause zu holen.

Wir Kinder trauten uns kaum, das Badezimmer zu verlassen,

schlüpften hastig nach nebenan, hockten auf Adolars Bettchen und hielten uns die Ohren zu. Als endlich wieder Ruhe eingekehrt war, brauchte es nur wenige Seiten aus Grimms Märchen, bis wir beide eingeschlafen waren.

Die Rosen, die unser Vater am nächsten Tag auf den Küchentisch stellte, verwelkten schnell. Eine Woche lang war die Mutsch krankgeschrieben, sprach mit keinem, kam nicht aus dem Bett.

Auf dem Schulhof hatte der Vorfall schon die Runde gemacht. Meine Mitschüler mieden mich, stellten keine Fragen, sahen über mich hinweg. Das Ganze blieb eine Randnotiz in Anbetracht einer viel wichtigeren Nachricht: Der Russischlehrer hatte sich in seiner Garage im Neubaugebiet erhängt. Ich konnte es mir nicht vorstellen, hatte aber auch keine Lust, mich an den Spekulationen zu beteiligen, die die Pausengespräche fluteten und noch viele Tage anhalten sollten. Im Traum sah ich Breschnew im Gras liegen, mit abgeschlagenem Kopf. Seine Lippen bewegten sich weiter. Das rollende R – er hatte es verschluckt.

Am nächsten Morgen waren alle Bushaltestellen des Ortes abgerissen worden. Es würde neue geben, hieß es, und doch schimpften die Fahrgäste, die an jenem frühen Märztag gleich zweimal von Graupelschauern erwischt wurden. Am darauffolgenden Montag konnte ich auf meinem täglichen Schulweg hinauf ins Neubaugebiet entgeisterte Gesichter und offene Münder bestaunen. Anstelle der windschiefen Wartehäuschen sahen sich die Fahrgäste mit einer fast drei Meter hohen Werbewand konfrontiert, die links und rechts von schmalen Wänden aus Hartplaste begrenzt war. Es gab weder eine Bank noch einen Fahrplan, dafür ein gigantisches Bild mit dem Gesicht des Kandidaten der Allianz für Deutschland. Auf seiner Stirn prangte die Losung: »Nie wieder Sozialismus«.

Ich fürchtete mich vor Helmut Kohl. Eben noch war er im Westfernsehen, direkt vor »Derrick«, in den Nachrichten gewesen. Nun hatte er die Buswartehäuschen geklaut. Der Bundeskanzler der BRD sprach, genau wie die Menschen in der Krimiserie, deutsch, trotzdem begriff ich das, was sie sagten oder taten, nicht. Vom Elend der Ausgebeuteten hatten wir gelesen. Damit kannten wir uns aus. Wir hatten auch eine Ahnung von den Machenschaften der Konzernbosse, der Kapitalisten. Aber was war mit Derrick? Oder Helmut Kohl? Diese Herren waren wohlhabend, trugen dunkle Anzüge und fuhren tolle Autos, aber wie sie fühlten, das verbargen sie hinter getönten Brillen und Gesichtsausdrücken, die ich nicht zu deuten vermochte. Noch weniger verstand ich die Frauen mit ihren Betonfrisuren und langen Goldohrringen. Das schien den Männern in den Filmen genauso zu gehen. Die Frauen formulierten sinnlose Sätze, ihre Ehemänner nickten, lächelten und schlossen die Salontüren hinter sich. Immer wenn Helmut Kohl lächelte, kam ich mir wie eine Idiotin vor. Das erzählte ich aber keinem, denn er hatte längst mehr Fans im Land als Omis Gorbatschow.

Unsere Mutter trug Wolken im Gesicht. Sie wirkte so zerbrechlich, schon am Morgen, obwohl das ihre Lieblingszeit war. Wir versuchten, uns aus dem Weg zu gehen. Oft schnappte ich mir Adolar, und wir verbrachten die Abende mit Omi, spielten Mensch ärgere dich nicht! und hofften, dass es Mutsch bald besser ginge. Doch der Wahlsieg der Allianz für Deutschland schien sie endgültig aus der Bahn zu werfen. Sie tat, was zu tun war, funktionierte perfekt, jedoch so, wie es ein Roboter tut oder eine, die die Körperfresser geholt haben. Unser Vater hockte jeden Abend lange in den Kneipen. Sie konnten einander nicht helfen, und manchmal fragte ich mich, ob sie das überhaupt wollten. Mein alter Stereorekorder beschallte die Nachbarschaft. Wenn es Omi zu laut wurde, schlug sie gegen die Tür. Sie fürchtete sich, das Zimmer zu betreten. Zu Recht. Denn meist tanzte ich oder schlug auf mein Kopfkissen ein, bis ich Fieber bekam.

Das Fieber hielt auch noch am Ehrentag der sowjetischen Streitkräfte anlässlich der Befreiung vom Hitlerfaschismus an. Auf dem Weg in die Küche, ich war dem Pfeifen des Kessels gefolgt, beobachtete ich die Mutsch. Die Tür zum Schlafzimmer stand offen. Wie eine Spionin stand sie dort hinter der Gardine versteckt und weinte. Es wirkte fast, als würde sie sich an dem weißen Blumenmuster festhalten, als drohte sie, sonst umzufallen. Ich stellte mich, ratlos und stumm, neben sie. Gegenüber, am Ehrenfriedhof, stand die ganze Kompanie in Schmuckuniform, so, wie in all den Jahren zuvor. Nur waren sie diesmal unter sich geblieben. Noch im letzten Jahr hatte sich die ganze Stadt dort versammelt. Wir hatten wie immer schulfrei bekommen, um die Parade zu sehen, die glänzenden Instrumente zu bestaunen, die dicke Tuba allen voran. Und nach den Salutschüssen war die Kindermeute auf der Suche nach leeren Patronenhülsen Hals über Kopf auf den Rasen gestürmt. Nun schaute ich mit meiner Mutter heimlich aus der Ferne zu. Warum war sie überhaupt zu Hause? Ob Mitja da draußen stand, bei seinem Vater, dem Offizier? Sollte nicht wenigstens eine von uns hingehen? Und wenn Mitja dort drüben war, was dachte er jetzt? Ich ging wortlos hinauf in mein Zimmer und legte mich wieder ins Bett.

Am nächsten Morgen lagen die Steine der Ehrengräber für die gefallenen Sowjetsoldaten zerschlagen im Dreck. Auch Mutter war zerstört.

Feiern

Auf einer Geburtstagsfeier, zu der ich heimlich mit Ulli und Katharina fortgeschlichen war, lernte ich einen Verehrer kennen, der mir treuherzig nachstellte, aber nicht gefiel. Die Freundinnen hielten mich für verrückt: »Der ist doch soooo süüüüüß!«

Es stimmte, er sah gut aus und war ausgerechnet in mich verknallt.

Ich zweifelte trotzdem, doch als ich ihn, die verzückten Blicke meiner Gefährtinnen auf seinem Hintern vereint, tanzen sah, weckte das dann doch mein Interesse. Anders als die anderen Jungen schien mein Verehrer die Musik zu mögen und keine Furcht vor Mädchen zu haben. Katharina lieferte mir ein schlagendes Argument: »Mann, wie willste denn sonst Knutschen üben!«

Ich ging hin und küsste ihn. Seine Lippen waren warm, er zog mich von den Blicken fort, hinaus. Für den Rest der Nacht standen wir eng umschlungen in einem gut isolierten Geräteschuppen. Er hieß André, hatte kurzes, blondes Haar, lebte in einem der abgelegen Dörfer und roch nach Kirschen. Schon am nächsten Tag fuhr er mit seinem Moped den ganzen weiten Weg zu mir in die Stadt. Aus Höflichkeit ließ ich ihn ins Haus, damit er sich wenigstens aufwärmen konnte. Die Mutsch war vollauf begeistert: »So ein hübscher Junge!« Sie ließ ihren Blick an seinem Körper auf und ab wandern. »Und so schöne Augen!« Es fehlte nicht viel, und sie hätte ihn geküsst. Ich dagegen spürte den Schmetterlingen, von denen alle redeten, vergeblich nach. Aber wenn er schon mal da war, ließe sich vielleicht doch noch einer entdecken. Omi lauschte misstrauisch an der Wand, während ich zum ersten Mal Andrés Pimmel in Augenschein nahm. Er gefiel mir ganz gut, wir spielten ein bisschen damit herum, als sie unvermittelt die Tür aufriss und erschrocken wieder zuschlug. Der hübsche André besuchte mich noch zweimal und schrieb mir einen Liebesbrief aus dem Lehrlingswohnheim in Henningsdorf, wo er wochentags zum Stahlwerker ausgebildet wurde. Ich gab ihm den Laufpass. Von einer Rechtschreibschwäche abgesehen: Es fehlte die Poesie.

Die Leute auf der Straße hatten sich verändert. Kam etwas aus ihrem Innern zum Vorschein, das zuvor verborgen geblieben war? Waren tatsächlich die Körperfresser gelandet? Wahrscheinlich trugen die meisten nur andere Kleider, schließlich hatte der Westen nun die Versorgung übernommen. Die Entdeckung neuer Bedürfnisse ging mit lautstarken Auseinandersetzungen einher, deren Tonfall zwischen Euphorie und Niedertracht hin und her waberte. In unserer Nachbarschaft kreisten die Gedanken nur um eine Frage: »Welches Auto?« Noch zahlte man mit DDR-Mark, doch das konnte weder Händler noch Interessenten dies- und jenseits der Grenze davon abhalten, miteinander zu handeln. Ausnahmsweise gab unser Vater nach, wohl auch, um die Mutsch aufzumuntern. Unsere erste große Anschaffung war ein türkisfarbener Citroën – die von ihr geliebte Marke, seit sie einmal im Rahmen einer Auszeichnungsreise der Freien Deutschen Jugend in Paris gewesen war. Staunend stand die ganze Familie im Hof, als das Schmuckstück zum ersten Mal hereingerollt kam. Gebannt sahen wir zu, wie sich der Wagen majestätisch senkte. Vater demonstrierte immer wieder die Hydraulik, indem er neu startete. Oma stand kichernd daneben. Sie hatte sich ebenfalls durchgesetzt, wenn auch im übertragenen Sinne: Ihr »Gorbi« war jetzt ein gefeierter Weltheld. Für den Moment schienen wir ein Haus von Siegern zu sein.

Am Ende einer erfolgreichen Saison, unser Trainingszentrum hatte zahlreiche Meistertitel und Rekorde eingefahren, fand ich mich erneut an Ullis Seite in einem Zug wieder. Diesmal würde uns die Reise gen Westen führen, nach Italien. Selbst die strengsten Trainer saßen plötzlich lächelnd bei uns, trugen statt der üblichen Sportuniformen Jeans und neue Frisuren. Sie hatten das Trainingslager ausfallen lassen und stattdessen eine Abschiedsfahrt organisiert. Mit Ende des Schuljahres würden etliche von uns die Schule verlassen und in die Welt der Werktätigen ausfliegen. Am meisten Freude bereitete uns die Tatsache, dass auch Katharina mitkommen durfte, obwohl ihre Zensuren miserabel waren. Sie hatte den Handballtrainer nicht nur mit ihrer Treffsicherheit überzeugt.

Während der gesamten Fahrt klebten unsere Nasen und Hände an den Scheiben des Zuges. Gemeinsam bestaunten wir die wechselnden

Landschaften des deutschen Westens und der Schweizer Alpen. Doch erst der Anblick des Mittelmeers ließ unsere Herzen höher schlagen. Das da draußen waren echte Palmen, echte Zitronenbäume, echte Italiener auf italienischen Straßen. Die lang gezogenen Uferpromenaden erschienen endlos, eine Parade aus Sonnenschirmen grüßte uns. Es war, als säßen wir inmitten einer Eiswerbung aus dem Westfernsehen.

Allabendlich servierten unsere Gastgeber in dem kleinen Strandhotel, unweit der Altstadt von La Spezia, irrsinnigste Variationen von grünem Salat, Nudeln und Pizza. Wir fragten uns jedes Mal, wie man nur so viel essen konnte und das so spät am Tage! Von Pizza hatten wir geträumt, seit wir die Eingangsszene von »E. T.« im Kino gesehen und immer wieder aufgeregt das Aufklappen der Pappschachteln bestaunt hatten. Eher hatten wir uns an den Anblick des Außerirdischen gewöhnen können als an die Vorstellung einer solchen Lieferung.

Wir staunten viel. Wir fotografierten einander vor Eisdielen, Türmen aus Pizzaschachteln, dem schiefen Turm von Pisa, Zitrusfrüchten und warfen den Jungs am Straßenrand schüchterne Blicke zu. Doch wir sahen vor allem uns, wie wir in fremden Kulissen standen. Uns Handballerinnen der Karl-Marx-Oberschule auf der Piazzale Michelangelo, mit ihrem Ehrfurcht gebietenden Ausblick auf Florenz. Uns Kaufhallenkinder inmitten der Händler mit ihren lockenden Waren aus unbekannten Ländern. Uns blasse FDJlerinnen aus dem Havelland, die im sonnenbeschienenen Mittelmeer badeten.

Der Chianti für die Eltern landete im Abfluss: »Zu sauer.« Aber die Flasche erhielt einen Ehrenplatz in der Anbauwand.

Es war der Sommer, in dem die Kneipen vor Gästen in schwarz-rot-goldenen Trikots überliefen. Demnächst würde es auch Westgeld geben. Auf einmal waren alle dafür, dass Deutschland, also die BRD, Fußball-Weltmeister wird, was mir nicht recht einleuchten wollte. Beim Skispringen drückte ich doch auch nicht plötzlich Dieter Thoma die Daumen. Unser Mann trug einen Oberlippenbart und hieß Jens Weißflog. Omi pflichtete mir bei. Meine Freundinnen waren an alldem vollkommen desinteressiert. Viel bedeutsamer erschienen ihnen die Ereignisse rund um die Tanzfläche der Wolfshöhle.

Im Laufe der Zeit hatten merkwürdige Gestalten in schwarzen Umhängen den Gasthof eines nahe gelegenen Straßendorfes erobert. Auf den ersten Blick glich die Wolfshöhle den üblichen Wirtshäusern der Gegend. Durchschritt man den kleinen Gastraum mit dem Stammtisch, der Theke und ein paar Tischen, die nach Feierabend von den Bauern besetzt wurden, gelangte man in einen stattlichen Saal. Der alte Bollerofen in dessen Mitte spendete winters nie genügend Wärme für alle, dafür bot eine Empore Platz für die Musikanlage. Und für Jan, den langhaarigen Diskjockey, der als DJ Bibo für den Ruf der Wolfshöhle sorgte. Das knarzende Parkett war wie geschaffen für jugendliche Tänzerinnen und Tänzer wie uns. Den kleinen Hof mit seinen Schuppen und Plumpsklos, zu dem die Fenster hinausführten, erreichte man nur über einen schmalen Gang hinterm Tresen.

Die Helden der Dorfdisko trugen enge, schwarze Hosen, Schnabelschuhe und abgewetzte Jacketts unter den Mänteln. Ihre Frisuren glichen Sägeblättern. Einzig das schwarz gefärbte Haupthaar des Größten lag wie ein toter Rabe – mit dem Schnabel voran – auf seinem wohl geformten Schädel. Er trug eine Sonnenbrille. Alle anderen benutzten Kajal und Puder.

Nicht nur, dass sie wegen des Spiegels ständig das einzige Spülklosett besetzt hielten, sie tanzten auch hemmungsloser, als ich es je zuvor bei irgendjemandem gesehen hatte. Es hieß, sie würden regelmäßig um Mitternacht verschwinden, um auf dem Friedhof Schwarze Messen abzuhalten. Das war Quatsch. Die Gruftiebande hatte vielmehr Schnaps in einer benachbarten Scheune versteckt. Sie bedienten sich dort nach Belieben, und wenn wirklich ein paar von ihnen auf dem Dorffriedhof landeten, dann höchstens, um ungestört Sex miteinander zu haben. Ein kleiner, stämmiger Junge mit Robert-Smith-Frisur klärte mich darüber ungefragt bei unserer ersten Begegnung auf:

»Na, Friedhof?« Er reckte seinen kurzen Hals und flüsterte: »Wenn du mein Ding sehen willst, komm einfach mit.«

Ich war hin- und hergerissen zwischen Entsetzen und Neugierde. Katharina bemerkte: »Der hat wirklich ein Riesenteil, aber mach's lieber nicht. Mir hat er mal Sackratten verpasst.«

Sackratten – was für ein fürchterliches Wort! Ich machte fortan einen Bogen um den Zwerg mit dem Riesenpimmel und hielt mich an die anderen. Der harte Kern der Bande kam direkt aus dem kleinen Ort. Andere nahmen weite Wege in Kauf, reisten mit dem Zug an, trampten oder fuhren Moped.

Die Männer des Dorfes tranken Bier im Gastraum, während im Saal getanzt wurde. Man beobachtete sich gegenseitig, respektvoll, belustigt und manchmal neugierig. Dafür, dass sich die Alten nicht über ihre Frisuren lustig machten, verboten sich die Jüngeren jeden Spott gegenüber den Dorfbewohnern, die sich selbstverständlich auf die Tanzfläche gesellten, wenn Bibo zwischendurch Klassiker aus den Achtzigerjahren oder die Flippers spielte. Sprachen die Grufties vom Fortgehen, dann meinten sie nicht Berlin oder den Westen, sie träumten von Leipzig. Dort könne man ungestört und ohne Geld in Ruinen leben, es gebe genug Platz für alle und die beste Musik aller Zeiten. Ich erlebte lustvolle Doktorspiele im Scheunenstroh und lernte loszulassen – im Tanzen und im Trinken. Nur zu richtigem Sex fehlte mir der Mut. Ich wollte schließlich keine Sackratten haben oder Schlimmeres, nahm mir aber vor, zukünftig die Pille zu nehmen. Für alle Fälle.

Bei meinem dritten Besuch in der Wolfshöhle traf ich Zottel und Krischi am Tresen wieder. Ich hatte die beiden seit jenen unbeschwerten Tagen an der Ostsee aus den Augen verloren, umso größer war meine Freude beim Betreten der Disco. »Zottel? Krischi? Was macht ihr denn hier?«

»DJ Bibo is unser Kumpel!«

»DJ Bibo is mein Kumpel!«

Während Zottel und ich einander lauthals und nicht mehr ganz nüchtern in die Arme fielen, trat sein kleiner Bruder Krischi von einem Bein aufs andere. Er reichte dem Großen inzwischen bis zum Kinn, trug zerrissene Jeans und eine unentschiedene Frisur, in der ich spontan herumwuschelte, was ihm unangenehm war, denn er zog seine Schultern bis zu den Ohrläppchen hoch. Übermütig lud ich beide ein, spendierte Runden, bis mein Geld alle war und wir uns bierselig an unsere Strandabenteuer erinnerten, die Wildschweine und das Zeltplatzkino.

»Schon mitbekommen, was passiert ist?«

Zottels liebenswürdiges Walrossgesicht, er hatte sich einen Oberlippenbart wachsen lassen und ihn lange nicht gestutzt, wurde ernst. Verschwörerisch deutete er auf den großen Gruftieraben mit der Sonnenbrille. »Das waren Nazis. In Leipzig. Die jagen dich, bis du tot bist.« Tatsächlich: Bei näherer Betrachtung sah ich Teile eines Mullverbands hinter einem der dunklen Brillengläsern des Raben aufblitzen.

»Mann, hat der ein Glück jehabt!«

Krischi klammerte sich an sein Bierglas, nickte und schaute mich traurig an.

»Nazis? Bei uns?« Ich konnte es nicht glauben, träumte aber in derselben Nacht von Mario Möllemanns Schäferhunden, die mich durch die Havelstraße jagten.

Der Geburtstag meines kleinen Bruders bot einen willkommenen Anlass zum Feiern und »den Zusammenhalt zu stärken«, wie unser Vater betonte, der harten Zeiten wegen und wohl auch hinsichtlich des Ergebnisses seines letzten Arztbesuchs. Von meinen nächtlichen Ausflügen ahnte er nichts, denn offiziell übernachtete ich bei Ulli Schmidtke.

Die Eltern organisierten ein großes Sommerfest in unserem Garten und luden Verwandte, Freunde und Nachbarn dazu ein. Die Leute ließen sich nicht zweimal bitten und bestürmten unseren Hof gruppenweise. Ausgelassen aßen, tranken und redeten alle durcheinander, tauschten Neuigkeiten und Lageeinschätzungen aus. Das Pyramidenspiel, bei dem man »todsicher« gewinnen würde, war in aller Munde. Gegenübernachbar Flötenberg, stets freundlicher Zopfträger und Hausmeister im Kulturhaus, hatte sich bereits beteiligt und erwartete seine Auszahlung in Kürze. Man ließ ihn hochleben. Nur unsere Schnapskirschennachbarn fielen in der heiteren Runde etwas aus dem Rahmen. Olivers Vater wirkte müde, seine Frau machte einen ganz entsetzlichen Eindruck. Die einst wunderbare Blondine mit dem aufmunternden Lachen saß vollkommen entrückt am Tisch: Sie reagierte weder auf Worte noch auf Gesten. Ein Zombie. Langsam dämmerte mir, was Oliver gemeint hatte, als er mitten in der Nacht vor meiner Tür aufgetaucht war. Die Frauen tuschelten in der Küche. Es war von einer schlimmen Geschlechtskrankheit die Rede, die ihr Mann von seiner letzten Jugendtourist-Reise aus Moskau mit nach Hause gebracht habe. »Hachgottchen. Die arme Frau!« Ich fühlte mich in meinem Beschluss, weiterhin auf Sex zu verzichten, bestätigt und floh vor den Blicken von Olivers Vater, die mir zu folgen schienen, wohin ich mich auch setzte.

Schließlich lauerte er mir vor der Klotür auf: »Weißt du, wo mein Junge ist?«

Ich hatte keine Ahnung.

»Er war seit zwei Wochen nicht mehr zu Hause.«

»Nee, hab ihn ewig nicht gesehen.«

Die Mutsch erlöste mich mit besorgter Miene: »Mimi, nimm doch mal den Wurstsalat mit nach draußen.« Und Oma Frieda schob den betrunkenen Nachbarn mit einem Berg von Tellern vor die Tür: »Los, los, die verhungern da draußen.«

Bei jedem Auflaufen der Fußballnationalmannschaft der BRD brummten die Männer in den Kneipen lauter mit. »Deutschland, Deutschland über ahalles …« Ihre Söhne hatten anfangs noch gefeixt, doch am Abend des Finalspiels waren sie es, die die Fahnen vor den Türen schwenkten und die Gesänge hinaus auf die Straßen brachten. Am nächsten Morgen bedeckten Dutzende Aufkleber den Laternenpfahl vor unserer Haustür, die für eine Vereinigung namens Freiheitliche Arbeiterpartei Deutschlands und die Reinheit des deutschen Volkswesens warben.

Lichter

Westgeld. Die Schaufenster waren zu klein geworden. Dabei waren sie eben noch ganz leer gewesen. Berauscht standen die Menschen vor den Läden. Es schien, als hätten sich alle Verheißungen der Werbung direkt in die Regale ergossen. Die aktuellen Modelle der Ost-Stereorekorder waren, ebenso wie ihre Besitzer, dem Gelächter der Leute vor dem Rundfunkgeschäft hilflos ausgeliefert. Schon nach wenigen Wochen wurden die Restbestände ohne Unterschied verramscht. Ulli war untröstlich. Noch zu Jahresbeginn hatte sie für den Rekorder ihre gesamte Jugendweihekasse geopfert. Das durfte man jetzt keinem mehr erzählen. Sonst war man blöd. Dabei passierte es doch allen. Wir drängelten uns im Neonlicht der neu eröffneten Klamottenläden, um die Jeanshosen später auf dem Schulhof aneinander wiederzuerkennen. Wie peinlich. Zottel, der gerade eine Maurerlehre absolvierte, lachte herzhaft angesichts meiner Probleme mit der neuen Kleiderordnung: »Ick war schon immer heavy. Ick musste meine Uniform nich wechseln!«

Die abgewetzte Lederjacke trug er sommers wie winters. Nun kam ein Aufnäher seiner Lieblingsband Judas Priest dazu.

Je greller die neu angebrachten Lichter und Leuchtreklamen unsere kleine Stadt beschienen, je lauter es in den Kneipen, auf Straßen und Plätzen wurde, desto schweigsamer wurde unser Vater. Die Mutsch hatte sich gefasst und rannte wieder täglich zur Arbeit. »Sie muss schließlich das Geld verdienen!«, klärte uns Omi auf. Was sie verschwieg, war der Grund für diese Extraschichten, immerhin waren Sommerferien, auch für Lehrer. Es hatte Ärger gegeben. Ein angolanischer Vertragsarbeiter war mitten im Neubaugebiet, unweit unserer Schule, von einem Jugendlichen niedergestochen worden. Er hatte nur knapp überlebt. Die Suche nach den Tätern blieb ergebnislos.

»Scheiß Neger!« Der Vater saß mürrisch in seinem neuen Fernsehsessel und weigerte sich, das Haus zu verlassen. Ein ganzes Jahr schleppte er sich schon von Arztzimmer zu Arztzimmer. Das Unvermeidliche ließ sich nicht mehr leugnen – die Invalidisierung stand bevor. Die Zukunft würde weiß getünchte Wände, Desinfektionsmittel und die tägliche Blutwäsche für ihn parat halten. Die drohende Abhängigkeit von einer stationären Behandlung ließ alle Hoffnung aus seinem Gesicht schwinden. An den wenigen guten Tagen träumte er laut von Genussreisen in französische Weinanbaugebiete oder davon, ein Restaurant zu eröffnen: »Da oben, im alten Wasserturm, weißte.« An schlechten Tagen saß er volltrunken vorm Fernsehapparat und verachtete die Welt: »Scheiß Ausländer.«

Was mit unserem Land, der DDR, geschah, war aus der Froschperspektive schwer zu überblicken. Niemand sprach mehr von ihr. Waren wir noch da? Es hatte freie Wahlen gegeben. Mein neuer Reisepass wies mich als Bürgerin der Deutschen Demokratischen Republik aus. Aber alle redeten nur von Deutschland und meinten die BRD. Karl-Marx-Stadt hieß jetzt Chemnitz. Die Südafrikaner hatten gerade die Apartheid abgeschafft, aber, wie Zottel bei jedem unserer Treffen zu bemerken pflegte: »Bei uns jibt's jetz endlich wieder Nazis. Prost!«

Das ganze Schulsystem wurde umgekrempelt. Mutsch hasste es. Ich hingegen war erleichtert, weil ich die alte Schule ein Jahr früher als geplant verlassen durfte. Für meinen Jahrgang hatte man eine Übergangsregelung erfinden müssen. Sie nannten es Leistungsklasse. Dankbar verabschiedete ich mich vom ungeliebten Schulhof mit seinen Feindseligkeiten. Die Mutter musste bleiben.

Die Erweiterte Oberschule befand sich in der Kreisstadt. Eine Büste Salvador Allendes zierte ihren Eingangsbereich. Er war Namenspatron der neuen Lehranstalt. Das Gebäude lag vom Ortskern entfernt, am Fuße eines kleinen Hügels, der, so weit der Blick reichte, mit Apfelbäumen bepflanzt war. Auf seiner Kuppe stehend konnte man den Vorgarten von Tante Ingeborg und Onkel Wilhelm erkennen. Ich fühlte mich zunächst frei und vermisste einzig das Observatorium, das mich so viele Jahre über den Dächern der Neubauten gegrüßt hatte.

Ulli Schmidtke, Michael Müller und ein paar Trainingsfreunde vom Judo hatten mit mir die Schule gewechselt. Wir waren nun Busschüler, die täglich müde beieinanderhockten, während märkische Straßendörfer an uns vorüberzogen. Katharina dagegen hatte die Schule an den Nagel gehängt. Ich beneidete sie darum, meist morgens, wenn der Wecker noch vor sechs Uhr klingelte.

Pille und Palle begrüßten mich auf dem neuen Schulhof wie junge Hunde, die man zum ersten Mal allein gelassen hatte. Die Zwillinge waren in die Höhe geschossenen. Akne hatte beider Gesichter in Schlachtfelder verwandelt. Sie wichen nicht von meiner Seite. Palle, ganz Gorilla, schien sich um sein Äußeres keine Sorgen zu machen. Stattdessen warf er den Mädchen herausfordernde Blicke zu. Pille lief mit eingezogenem Kopf herum und kaute unablässig an ihren Fingernägeln. Die beiden fürchteten die neue Umgebung offenkundig so sehr, wie ich sie, was ich mir auf keinen Fall anmerken lassen durfte. Der gemeinsamen Kindheit wegen galt ich ihnen als vertrauenswürdig. Ich wollte sie nicht enttäuschen, scherzte mit der Schwester, spendierte dem Bruder geschnorrte Zigaretten und unterhielt beide, lässig ans Schultor gelehnt, mit erfundenen Abenteuern, die in Westberlin spielten. Am Ende des Tages stellte ich erleichtert fest, dass sie einer anderen Klasse zugeteilt worden waren. Ich selbst fand mich im Klassenverband mit Ulli, Michael und einem gewissen Timo wieder, dessen dandyhafter Erscheinung ich augenblicklich verfiel. Er war Internatsschüler, genau wie sein Kumpel Mäckie, der blasse Spross einer Pfarrersfamilie. Sie waren die Stars der Raucherinsel. Für mich.

Die Internatsschüler bildeten eine eigene Kaste, die ihr Leben fernab elterlicher Einflussnahme nach Belieben gestalten konnte. Sie kamen zu spät, weigerten sich, Hausaufgaben zu machen, und schwänzten den Unterricht. Timo und Mäckie gründeten eine Band. Sie nannten sich Die Kaputten, trugen Jacketts und rauchten selbst gedrehte Zigaretten. Der nächtliche Ärger wegen Ruhestörung trug nicht unerheblich zur Legendenbildung bei. Fieberhaft übte ich in meinem Kinderzimmer, es ihnen gleich zu tun, hörte laute Musik und schrieb düstere Songtexte:

Das Gewitter hat nun meinen Horizont erreicht
und sich ergossen übers weite Land.
Dunkle Flüsse schwellen da
wo eben noch die Falter tanzten.
Das Wasser wäscht die Farben fort
und mein Lachen ist verstummt.
Der bunte Garten meiner Kindertage
hat sich verändert
ist nun wildes Feld
zaunlos
unbestellt.
Und inmitten dieser Weite
steht ein Baum.
Alles was bleibt
seine dürren Äste: blattlos

neue Knospen treiben nicht
ich aber setze mich darunter.
Des Donners Grollen
wird von nun an
mein Begleiter sein.

Als mich unser Vater eines Abends beim Rauchen im Hof erwischte, verzichtete er auf eine Predigt und zog stattdessen an meiner Kippe. Schweigsam betrachteten wir den Sternenhimmel und bliesen die Kringel nach oben, wie Abendgrüße ins All. »Ich weiß von nüscht«, brummte er noch, bevor er wieder ins Wohnzimmer schlurfte. Der Arzt hatte ihm absolutes Rauchverbot erteilt: »Sonst gebe ich Ihnen kein Jahr mehr, Herr Schulz.«

Alte Lehrer verschwanden. Neue tauchten auf. Wir hatten uns gerade an sie gewöhnt, da wurde unsere Klassenlehrerin, eine sächselnde Omi mit gütigen Augen, leiser Stimme und fundierten Kenntnissen der Mathematik und Biologie, »von der Schule freigestellt«, wie es hieß. Ihr Ersatzmann kam aus Nordrhein-Westfalen. Wo das lag, wusste keiner von uns. Er erklärte es auch nicht und duzte uns stattdessen, gegen jede Regel: »Jetzt macht euch mal locker.« Spontan traten wir in einen Sitzstreik und blockierten den Hauptflur, um unserer Forderung nach Aufklärung des Sachverhalts Ausdruck zu verleihen. Ein dicklicher Mitschüler mit Seitenscheitel, den ich schon aus Kindergartentagen kannte, versuchte, unsere Aktion zu torpedieren.

»Hört mal, lasst uns in den Unterricht gehen. Das hat schon seine Richtigkeit.«

Er schien Bescheid zu wissen, raunte: »Die Alte war bei der Stasi.«

»Dämlicher Idiot!«

Ich hatte diesen Sven Gohlke früher gern gehabt. Bei einer Faschingsfeier war er als Rotkäppchen im Kindergarten erschienen. Spott und Häme von Kindern und Erzieherinnen hatten ihn damals vollkommen kalt gelassen. Gemeinsam mit einem Fliegenpilz, einer Maus, einer Hexe und mir als Winnetou hatten wir uns abgesondert, Weberknechte gefangen und ihnen alle Beine ausgerissen, eines nach dem anderen. Und jetzt fürchtete er, Ärger zu bekommen?

Der Direktor zeigte Verständnis für unsere Situation, war aber nicht bereit, uns zu erklären, was passiert war. Ein eilig einberufenes Treffen mit dem Schulrat ließ uns ratlos zurück.

Rauchend standen wir auf dem Schulhof, als der Astronomielehrer, ein komischer Kauz mit langen Nasenhaaren und Stirnglatze, auf uns zutrat: »Ich finde das gut, dass Sie um Aufklärung bemüht sind. Sie haben ein Recht darauf. Ich will Ihnen einmal sagen, worum es hier geht: Die Herren brauchen ein Bauernopfer. Um die eigene Haut zu retten. Habe die Ehre.«

Herr Christ war als Sohn zweier Kommunisten, die Lagerhaft und Folter überlebt hatten, bei Mauerbau aus Bayern in die DDR geflohen. Nun hatte er sich mit seiner Kollegin solidarisiert und gleichzeitig die Rotkäppchen-These bestätigt. Der Streik war beendet. Sven Gohlke wurde zum Klassensprecher gewählt.

Ich lag nächtelang wach, um mir Titel und Interpreten aufregender Songs zu notieren, die ich im Radio aufnahm. Frei erfundene Westberlin-Abenteuer, eine stolze Sammlung an Mitschnitten und wachsende Kenntnisse der Rock- und Popgeschichte wiesen mich als würdig aus, den lässigen Teil des Internats zu betreten. Ich wohnte ohrenbetäubenden Bandproben bei, trank Schnaps aus der Flasche, lauschte den Gesprächen und musste erkennen, dass ich in vielerlei Hinsicht ahnungslos war. Die Gedanken kreisten um Bücher von Autoren, deren Namen ich noch nie gehört hatte. Bei politischen Diskussionen fiel es mir schwer zu folgen, da ich das Personal, von dem die Rede war, nicht kannte. Zu allem Unglück war Timo auch noch fest mit einem Mädchen verbandelt, das außer Konkurrenz stand. Sie war klug, spielte Klavier und hatte die Figur einer Balletttänzerin.

Neben ihr fühlte ich mich dumm, fett und hässlich und beschloss aus Trotz, meine Haare zu färben. Pink. Ulli hatte in einer Modezeitschrift gelesen, dass man, um den stärksten Farbeffekt zu erzielen, zuvor Bleichmittel anwenden müsste. Das Zeug brannte fürchterlich auf der Kopfhaut, doch es lohnte sich: Ich war nun selbst im Dunkeln zu erkennen.

Als Zottel mich zum ersten Mal so sah, bekam er vor Lachen einen Hustenanfall: »Ick erblinde!«

Mutter erlitt einen Schreikrampf, Omi schlug sprachlos die Hände überm Kopf zusammen, und Vater verschwand grummelnd im Sportlerheim: »Das Moped kannste dir abschminken, Frollein!«

In der Gerüchteküche der zentralen Bushaltestelle, wo sich Schüler und Berufstätige aus allen Teilen der Stadt trafen, brodelte es.

»Draußen am Heim hamse jezündelt.«

»Die sind sich aber selbst nicht grün. Vorm Haus Vaterland gab's eine Klopperei: Die mit den grünen Jacken gegen die in Schwarz.«

»Ja, Skins jegen Nazis.«

»Ach wat!«

»Quatsch, dit sind allet Nazis. Is wie früher mit SA und SS ...«

Ich versuchte wegzuhören, doch das Bild rivalisierender Banden ließ sich nicht wegwischen. Auch war die sprunghafte Zunahme von Glatzköpfen im Stadtgebiet unübersehbar geworden. Es hieß, sie würden den Ort untereinander aufteilen. Sie, das waren ältere und gleichaltrige Mitschüler, darunter Oliver, die Steinmänner, der rothaarige Fleischerssohn Mario und neuerdings auch Mike Lehmann. Ein paar Mädchen mischten ebenfalls mit. Doch weder verstand ich, wer da wen bekriegte, noch, warum. In der Zeitung war von alldem nichts zu lesen. Dabei waren die Straßen voll davon.

Bei einem abendlichen Havelspaziergang erschrak ich fast zu Tode, als mir Andreas Walther eilig entgegenschritt. Aus der Ferne hatte ich die schwarze Uniform noch ignorieren können, doch mit jedem

Meter, den er näher kam, verwandelte sich Ullis Langzeitverehrer, der einst das schönste Tretauto der Stadt besessen hatte, in einen Angehörigen der Schutzstaffel der NSDAP. Ohne den Hund an meiner Seite wäre ich davongerannt. So blieb ich stehen. Biermann witterte meine Angst und knurrte den Vorbeieilenden an. Andreas strich sich mit geübter Geste über den Scheitel und marschierte blicklos seines Weges. Zur Freude des Kläffers rannte ich nach Hause, um mir die Farbe aus dem Haar zu waschen. Es war zwecklos. Ich würde weiter leuchten.

Mein Versuch, der Mutter von dieser Begegnung zu berichten, scheiterte an ihrer Berufsauffassung: »Andreas Walther? Nein, der ist viel zu intelligent!«

Die neue Schule ließ mir freie Bahn. Da das Direktorat mit den Umstrukturierungen des Unterrichts beschäftigt war, führte niemand Buch über unsere Fehlzeiten. Ich nutzte die Freiheit für ausgedehnte Spaziergänge. Am liebsten wäre ich vor allem davongerannt. Aber wohin?

Tante Ingeborg erbleichte, Onkel Wilhelm öffnete spontan ein Bier. Klar freuten sie sich über meinen Besuch, jetzt, in dieser trostlosen Zeit, da Wilhelm arbeitslos geworden war. Seine Stellung bei der Partei war ja futsch, so wie die Partei selbst. Aber wie ich aussah! »Hachgottchen!« Die beiden taten mir ein bisschen leid. Die Cousinen waren ausgezogen und studierten in der Ferne. Wilhelm sagte kein Wort. Hatte er seine Sprache verloren? Auf den ersten Blick wirkte er vollkommen normal, doch etwas an der Art, wie er sich bewegte, erinnerte mich auch bei ihm an die Körperfresser ... Tante Ingeborg überspielte den Zustand ihres Mannes, indem sie mir Goldkrone anbot und eine Zigarette. Ich drückte die beiden zum Abschied und versprach wiederzukommen. Ingeborg seufzte: »Hachgottchen.«

Die belesenen Internatsschüler hatten mir Nietzsche empfohlen. Seine Schriften inspirierten mich, die Beine von meinem Bett abzusägen. Als mir das immer noch zu bequem erschien, begann ich, auf dem Boden zu schlafen. Die Lektüre und meine Spaziergänge während des Unterrichts ließen meine Gedanken rotieren: Was war eigentlich aus der Zukunft geworden? Schon in wenigen Wochen würden wir in einem anderen Land aufwachen, in der kapitalistischen Welt. Einfach so. Wann war das losgegangen? Ich erinnerte mich an den Morgen, als unser Geschichtslehrer den Zeitstrahl der bis dato über unser aller Köpfen gehangen und auf das unausweichliche Ziel, den Kommunismus, verwiesen hatte, aus dem Klassenzimmer entfernte. Ich war zu müde gewesen, darüber nachzudenken, zudem hatte sich mir das Schaubild längst eingeprägt, ich brauchte es nicht, um zu wissen, wohin unsere Reise ging. Nun erschien mir der Moment umso bedeutsamer. Wenn man jetzt das Wort Sozialismus nur erwähnte, rissen Lehrer erschreckt die Augen auf, stand den Leuten auf der Straße Schaum vorm Mund, und Nachbarn boten einander Prügel an.

Am Abend des dritten Oktobers tanzten die Menschen vor den Kneipen. Deutschland, das klang nach etwas, das hinter uns gelegen hatte. Deutschland hatte den Krieg verloren. Nun sollten wir darin unsere Zukunft suchen. Vor allen Lokalen feuerten sie Leuchtraketen in den Himmel.

Herr Christ, der Fachmann für die Sterne, bemühte sich, unsere utopischen Gedanken auf den Himmel zu konzentrieren. Klassensprecher Gohlke verweigerte seine Mitarbeit – »Scheißkommunist!« –, doch war er zu feige, dem Unterricht fernzubleiben. Es interessierte ihn nicht, dass die Raumstation MIR über uns kreiste und demnächst einen japanischen Journalisten an Bord nehmen würde, für ein paar Millionen Dollar. Herr Christ wertete dies als Zeichen des kommenden Untergangs der Sowjetunion, ein Gedanke, der mir den Atem verschlug.

»Ganz gleich, ob sie längst verloschen sind: Wir hören doch nicht auf, unsere Blicke zu den Sternen hinaufzuschicken, in Vergangenheit und Zukunft zu schauen.« Herr Christ war ein Poet.

Fahren

An meinem sechzehnten Geburtstag schenkten mir meine Eltern ein kirschrotes Moped: »Du darfst jetzt auch zur Disko. Bist alt genug.«

Aus Versehen hätte ich unseren Vater fast geküsst.

»Um zehn bist du wieder zu Hause.«

Es war eigentlich zu kalt, aber nichts konnte mich bremsen. Ich bestieg mein Moped, knallte den ersten Gang rein, sprang aus dem Hoftor auf die Straße hinaus, fühlte mich unverwundbar. Als ich in der Kreisstadt ankam, mussten mir meine Mitschüler beim Absteigen helfen. Der Winterwind hatte mich ganz steif gefroren. Michael überreichte mir zur Begrüßung ein Buch. Er hatte es sogar eingepackt und bot an, das Moped später für mich nach Hause zu fahren: »Damit du nicht erfrierst!«

Michael hatte aufgehört, sich die Haare zu schneiden. Das stand ihm gut. Er wich mir nicht von der Seite, suchte das Gespräch.

»Ich muss dringend mal mit dir reden, Mimi.«

»O. K. Wir treffen uns nach dem Unterricht, ja?«

Als mich Mäckie gegen Mittag zu einem kleinen Geburtstagskonzert ins Internat einlud, folgte ich begeistert. Die Kaputten spielten ein paar neue, laute Lieder, und Timo brüllte mich voller Inbrunst an. Erst bei Anbruch der Dunkelheit erinnerte ich mich wieder an die Verabredung mit Michael.

Der Platz vor dem Internat war menschenleer, auf dem Parkplatz war niemand mehr zu sehen. Er musste den letzten Bus genommen haben. Müde lenkte ich meine rote Simson allein über die Landstraße nach Hause. Der Geburtstagsschnaps half ein bisschen dabei. Worüber musste Michael so dringend mit mir reden? Obwohl wir in den letzten Jahren viel Zeit miteinander verbracht hatten, wusste ich im Grunde nichts von ihm. Zu Hause angekommen, wickelte ich sein Geschenk aus: »Deutsche Gedichte des 20. Jahrhunderts«. Verblüffend.

Beim Neujahrsspringen feuerte die ganze Familie Jens Weißflog an. Er sprang überragend. Mutter warf sich wie damals, als Kati Witt ihre »Carmen« olympiareif aufs Eis gebracht hatte, in meine Arme. Erst bei der Siegerehrung verflog ihre Euphorie. Sie spielten die Hymne der BRD, Hammer und Zirkel fehlten auf der Fahne. Genosse Weißflog sah unsicher aus.

Ich himmelte Timo an, behielt es aber für mich. Katharina hatte ihr Herz an ihren Nachbarn, einen echten Stadtstrandhelden, verloren. Gegen das Versprechen ewiger Freundschaft überredete sie uns, seine Stammdiskothek im Havelstädter Jugendklubhaus zu besuchen, jenen Ort, den wir stets gemieden hatten, nicht nur, wie uns nun bewusst wurde, der Einmaligkeit der Wolfshöhle wegen, sondern auch aus Angst, den früheren Mitschülern oder anderen Gorillas zu begegnen.

»Musst du wirklich schon um zehn zu Hause sein?« Katharina war besorgt, ich könnte ihren Schwarm verpassen.

»Mein Vater zählt die Sekunden.«

»Und wenn du wieder sagst, dass wir bei mir pennen?«

»Nee, wenn ich ihm heute zeige, dass er mir vertrauen kann, hab ich für immer meine Ruhe.«

»Und wie willste das anstellen?«

»Na, indem ich pünktlich bin?«

Viel zu früh betraten wir den schmucklosen Zweckbau, der einst als Pferdestall gedient hatte. Ohne die glitzernde Discokugel, die in der Saalmitte von der Decke bammelte, hätte dies genauso gut die Kantine eines mittelgroßen Kombinats sein können. Es roch nach Kartoffeln.

Wir gehörten zu den ersten Gästen des Abends, setzten uns zu dritt an einen Tisch im Eingangsbereich und waren nicht sehr überrascht, als sich Michael Müller zu uns gesellte. »Der steht uff dich.« Meine Freundinnen boxten mir kichernd auf die Oberarme. Sie hatten keine Ahnung. Um kurz nach acht war die Tanzfläche noch immer verwaist. Michael lud uns ein. Er setzte sich neben mich und wippte so lange nervös mit dem Knie, bis mein Glas vom Tisch fiel.

»Michael Müller, was für ein Vollidiot bist du eigentlich?«

Ulli und Katharina schauten kurz erschüttert auf, versenkten sich aber gleich wieder in ihre Schwärmereien für die Strandkörper älterer Nachbarjungen.

»Nicht jetzt. Nicht hier.« Michael blickte um sich, als sei er ein Geheimagent in größter Gefahr. Ich flüsterte zurück: »Michael, ich beginne, mir Sorgen zu machen.«

Wir tranken Sekt, dann Bier, schließlich Pfefferminzlikör. Als nichts passierte und Katharinas Angebeteter weiterhin nicht auftauchte, begann auch mein Knie, unterm Tisch auf und ab zu wippen. Mit dem Eintreffen der ersten Stammbesucher, Jungs und Mädchen der älteren Jahrgänge, die uns Neuankömmlinge feindselig beäugten, bekam unsere Nervosität neue Nahrung. Mike Lehmann betrat den Saal als Teil einer uniformierten Gruppe. Ihre Glatzen und hellgrünen Fliegerjacken schimmerten im Licht der Diskokugel. Mike sah aus, als hätte er seit Tagen nicht geschlafen. Sein Blick streifte uns kurz, dann verschwand er am Tresen. Auch die Steinmänner betraten die Szenerie, gefolgt von Mario Möllemann und Krimimüller. Sie alle waren Teil ein und derselben Bande. Kein Zweifel, die Glatzen beherrschten das Jugendklubhaus.

»Ich weiß nicht, wie ihr das seht, aber ich geh jetzt.« Michael stand zum Absprung bereit. Katharina klopfte auf den Tisch: »Die Liebe muss warten.«

Sie ging voran, Michael versuchte, sich hinter mir zu verstecken, nur Ulli kicherte sinnlos. Sie vertrug einfach keinen Schnaps. Fast wäre es uns gelungen, unbeachtet aus dem Gedränge im Eingangsbereich zu verschwinden, da verstellte ein furchterregend großer, stiernackiger Gorilla uns den Weg: »Zecken!« Er schnalzte mit der Zunge, musterte uns, einen nach dem anderen, zog die Nase hoch und rotzte einen hässlichen Brocken Schleim auf den Boden.

»Los, Bomber, klatsch die auf!« Auch die Mädchen, die ihn umringten und anstachelten, waren uniformiert. Nur trugen sie statt der Vollglatzen Ponys und Fransenhaare über den Ohren. Ich erkannte eine von ihnen aus dem Schießtraining an der Karl-Marx-Oberschule wieder und versuchte, ihren Blick zu erwidern. Sie blähte die Backen und machte dabei ein Gesicht, als versuche sie, Erbrochenes bei sich zu behalten.

»Los, mach die alle, Bomber!«

»Schnauze, Fotze!«

Bomber schien nur die Einflüsterungen seiner Kameradinnen noch mehr zu hassen als uns. Sein Blick wanderte kurz zu den anderen Fransenfrisuren, die er abmahnte, indem er ein knurrendes Geräusch von sich gab. Katharina nutzte den Moment und ergriff die Flucht. Hals über Kopf stürzten wir ihr hinterher. Ulli, die besoffene Gazelle, war blitzschnell im Kleinstadtdickicht verschwunden. Michael Müller hatte sich auf sein Fahrrad geschwungen und war bereits um die nächste Ecke gebogen. Ich versuchte keuchend, Katharina zu folgen. Die Angst bewegte meine Beine, die Arme und Hände, mechanisch, als wären sie kein Teil von mir. Ich rannte und traute mich nicht zurückzublicken. Zu Hause angekommen, nahm ich den Hund mit ins Zimmer. Die Panik wollte nicht weichen. Was hatte er mit »Zecken« gemeint? Biermann hatte Zecken, manchmal, nach dem Waldspaziergang.

Im Traum sah ich nun meinen Kopf im Gras liegen. Der Mund

formte einen Schrei ohne Ton. Statt eines Lauts krabbelten fettgefressene Insekten aus ihm heraus … Beim Frühstück lobte mich der Vater: »Ich hätte nicht gedacht, dass du so pünktlich bist.«

Mir fehlte jeder Appetit.

Die Uniformierung, die im Neubaugebiet begonnen hatte, breitete sich nun in der ganzen Stadt aus. Es gab Saufgelage und Versammlungen im Hinterzimmer einer Kneipe im Ort. Sein Banknachbar in der Berufsschule steckte Zottel, dass sie oft die Wohnungen der Eltern in Beschlag nahmen, immer dann, wenn die gerade Feiern waren. Dass es einsame Mütter gab, die sich nichts zu sagen trauten, aus gutem Grund. Die besuchten dann so lange eine Freundin oder schlossen sich – taub und blind vor Scham – im Schlafzimmer ein. Um mich aufzumuntern, spendierte mir mein Kumpel ein paar Gläser Schnaps in der Wolfshöhle. Ich trank schnell und schüttete ihm mein Herz aus. »Mimi, nimm's nich so schwer. Für die kleenen Leute hat sich noch nie wat zum Bessern jewendet. Biste unten, bleibste unten.«

»Was hat das denn mit den Nazis zu tun?«

»Na allet!«

Tanzen

Mit Beginn des nächsten Schuljahrs traten neue Gesetze in Kraft. Ganze Ausbildungszweige und die Berufsschulen mit Abitur waren abgeschafft worden. Die Schülerzahl an der EOS hatte sich auf einen Schlag vervierfacht. Das Schulhaus war zu klein geworden. Sie setzten uns stundenweise nach nebenan, in das leer stehende Gebäude, das bis eben noch die SED-Kreisleitung beherbergt hatte und darum Kreml genannt wurde. Dort zogen außerdem noch das Arbeitsamt, drei Versicherungsagenturen und eine Kneipe ein. Das Ganze war so unübersichtlich geworden, dass ich Monate brauchte, die neuen Mitschüler überhaupt als solche zu erkennen. Die Menschen auf den Fluren standen wieder Schlange. Wir begegneten ihnen jeden Tag, den Leuten aus stillgelegten Großbetrieben und sterbenden LPGs. Immerhin: Die Kneipe brummte. Der Chef schaffte Flipperautomaten an und stellte Bierbänke nach draußen, die ständig besetzt waren. Als auch noch ein Institut für Weiterbildung und Umschulung in den Kreml-Keller zog, konnte ich dort viele schon aus den Fluren bekannte Gesichter wiedererkennen. Es waren vor allem Frauen, die überall zuerst entlassen worden waren, und junge Leute, deren Lehrberufe aufgehört hatten zu existieren, ganze Brigaden aus Landwirtschaft, Ziegelindustrie und Mikroelektronik. Sie saßen mit gesenkten Köpfen beieinander. Geschichten von Selbstmorden verbreiteten sich. Namen fielen wie abgestorbene Blätter von Ästen. Die meisten der Arbeitslosen sahen durch uns Milchgesichter hindurch. Ein paar Mädchen in unserem Alter blickten verächtlich, manche lächelten verschämt. Ich traf Katharina, die in den Monaten seit der Schulzeit keine Lehrstelle hatte finden können. Ihr Zeugnis sei zu schlecht, hieß es, dass man lieber männliche Auszubildende nehme, und: »Was halten sie von Hauswirtschaft?« Hauswirtschaft als Beruf? Das erschien uns lächerlich. Aber es war nicht zum Lachen.

»Ick hol nur meine Papiere ab. Ick kann hier nich mehr rumhängen.«

»Na und, was jetzt? Was wirst du tun?«

»Ick jeh in Westen!«

»Nach Berlin?«

»In Westen, Mann! Nach Feldberg. Titisee.«

»Titisee?«

»Die nehm mich. Als Restaurantfachfrau. Da kann man kochen, Cocktails mixen, muss aber ooch sauber machen und servieren. Davor hab ick am meisten Angst.«

Sie riefen schon nach mir, der Unterricht hatte begonnen.

»Bis später!«

»Ab morgen bin ick weg.«

Abends gab es ein Besäufnis im Wohnzimmer der Kasunkes. Alle Nachbarn und Freunde waren gekommen, saßen um den Tisch herum und gaben Katharina Wünsche und Taschengeld mit auf dem Weg. Nur Michael Müller fehlte. Wir tranken, rauchten, lachten und tanzten durchs Wohnzimmer, als ginge eine irische Großfamilie nach Übersee.

»Kommst du wieder, wenn die Lehre vorbei ist?«

»Weeß nich. Vielleicht.«

»Ich werd dich vermissen.«

»Ick schick dir 'ne Postkarte.«

Zum Abschied überreichte sie mir eine Videokassette mit der Aufschrift »Körper fressen«, eine abgenudelte Kopie meines Lieblingshorrorfilms.

Katharina war weg. Auf den Schulhöfen hatten sich die Jungs in kahl rasierte Schläger verwandelt. Und ihre Führer galten als die neuen Sexsymbole einer ganzen Generation, die meine war.

Nach dem Erlebnis im Jugendklubhaus stand für uns endgültig fest, dass die einzige wirkliche Zuflucht in der Wolfshöhle lag. Wochenende für Wochenende nahm ich Ulli Schmidtke auf meiner Simson mit in die Dorfdisko. Juchzend jagten wir die kurvige Strecke entlang, überquerten Kuhwiesen und Bahngleise, durchfuhren Kiefernwälder und neblige Senken. Wir mussten auch niemanden mehr beschwindeln. Unsere Eltern hielten uns für vorbildlich. Wir hatten es schließlich versprochen. Meist vergnügten wir uns vor Diskobeginn noch mit Mandy Möller, einem fröhlichen Mädchen aus dem Dorf, das alle nur Matratzenmandy nannten. Sie ließ uns das Moped auf ihrem Hof parken und lud uns zum Vorglühen zu sich nach Hause ein. An die

Hausbar ihrer Eltern, die immer fort waren, denn sie kämpften, wie die meisten Bauern der Gegend, um den Erhalt ihres Betriebs. Wir entnahmen kleine Mengen aus den vielen bunten Flaschen, die Mandy wieder mit Wasser auffüllte. Dann mixte sie alles in einer leeren Milchflasche zusammen, die wir kreisen ließen. Wir waren wieder zu dritt. Aber so lebensklug wie Katharina war Matratzenmandy nicht.

Eines Abends, unsere Milchflasche war ausgetrunken, die Disko noch nicht in Schwung gekommen, machten wir einen kleinen Dorfspaziergang, und sie zeigte uns eine Tischtennisplatte in der Nähe des Bahndammes.

»Da wird auch gefickt.«

»Wie jetze?«

»Na wenn dich einer mitnimmt, nach draußen, und Knutschen reicht dem nich, dann bringt er dich hierher.«

»Hä? Aber es ist doch viel zu kalt ...«

Die beiden wieherten vor Lachen und machten sich auf den Weg in die Disko. Ich schlich schweigend hinterher.

Als mich der lässige Rabe später zum Bier einlud, folgte ich ihm widerstandslos. Mit seinem gewinnenden Lächeln spendierte er mir Runde um Runde, flüsterte Komplimente in mein rechtes Ohr und streichelte dabei ganz sachte meinen Rücken. Ich wollte seine Augen, vor allem aber die berühmte Narbe sehen, doch er wehrte sich: »Das willste nich wissen, was die mit mir gemacht haben.«

Nachdem wir ein paar Runden getanzt hatten, führte er mich nach draußen, knutschte erst zärtlich, dann immer fordernder. Wir liefen zur Tischtennisplatte, wo er ohne Umstände seine Hose herunterließ. Ich bekam ich es mit der Angst zu tun und versuchte, einen Schritt zur Seite zu treten. Es gelang nicht. Routiniert öffnete er meine Hose. Er war schwer und keuchte mir ins Ohr. Von weit her, durch einen Schleier aus Rausch und Schmerz hörte ich Katharinas Stimme und war augenblicklich nüchtern. Mit aller Kraft und ausgefahrenen Fingernägeln stieß ich ihn zur Seite. Er knurrte kurz und schob seine Sonnenbrille zurecht. Beleidigt knöpfte sich der Rabe die Hose zu und bot wenig überzeugend an, mich nach Hause zu bringen.

Wenig später wusste ich aus eigener Anschauung, was Sackratten sind. Es brauchte Wochen und anstrengende, schamvolle Untersuchungen meiner selbst, bis ich das Ungeziefer wieder losgeworden war. Ulli und Matratzenmandy feierten solange ohne mich weiter.

Als ich Zottel Wochen später in der Wolfshöhle wieder begegnete, wusste er bereits Bescheid: »Ick dachte, du bist schlau.«

»Dachte ich auch.«

Der Rabe tat, als sei nichts gewesen. Er winkte mir beim Tanzen zu und knutschte später mit Matratzenmandy rum.

Es war ein sonniger Tag im Mai. Ich stieg auf der Heimfahrt früher aus dem Bus und nahm einen Umweg, um Michael Müller zu besuchen, der mit gebrochenen Knochen noch ein paar Wochen das Bett hüten musste. Der Gerüchteküche nach war er unverschuldet in eine Schlägerei geraten. Das Direktorat hatte Klassensprecher Gohlke damit beauftragt, Michael auf dem Laufenden zu halten, ihn mit Lehrstoff und Hausaufgaben zu versorgen. Doch den ließ Michaels Mutter nicht in die Wohnung. »Die Alte spinnt total.«

Mein Weg führte mich über den Marktplatz, wo ich mitten in einen Menschenauflauf hineingeriet. Vor einem Ladenlokal hatte sich eine Schlange gebildet, die sich entlang der Hauptstraße bis zur Havelbrücke zog. Ich erkannte Frau Fischer, eine Hebamme, deren Station im städtischen Krankenhaus geschlossen werden sollte, und Frau Ernst, die Kartenabreißerin im Kino war, das seinen Betrieb zum Monatsende einstellen würde, Gesichter aus dem Stammtischumfeld meines Vaters und auch ein paar Mädchen meines Jahrgangs. Traurig winkte mir der Gegenübernachbar Flötenberg, der hochverschuldet aus dem Pyramidenspiel geflogen war. Schließlich entdeckte ich Pille und lief zu ihr hinüber. Sie hatte ihren aschblonden Zopf abgeschnitten und trug jetzt die Fransenfrisur der Gorillaweibchen.

»Was machst du denn hier?«

»Ich schmeiß die Schule hin.«

»Quatsch! Halt durch. Die paar Monate schaffst du nun auch noch!«

Demnächst würden wir die ersten Prüfungen für die allgemeine Oberschule ablegen. Ich war davon ausgegangen, dass Pille eines Tages die Kneipe ihres Vater übernehmen würde. Otto Brunk hätte sicher nichts dagegen. Doch sie schaute mich mit verheulten Augen an, wie ein Hund ohne Hoffnung: »Ich schaff das aber nicht.«

Von ihr erfuhr ich, dass all die Menschen der Ausschreibung einer großen Lebensmittelkette gefolgt waren. Für die neue Kaufhalle wurden fünf Verkäuferinnen und ein Nachtwächter gesucht. Pille bekam keinen der Jobs. Sie tauchte allerdings auch nicht mehr auf dem Schulhof auf. Sie blieb verschwunden.

Frau Müller öffnete die Tür nur einen Spalt weit. Misstrauisch ließ sie sich mein Anliegen vortragen.

»Moment«, flüsterte sie und verschwand wieder nach drinnen. Durch die dünnen Wände konnte ich hören, wie sie mit Michael sprach. Die alten Häuser der Innenstadt rochen auch im Frühling nach modernden Dielen und Kohlenstaub. Wenn hier eine Tür zuflog, war zu befürchten, dass Teile der Decke mit herunterfielen. Vielleicht lebten deshalb meist eher stille Menschen wie Frau Müller und ihr Michael darin, die niemals eine Tür hinter sich zuwerfen würden. Die Holztür öffnete sich erneut, gerade so weit, dass ich Mund und Nase der besorgten Mutter erkennen konnte. Sie erinnerte mich an Omi.

»Tu das Heft auf den Fußabtreter legen. Wenn es Michael nächste Woche besser geht, kannst du kurz reinkommen.«

Sicher würde sie vorher noch putzen. Leute wie Frau Müller schämten sich dafür, dass sie kein Spülklosett hatten und kein Auto und keinen Mann. Sie sammelten Häkeldecken, die nur dazu da waren, die Gäste zu erfreuen.

Auf unserem Abiturienten-Schulhof begannen sie, sich über die alten Mitschüler lustig zu machen, die gegenüber auf den Fluren des Arbeitsamtes gelandet waren. Die Freundlicheren schauten weg und ließen sich nichts anmerken. Ich verabscheute ihren Pragmatismus. Die Regeln, nach denen wir Kinder von Putzfrauen, Ingenieuren, Lehrerinnen und Verkäufern uns einst am schönen Ostseestrand als Gleiche unter Gleichen begegnet waren, galten nicht mehr. Unsere Welt zerfiel in zwei Hälften. Wir blieben obenauf, weil wir besser mit dem Lernen zurechtkamen, mehr Unterstützung von zu Hause erhielten, gute Lehrer oder einfach nur Glück hatten. Ich begann zu begreifen, was Zottel damit gemeint hatte: »Biste unten, bleibste unten.«

Seine Maurerlehre war beendet, es gab keine Arbeit, dafür eine Umschulung, die direkt an seine Ausbildung anschloss und ebenfalls im Kreml stattfinden sollte.

»Scheißdreck!«

»Mecker nicht.«

»Warum?«

»Könnte alles schlimmer sein. Denk mal an Mandy.«

Matratzenmandy war eines Tages nicht mehr in der Wolfshöhle erschienen. Dass sich ihr Vater auf dem Scheunenboden erhängt hatte, erfuhren wir von den Alten am Tresen. Eine westdeutsche Familie war auf dem Hof aufgetaucht, um den Bewohnern zu erklären, dass nun alles ihnen gehöre, was der mitgereiste Anwalt, mit irgendwelchen Akten wedelnd, bestätigte.

»Ja, ja«, lenkte Zottel ein und begann eine Umschulung zum Maler.

Zu Hause wurde nicht viel miteinander gesprochen. Wenn wir uns abends vor dem Fernseher trafen, um die Nachrichten anzusehen, herrschte Ratlosigkeit. Helmut Kohl betrachtete uns aus Augen, die ganz rund und fröhlich sein konnten, wenn sie unter langen, weichen Wimpern hervorblinzelten, sich hingegen zu kleinen Schlitzen verengten, kalt und überheblich, wenn er von seinen Gegnern sprach. Wir lernten, was er am liebsten aß, wo er Urlaub machte, wie es in Bonn am Rhein aussah, dass Männer in Anzügen Zuversicht ausstrahlten. Wir verstanden, dass sie sich selbst gern so sahen. Doch was verstanden die von uns?

»Es ist so, wie wir es gelernt haben«, flüsterte die Mutsch und: »Das ist der Kapitalismus.«

Vater schwieg. Er, der seine Stimme geteilt und zum einen Franz Schönhubers Republikanern, zum anderen der DSU gegeben hatte, begann zu ahnen, dass die Frauen im Haus, Krankheit hin oder her, diese Haltung weiterhin als Kriegserklärung begreifen würden. Omi hatte sich dem Protest der Mutsch angeschlossen und ihre Kreuze bei der PDS gesetzt. Um ihren Liebling, den Genossen Gorbatschow, tobte gerade ein noch viel rauerer Wind. In der Sowjetunion drohte ein Verbot der Kommunistischen Partei, der Bürgerkrieg stand kurz bevor. Herr Christ hatte recht gehabt. In den Monaten nach der Wahl standen sich die unversöhnlichen Positionen des Kalten Krieges in unserem Haus noch einmal gegenüber, schwachbrüstig und blutleer. Ein Haus von Verlierern. Vater führte seine Wut zum Stammtisch spazieren. Die Mutsch hing an der Jobnadel, und Omi kümmerte sich um die Hofhasen. Einzig Adolar strebte, von alldem unberührt, weiter seinem Traum vom Profifußball entgegen, indem er jeden Tag auf dem Rasen des benachbarten Sportplatzes auf und ab rannte.

Mutsch hatte das schöne neue Auto an einen Laternenpfahl geparkt. Schon seit Wochen stand der zerbeulte Citroën als Zeichen ihrer Schande auf dem Hof herum. »Das wird ein hartes Stück Arbeit«, bemerkte der Schnapskirschennachbar kopfschüttelnd, nachdem er unter die Kühlerhaube geschaut hatte. Immerhin war er Ingenieur. Mutsch erzählte, wenn er wollte, könnte er einen Betrieb in der Kreisstadt leiten. Aber dann müsste er seine Gattin im Stich lassen. Die ginge inzwischen nicht mehr vor die Tür. Sie spreche auch nicht, und manchmal vergesse sie, zu essen, aufzustehen und sich zu waschen. Die Diagnose ließ auf sich warten und alles, was die Ärzte rieten, war mehr Zeit, war Geduld.

»Wie soll das denn gehen?«

Unser Vater holte den ratlosen Ingenieur hin und wieder ab und lud ihn ins Sportlerheim ein, wo sie tranken und sich alter Zeiten erinnerten, als alle gesund waren und Oliver noch zu Hause lebte. Sein kleiner Bruder Dirkie war jetzt regelmäßig unser Gast. Adolar und er spielten in derselben Mannschaft. Sie waren auch sonst unzertrennlich und saßen oft mit Ziegelfritz auf dessen Angelkahn. Omi, die im Klub der Volkssolidarität mit Nachrichten aus der Nachbarschaft versorgt wurde, verriet mir, dass die Leute glaubten, die Frau sei am besten in der Nervenklinik aufgehoben. Omi sah das ein bisschen anders: »Da kannste ihren Mann ja gleich mit einliefern!« Oft brannte das Licht in der Küche der Nachbarn die ganze Nacht hindurch.

Wie vermutet, roch es in der Wohnung der Müllers bei meinem zweiten Besuch nach Putzmitteln. Kleine, violette Plastikblümchen standen in der Mitte des frisch gedeckten Tischs, gehäkelte Spitzen bedeckten ein in die Jahre gekommenes Sofa mit breiten, nach außen geschwungenen Holzbeinen. Frau Müller wies mir den bequemsten Platz zu, schenkte Kaffee ein und legte ein Stück Bienenstich auf meinen Teller, bevor sie das Wohnzimmer verließ, um ihren Sohn zu holen. Zuerst sah ich nur das Gipsbein ins Zimmer treten, der dicke Kopfverband entsetzte mich: »Michael!«

»Lass uns bitte alleine, Mama.«

Er schloss die Tür, winkte kurz ab und ließ sich ächzend in den Sessel fallen. »Weißt du, was passiert ist?«

Sie hatten ihm im Krankenhaus einen Teil der Haare abrasiert, die nun seitlich nachwuchsen und wie Stacheln durch den Verband nach außen drangen. Als könnte er meine Gedanken lesen, strich sich Michael mit der Hand über den Kopf.

»Die lass ich wieder wachsen.«

Er beugte sich vorsichtig zur Seite, öffnete einhändig ein schmales Schränkchen, während er mit dem anderen Arm die Balance hielt, und fischte eine Flasche Goldkrone hervor. Umstandslos trank er einen Schluck daraus und reichte sie mir weiter.

»Das waren die. Du hast sie im Klubhaus gesehen.«

»Aber warum denn?«

»Keine Ahnung. Die haben mich vorn an der Kreuzung gesehen, sind mir gefolgt und peng.«

»Also hier, vor deiner Haustür?«

»Ja, aber jetzt hör zu: Es geht um was anderes ...«

Michael war fest entschlossen zu reden. Das fiel ihm nicht leicht. Er brauchte mehrere Anläufe, verschluckte sich am Kaffee.

»Krimi – du weißt, dass er mein Cousin ist ...«

»Ja.«

»Der hat mich dahin mitgenommen. Ich wollte das nicht, aber ... er war besoffen, und du weißt ja, wie er dann ist.«

»Ja.«

Ich konnte seine Angst fühlen, trotzdem begriff ich zunächst nicht, was er mir sagen wollte. Bis der Name fiel. Mein Angelfreund. Der Schweigsame. Am Rande des Neubaugebietes, in einer Zweizimmerwohnung mit Ausblick hatte es eine Feier gegeben. Der mitgeschleppte Michael hatte dabei gesessen. Und dort, so berichtete er mir, war es zu einer Verwandlung gekommen – zu Hitlers Moment.

Seine neuen Freunde hatten Oliver gedrängt, sie wussten um seine Begabung. Mit vereinten Kräften schoben ihn die Steinmänner, Palle, Andreas Walther und Krimi auf den Balkon und als er sich immer noch sträubte, gaben sie ihm Wodka – mehr Wodka. Er trank das Zeug wie Wasser. Wie die Russen zu der Zeit, als er noch ein Kind gewesen war. Er trank ihn jetzt, wie sein Vater es tat. Er sah die johlenden Leute unten stehen, die ihn anfeuerten. Erst vereinzelt, dann im Chor, ihn laut und fordernd riefen. Bis einer begann, zu skandieren, so, wie er es im Film gesehen hatte. Mit dem rechten, erhobenen Arm. Erst lachten die Mädchen. Da wusste er, dass er es jetzt tun musste. Es war, als hätte er schon immer auf diese Nacht gewartet. Er trank noch einen letzten Schluck, zog noch einmal kräftig an seiner filterlosen Zigarette, schmiss sie weg, sah auf alle herab. Und er begann, die Mädchen anzubrüllen, sodass sie ihm zuhören mussten, sodass es aufhörte, ihr Lachen. Er stand auf diesem Balkon am Rande des Neubauviertels, und als er sah, welchen Schrecken sein Schreien in die Gesichter getrieben hatte, nahm er langsam, ganz langsam den Druck aus der Stimme, die ihm selbst so fremd erschienen war, im Widerhall seiner Worte von den kahlen Wänden des Blocks gegenüber. Und er sah, wie sich seine Ergriffenheit in die Dunkelheit des Viertels ergoss. Lichter gingen an, ringsum traten sie an die Fenster und bestaunten das geisterhafte Schauspiel. Alle Köpfe kannten nur noch eine Richtung. Und er sprach wie ein gestrenger Vater zu ihnen, nannte sie seine Volksgenossen. Er tadelte und schimpfte, säuselte und flehte. Deutschland, Deutschland über alles. Plötzlich knallte eine Tür, ganz nah. Stille.

Es begann weit vorn, zur Straße hin, im Halbdunkel, dann griff es um sich: Ein Gemurmel formte sich aus der Gespensterruhe. Der Eiferer hob erneut seinen Arm, die anderen folgten reflexartig, streckten sich empor zu ihm, der nun triumphierend seinerseits die Rechte hob. »Heil Hitler!«

Später, als er erschöpft und heiser in dem fremden Wohnzimmer saß, kam Pille auf ihn zu, legte ihren Arm um seinen Hals und küsste ihn.

Michael Müller hatte das alles mit angesehen. Nun wusste auch ich es.

»Das wolltest du mir die ganze Zeit erzählen?«

»Ja. Er war schließlich mal dein Freund. Und ich gehöre nicht zu denen. Ich will, dass du das weißt.«

Michaels Hände spielten nervös mit den Fransen der Tischdecke.

»Der Gohlke gehört übrigens auch dazu.«

»Was?«

»Ja, der stand ganz vorn, in der ersten Reihe.«

Frau Müller betrat leise das Zimmer. »Michael, du musst dich ausruhen.«

Sie wandte sich in meine Richtung: »Der Junge versäumt doch so viel Stoff. Werden Sie Michael helfen?«

Stumm nickten wir einander zu.

In dem Moment, als ich das Haus verließ, schob sich eine Wolke vor die Sonne. Ein kühler Windstoß fegte altes Laub vor meine Füße. In der Ferne ließ jemand einen Motor an. Von nun an lief ich schneller.

Es war also passiert. Sie hatten ihn zu ihrem Führer erkoren. Schon bald scharten sich um Hitlers unscheinbare Hänflingsgestalt die Busenwunder, Diskomiezen und Pudelfrisuren des Ortes. Und etwas von seiner Anziehung schien auch auf seine Getreuen überzugehen. Meine ehemaligen Mitschülerinnen quiekten vor Begeisterung über so viel nackte Kopfhaut und martialisches Gebaren. Sie ließen sich in Kneipenklos von besoffenen Jungs vögeln, die SS-Runen auf den Hintern tätowiert hatten. Und die Friseure mixten das Wasserstoffblond tonnenweise.

Die Oberschule machte keine Ausnahme. Salvador Allendes Büste war auf die Rückseite des Gebäudes verbannt worden. Über dem Eingang wurde sein Name entfernt und durch »Ad novas ripas« ersetzt. Sven Gohlke trug nun auch eine von den grünen Fliegerjacken mit dem orangefarbenen Innenfutter. Auf dem Schulhof bildete sich eine stattliche Gruppe um ihn herum. Sie trafen sich gegenüber der Raucherinsel, beäugten mich und grinsten hämisch, ohne dabei zu vergessen, wo die Pausenaufsicht stand. Palle wich nicht von Gohlkes Seite. Er trug ihm sogar die Tasche hinterher. Meine Banknachbarin Ulli Schmidtke, die Andreas Walthers Annäherungsversuche all die Jahre ignoriert hatte, ließ sich nun, da er als SS-Mann verkleidet Schrecken bei Menschen wie Hunden verbreitete, von ihm nach Hause einladen.

Zuerst schwieg ich, in der Hoffnung, dies wäre nur ein Alptraum. Ulli aber zupfte sich schwärmerisch in den Haaren herum und atmete schwer.

»Na, wie war's?«, gab ich schließlich nach.

»Er ist soooo toll! Erst haben wir miteinander geschlafen und dann die ganze Nacht Filme geguckt.«

Sie errötete.

»Was für Filme denn? ›Wie Deutschland doch noch den Krieg gewann‹?«

Ich hatte große Lust, ihr eine Ohrfeige zu verpassen, damit sie wieder aufwachte. Aber wir träumten ja gar nicht.

»Nee, ›Terminator 2‹ und dann ein paar alte Nachrichtensendungen. ›Wochenschau‹, oder wie das hieß ...«

»Das meinst du nicht im Ernst, Ulli!«

»Was denn?«

»Das ist eklig.«

»Was denn?«

»Alles!«

»Selber eklig. Bleib doch bei deinen Grufties, du Zecke.« Energisch griff Ulli Schmidtke ihren Füllfederhalter und setzte sich weg.

Mäckie war vom Internat geflogen. Er hatte sich unweit der Schule, am Waldrand, eine eigene Wohnung besorgt und sie innerhalb weniger Wochen in eine Höhle verwandelt. »Wegen der Akustik« hingen überall Laken von den Wänden. Bis auf ein altes Klavier und zwei Dutzend zum Teil ausgeschlachtete und kaputte Keyboards gab es nichts. Er war gerade von seinem älteren Bruder in die Geheimnisse des Haschischrauchens eingeweiht worden und verteilte die neuen Erkenntnisse begeistert in alle Winde. Ein paar kunstinteressierte Abiturientinnen mit langen Haaren und bunten Kleidern schlossen sich ihm und den anderen Bandmitgliedern an, eine Art Hippie-Kreis, in dem sie miteinander Bücher lasen und regelmäßig beieinander schliefen.

Ich war dort Dauergast und konnte die Hippies im Gegenzug zu einem Besuch der Wolfshöhle überreden, wo Mäckies Drogenexperimente ebenfalls auf fruchtbaren Boden fielen. Mäckie vertrug mehr als alle anderen, selbst Zottel konnte da nicht mithalten. Nur der Rabe war neidisch, weil seine Tischtennisplatte an Attraktivität einbüßte.

Michael schaffte die Prüfungen am Schuljahresende, ohne das Haus zu verlassen. »Das nennt man wohl Glück im Unglück«, sagte seine Mutter, während sie uns mit Bienenstich fütterte. Der Gips war zwar ab, aber sein Bein noch zu schwach. Das Direktorium hatte eine Ausnahmegenehmigung erteilt und Herrn Christ angewiesen, die Prüfung im Wohnzimmer der Müllers abzunehmen. Michaels Mutter umarmte ihn zum Abschied, was unseren Lehrer derart aus der Fassung brachte, dass er seine Aktentasche vergaß. Als er Minuten später erneut vor der Tür stand, gelang ihm ein besserer Abgang, indem er sich nach Michaels Befinden und den Prognosen für das kommende Schuljahr erkundigte. Alles würde gut heilen, hatten die Ärzte gesagt. Herr Christ und Mutter Müller sorgten außerdem dafür, dass Michael im neuen Schuljahr einen Anspruch auf einen Internatsplatz erhielt. Er würde in Mäckies altes Zimmer ziehen.

Einzig Michaels Frisur war wohl für die nächsten zwei bis drei Jahre hinüber. Aus Solidarität schnitt ich mir meine Haare unterhalb der Schläfen ebenfalls kurz. Die Farbe war schon fast herausgewachsen. Zottel meckerte: »Ick dachte, du lässt wachsen!«

Krischi hingegen mochte es und schlug mir vor, die Haare künftig blau zu färben: »Dann biste im Dunkeln besser geschützt.«

Ihm fehlte ein Schneidezahn. Auch in der Berufsschule hatten sich Glatzenbanden gebildet, machten Jagd auf Unangepasste, Verweigerer oder Ängstliche wie Krischi. Der lachte nur, als trüge er ein Ehrenabzeichen im Gesicht. Zottel gab ihm eine Kopfnuss. Er sorgte sich um ihn.

Kaufen

Sommer. Ferienzeit. Das Flimmern überm Asphalt hatte schon seit Tagen nicht mehr nachgelassen. Die meisten Menschen lagen an den schattigen Ufern der Tonstiche, die die Stadt wie ein Ring umschlossen. Nur wenige sah man auf den Straßen, sich vor der Eisdiele treffen, wo es immer neue Sorten gab, auch in Hellblau oder Lila. Leuchtreklamen erhellten die Innenstadt bis in die hintersten Winkel. Selbst tagsüber strahlte neongrün die Werbung für ein Geschäft mit Trachten, Hüten und Waffen: »Alles für den Jagdfreund«.

Mit der Kühle der Nacht wuchs auch, unüberhörbar, die Zahl der Leute und die Lust, etwas zu erleben. Das Rattern und Aufheulen der Motoren übertönte bald jedes Gespräch, drang bis in die den Straßen zugewandten Wohnstuben. Das Flimmern ging vom Asphalt auf die Fernsehgeräte über, wurde bei Einbruch der Dämmerung von den Jalousien verschluckt, hinter denen die Apparate lauter gestellt wurden.

An den zentralen Plätzen, vor dem Rathaus, der Bäckerei, der verriegelten Eisdiele, sammelten sich Trupps, wucherten, wuchsen zusammen. Die Stadt gehörte jenen, die auf Bänken, Treppenabsätzen und Bürgersteigen lungerten und einander anbrüllten. Durch die geöffneten Fenster konnte ich sie hören und blieb lieber zu Hause.

Die wöchentlichen Blutwäschen machten Vater schwer zu schaffen. Er war aufgedunsen und müde. Aufgrund der schlechten Werte wurde die Behandlung noch intensiviert. Sie setzten seinen Namen auf eine Warteliste zur Organtransplantation.

»Wenn es so weit ist, landet der Hubschrauber hier bei uns auf dem Sportplatz«, versuchte er, das Fortschreiten seines körperlichen Verfalls für Adolar in ein Abenteuer umzumünzen.

»Pappi, du bist der Größte!«

Seinen Rentnerausweis bekam ich nur ein einziges Mal zu Gesicht. Stumm hatte er die Postsendung geöffnet, das Dokument in den Händen gehalten und mich gebeten vorzulesen. Darin wurde ihm eine achtzigprozentige Sehbehinderung attestiert, »was sie zum Tragen einer Blindenbinde berechtigt«. Weiter kam ich nicht, denn er hatte sich den Autoschlüssel geschnappt und war davongebraust.

Mutsch verlor kein Wort darüber. Ihre Karl-Marx-Oberschule gab es nicht mehr. Sie war aufgeteilt und umbenannt worden. Nachdem sie überraschend zur Direktorin der neuen Grundschule befördert worden war, hatten ihr dieselben Vorgesetzten eröffnet, dass sie ihre Qualifikation nicht anerkennen würden. Sie bekam eine Gnadenfrist. Mutsch würde noch mal studieren müssen. Oder ihre Arbeit verlieren. »Wie soll ich das nur schaffen?«

Omi konnte auch nicht helfen. Weiterhin setzten ihr Koliken zu, Krampfanfälle, die sie auf ihrer Plüschcouch liegend auszuhalten versuchte. Die Ärztin verordnete weniger Stress, was Omi dazu veranlasste, sich mit ihrem Transistorradio auf die Hollywoodschaukel im Hof zu legen und einen neuen Pullover zu stricken. Katze und Hund schauten, in die Sonne blinzelnd, zu.

Adolar und Dirkie behaupteten, dass es ganz in der Nähe, direkt hinter der polnischen Grenze, ein Paradies gebe. Dort könne man nicht nur preiswerte Lebensmittel einkaufen, sondern auch alles, was das Anglerherz begehre, Sportanzüge und Turnschuhe. Sie lagen unserem Vater so lange damit in den Ohren, bis er entnervt einwilligte. »Na gut, am letzten Ferienwochenende.«

Auf der Suche nach Abwechslung und einem Zuverdienst zum Familieneinkommen fuhr ich in die Zeitungsredaktion der Kreisstadt, um nach Arbeit zu fragen. Tatsächlich konnten sie eine Aushilfe gebrauchen. Die Schablowski erkannte mich zwar nicht wieder, wohl aber lachte mir die semmelblonde Sekretärin anerkennend zu: »Na, bisschen Taschengeld verdienen?«

Weil der gemütvolle Redakteur mit der runden Brille gerade am Stechlinsee weilte, wo reiche Leute aus dem Westen die Grundstücke begutachteten, brauchten sie dringend jemanden, der sich eines Skandals im Nordzipfel des Landkreises annahm.

»Es gibt Ärger, draußen in Ravensbrück.« Die Schablowski war noch breiter geworden, unsympathischer und gelangweilter. »Am besten verschaffen Sie sich einen Eindruck vor Ort.«

Ich sollte mich umhören, Eindrücke sammeln und ihr Bericht erstatten.

Ich war nun eine rasende Reporterin! Auf der roten Simson steuerte ich euphorisch meiner Recherche entgegen, durchquerte Straßendörfer und große Waldareale, die nach Moos dufteten und die Haut kühlten. Ich parkte am Marktplatz, um mich von der Innenstadt nach außerhalb, in den Ortsteil Ravensbrück, vorzuarbeiten, wo eine Demonstration vor der Mahn- und Gedenkstätte angekündigt war. Doch die Leute auf der Straße misstrauten meinem Anliegen, meiner Erscheinung. Nur ein paar Jugendliche in T-Shirts der Böhsen Onkelz konnten es kaum abwarten, mich anzupöbeln: »He, komm rüber, dann machen wir dich fertig, Zecke.« Die Sonne schien, pausbäckige Kinder schlenderten mit tropfenden Eiswaffeln an mir vorüber. Die Tauben gurrten leise in den Bäumen vor sich hin. Warum will ein Mensch an einem solchen Tage böse sein?

Als ich nicht auf ihre Beschimpfungen reagierte, warfen sie mit Steinen nach mir. Die Passanten liefen in weiten Bögen um mich herum. Sie taten, als wäre nichts. Ich lief stoisch weiter, die Hauptstraße entlang, wo die Menschen meinen Fragen auswichen, bevor ich sie zu Ende formuliert hatte. Erst ein älteres Ehepaar, das die Demonstration an der Zufahrt der Gedenkstätte aus sicherer Entfernung beobachtete, gab mir Auskunft. Dass die Errichtung eines neuen Einkaufsmarktes ausgerechnet auf diesem Gelände als pietätlos empfunden wurde, leuchtete den beiden sofort ein: »Da liegen Knochen drunter. Die armen Frauen, die sich da zu Tode geschuftet haben …« Andererseits sei nun die Zeit der Marktwirtschaft angebrochen: »Die Leute wollen Geld verdienen und welches ausgeben, ist doch klar!«

Ich traute mich genauso wenig wie die beiden Rentner näher an die Demonstration heran, wo die verschiedenen Lager laut vernehmlich aufeinanderprallten. Verwirrt versuchte ich zu begreifen, was »die Scheißrussen«, die Sowjetsoldaten, die seit 1945 in Garnisonsstädten in und um den ganzen Ort herum stationiert waren, mit alldem zu tun hatten. Das Pärchen war leider schon fortgehumpelt, doch die Schablowski klärte mich bei meiner Rückkehr in die Redaktion schnörkellos auf: »Die Russen konnten machen, was sie wollten. Die haben Kinder abgeknallt, auf Gräber gepisst und das Wasser verseucht.«

Sie entpuppte sich als Angehörige einer Schlachterdynastie, die jahrzehntelang von der Sowjetmacht unterdrückt worden war.

Die Semmelblonde ließ den Vortrag mit hochgezogenen Augenbrauen an sich vorüberziehen und wies mir einen Arbeitsplatz für die kommenden zwei Wochen zu, indem sie eine Tasse frisch gebrühten Kaffee neben der Tastatur platzierte. In dem Artikel, den die Schablowski anschließend verfasste, fand sich keiner meiner Eindrücke wieder. Wenigstens stand diesmal auch mein Name nicht darunter. Den Rest der Ferienarbeitszeit verbrachte ich damit, Hundezüchter, Aussteller von Rassekaninchen und Fußballtrainer der dritten Kreisliga zu interviewen. Außerdem verfasste ich alle Bildunterschriften. Niemand griff inhaltlich in diese Texte ein. Die semmelblonde Sekretärin las Korrektur und kochte Kaffee. »Dann bis zum nächsten Mal!«

Eigentlich hätte uns Omi nach Polen begleiten sollen. Aber sie litt schon wieder unter Bauchkrämpfen, obwohl ihr gerade erst die Gallensteine entfernt worden waren. Die Ärzte hatten verkündet, dass der Schmerz nach der Operation verschwinden würde. Ein Trugschluss. Außerdem war Omi ziemlich enttäuscht gewesen, als sie die kristallinen Winzlinge erblickt hatte. Im Club der Volkssolidarität war damit kein Blumentopf zu gewinnen. Andere reichten prall gefüllte

Tüten mit Steinen herum, bei deren Anblick man erschauderte. Ihre musste man mit der Lupe suchen.

Ihr war sofort klar gewesen, dass diese lächerlichen Kiesel nicht als Erklärung für die Schmerzen der vergangenen Wochen und Monate taugten. Die Hausärztin diagnostizierte kurzerhand eine chronische Magenschleimhautentzündung. Und weil das die Koliken fürs Erste erklärte, nahm Omi es hin. Das bisschen Schmerz würde sie schon nicht umbringen.

Wir fuhren ohne sie. Himmelsblau und Vogelsang verrieten, dass es ein heißer Tag werden würde. Der Flecken, den wir nach einstündiger Fahrt erreichten, hatte wenig mit dem Markt gemein, den ich einst in Poznań kennengelernt hatte. Fliegende Stände, hölzerne Buden und ganze Restaurants bildeten ein labyrinthisches Geflecht, das von den Händlern wie ein Raumschiff mitten ins Nichts gestellt worden war. Es erstreckte sich kilometerweit ins leere Feld. Adolar und Dirkie tobten durch die Reihen mit den unterschiedlichsten Waren. Stolz präsentierten sie meinem Vater ihre Beute: eine Wurfangel. Doch er misstraute der polnischen Qualität und lehnte ab. Mutsch verliebte sich in dieses oder jenes Paar Schuhe. Ich legte mir eine Sonnenbrille zu. Schließlich kauften die Eltern noch ein riesiges Schlauchboot aus Beständen der Sowjetarmee. Wir ließen es uns gut gehen, aßen und tranken, geschützt vor der Gluthitze, die den staubigen Platz zur Mittagszeit befiel, in einem gut gekühlten Zelt. Der Vater machte Witze über die Rückständigkeit der Polen und ermahnte uns, nirgendwo zu lange stehen zu bleiben. Wegen der Diebe. Er kaufte Käse und Würste, die nach Knoblauch rochen. Als die Eltern auch noch ihr Auto auf dem Parkplatz wiederfanden, durfte der Ausflug als gelungen gelten. Nun wurde die Freundlichkeit der Polen gelobt, besonders die des Parkplatzwächters.

Am Ende stauten wir in einer Kolonne mit all den anderen Schnäppchenjägern nach Hause und vertrieben uns die Zeit, indem wir laut überlegten, wie Omi aufzumuntern sei. Wir stellten uns vor, wie sie staunen würde, wenn wir das Schlauchboot zum ersten Mal zu Wasser ließen.

Doch auf dem Hof wartete keine Omi. Stattdessen Onkel und Tante aus der Havelstraße, die wir seit den Tagen des Rotdorns, als Opa Erwin uns das Angeln beibrachte, nicht mehr gesehen hatten. Der Onkel wirkte, obwohl er sehr traurig aussah, jünger, als ich ihn in Erinnerung hatte. Er hielt die Hand seiner Frau ganz fest, deren sorgsam frisiertes Haar feuerrot das Wohnzimmer beleuchtete. Die Mutsch war erstarrt, als säße sie Geistern gegenüber. Unser Vater stellte Salami, Brot und selbst gemachte Salzgurken auf den Tisch. »Los, Mimi, wir brauchen noch Teller und Besteck.«

Sie sprachen sehr vorsichtig miteinander. Wie sich herausstellte, waren die beiden einem Notruf Omis gefolgt. Alles sei sehr schnell gegangen, erklärte der Onkel mit zitternder Stimme. Ich saß benommen auf der Couch. Worte zischten wie Silvesterraketen an meinen Ohren vorbei.

»Notoperiert.«

»Krebs.«

»Gleich wieder zugenäht.«

Als die anderen nach Hause gefahren waren, lief ich nach oben, um mein Bettzeug zu holen.

»Morgen werden wir sie besuchen!«

»Ja, morgen.«

Ich bezog die Couch im Wohnzimmer, denn oben konnte ich so allein nicht bleiben. Tränen kullerten aufs Kopfkissen, in die Gedanken und Träume. Als ich einschlief, war es draußen noch hell.

In der kornblumenblauen Dämmerung eines langen Tages atmete Omi ein letztes Mal – aus. Unter ihrem rechten Daumennagel klebte noch ein kleiner Rest Wolle.

Sie hatte solche Angst gehabt, jemandem zur Last zu fallen, dass sie ein Sparbuch mit der Summe hinterließ, die ihre Beisetzung kosten würde.

»Wie hat sie das Geld nur zusammenbekommen?«

»Na, gespart.«

Am Morgen der Beerdigung fanden wir unsere alte Katze Willi zusammengekauert auf der Hollywoodschaukel liegen. Die Vögel hatten sich schon lange nicht mehr vor ihr in Acht nehmen müssen. Adolar und Dirkie begruben sie unterm Apfelbaum.

Der Weg zum Friedhof war nicht weit. Wir liefen über die Havelbrücke, die Straße mit den Rotdornbäumchen entlang, vorbei an der Fleischerei der Möllemanns. Unsere Schnapskirschennachbarn kamen zu viert, wie wir sie seit Jahren nicht mehr gesehen hatten. Dirkie führte seine Mama an der einen, den Vater an der anderen Hand. Hitler lief mit Sicherheitsabstand hinterher. Er trug einen messerscharfen Seitenscheitel, Lederjacke und Schnürstiefel. Auch Otto Brunk schloss sich uns mit gesenktem Haupt an. Die Verkäuferinnen aus dem Gemüseladen trugen blaue Kornblumen auf den Friedhof. Die alte Frau Hering lief gebeugt auf die Kapelle zu, und Opa Erwin fuhr mit einem schicken Auto vor. Er setzte sich neben Mutsch, und alle weinten um die liebe Omi. Am lautesten schluchzte unser Vater.

Später, als das Loch im Boden zugeschüttet wurde, konnte man Möllemanns Enten schnattern hören, die nur einen Steinwurf weiter, hinter einem Maschendrahtzaun, die Wiese abgrasten.

Opa Erwin schnaubte laut in sein kariertes Taschentuch.

»Is ein schöner Platz.«

Ich nickte und beschloss, dem Leichenschmaus bei Otto Brunk fernzubleiben. Der Rotz lief und lief. Ich würde nichts erkennen, nichts schmecken und nicht reden können.

Omi kam mich im Traum besuchen. Sie schwebte, leicht wie eine Feder, durch den Raum, nahm einen Zipfel meiner Decke zwischen Daumen und Zeigefinger und flog damit von dannen. Frierend erwachte ich auf ihrer Plüschcouch. Sie war weg.

Das Schlauchboot wurde nie benutzt.

Schreien

Kaum dass sein Bein verheilt war, erschien Michael Müller mit zerschlagenem Gesicht auf dem Schulhof: »War wohl mein Abschiedsgeschenk.«

Als Internatsschüler hatte er der Havelstadt den Rücken zugekehrt. Ich stellte ihn noch am selben Nachmittag Zottel vor, der ihm riet, sich zu bewaffnen. Michael lachte matt, kramte ein glänzendes Klappmesser aus seiner Hosentasche und legte es auf den Tisch.

Auch bei anderen Mitschülern blühten Veilchen, Pflaster und Beulen, die hießen »Vergissmeinnicht«.

Mäckie war noch gar nicht wieder in der Schule aufgetaucht. Ich hatte ein schlechtes Gefühl dabei und entschied mich an einem sonnigen Septembernachmittag, ihn zu besuchen. Auf dem Weg zum Stadtwald traf ich die Hippiemädchen, Michael Müller, Zottel und Krischi, die auf einer Wiese unter Apfelbäumen hockten.

»Warum seid ihr nicht in der Kreml-Kneipe?«

»Betriebsferien.«

Sie schlossen sich mir an.

Mäckie war betrunken und bekifft, lag auf dem Boden und hörte so laut Musik, dass wir zunächst wie gelähmt in der offenen Wohnungstür stehen blieben. Herr Rose, sein Nachbar, gesellte sich in Unterwäsche zu uns. Die Lautstärke machte ihm nichts aus. Er war schwerhörig und sehr alt. Die Nummer, die ihm die Nazis auf den Arm tätowiert hatten, konnte man noch gut erkennen. »Ein Glück, dass ihr gekommen seid.«

Er schob uns in die Wohnung und verschwand. Eine halbe Kanne Kaffee später war Mäckie wieder ansprechbar. »Wie spät ist es?« Er schaltete die Nachrichten ein. Auf allen Kanälen scharte sich die Meute um denselben Neubaublock. Die hysterischen Stimmen der

Leute, Sprechchöre aus Niedertracht und Gemeinheit krochen aus dem Apparat in das Zimmer, schnürten uns die Kehlen zu, schmerzten in den Ohren. Uniformierte mit Helmen und Schilden führten einen Mann ab, der die Reichskriegsflagge um den Bauch geschlungen trug. Er lachte. Dann zeigten sie Bilder des Vorabends, als Brandsätze in die Fenster geflogen waren. Die Werfer und Wortführer sahen aus wie unsere Gorillas. Kameras fingen den Glanz ihrer Gesichter im Schein der Flammen ein, die aus dem Wohnheim hinaus in die Nacht schlugen. Ringsum standen Menschen im Schatten, klatschten und lachten triumphierend. Die Vertragsarbeiter waren nicht zu sehen. Sie mussten sich verstecken.

Mäckie schaltete den Fernseher aus. Er öffnete eine Bierflasche. »Im Kühlschrank is noch mehr.«

Trinkend saßen wir so lange zusammen, bis eines der Hippiemädchen zu weinen begann. Dann heulten alle. Für uns war nichts mehr drin. Sie waren überall. Und nun sogar im Fernsehen.

Alle hatten die Bilder gesehen. Nicht alle mussten weinen. Pünktlich zum dritten Oktober, dem Tag der ersten Einheitsfeier, überfiel eine Meute das Wohnheim der Vertragsarbeiter draußen auf der Ziegelei. Ihre Brandsätze richteten keinen großen Schaden an. Sie zerschellten an der Außenwand des Hauses. Die in Flammen stehenden Sträucher im Eingangsbereich hatten rasch die benachbarte Brandwache alarmiert. Die rief Feuerwehr und Polizei. Ein paar von den Werfern wurden sogar erwischt. Es waren Kinder. Die Glatzen hatten ihre jüngeren Geschwister mitgenommen, angestachelt und zurückgelassen. Die waren noch so klein, dass sie nicht einmal verhaftet werden konnten. Die Wachtmeister Schäfer und Glubke fuhren von Wohnung zu Wohnung, führten Gespräche mit den Eltern.

Inzwischen jagten die großen Brüder uns wie Hasen durch die Havelstadt. Es gab keine Straße, keinen Platz, der nicht von ihnen beherrscht wurde. Manchmal hefteten sie sich an die Fersen eines Spaziergängers, der ihnen verdächtig erschien oder fremd oder einfach als leichte Beute. Es machte ihnen Spaß, das Saufen und das Jagen. Angst zu verbreiten.

Gegenübernachbar Flötenberg hatte einfach Pech, als Mike Lehmann ihn, den alten Blueser und Zopfträger, auf dem Rückweg von einem Saufgelage nicht erkannte und mit einem Messer anfiel. »Ick dachte, er wär eine von den Zecken«, versuchte er sich später zu rechtfertigen. Flötenberg behielt eine prächtige Narbe zurück.

Andi Domke, der im Ratskeller kellnerte, wurde auf dem Weg von der Spätschicht nach Hause hinterrücks überfallen. Mehrere Angreifer prügelten und traten auf ihn ein, bevor sie ihn, »die Scheißschwuchtel«, mit ihren Bierflaschen vergewaltigten und anschließend zwangen, mit ihnen zu trinken. Andi Domke kannte seine Peiniger sehr gut, er hatte sie bedient, wenn sie am Ende langer Sommertage mit Vater und Mutter im Traditionslokal eingekehrt waren. Weil er fürchtete, seinen Job zu verlieren, verzichtete er auf eine Anzeige. Die verspottete »Schwuchtel« zu sein, daran hatte sich der Kellner schon lange gewöhnt.

Den bekloppten Detlef und seine Mutter überfielen sie in der Nacht und zündeten das gemeinsame Bett an. Die beiden kamen mit dem Schrecken davon.

Es wurde zu einer Art Zeitvertreib für die Gorillas, Menschen von der alten Zugbrücke in die Havel zu werfen. Mattes Findig brach sich dabei die Hand. Er behauptete, von allein ins Wasser gefallen zu sein. Den angolanischen Vertragsarbeiter Miguel Fernando, der Asyl beantragt hatte, um bei seiner schwangeren Freundin bleiben zu können, erwischten sie auf dem Weg zur Apotheke. »Die Kohle« sei besser geflogen als alle anderen, brüsteten sich die Helden später vor der Eisdiele, wo die kleinen Mädchen ihre Muskeln bestaunten.

Die Wachtmeister Glubke und Schäfer kümmerten sich derweil um eine Einbruchserie in den umliegenden Kleingartenanlagen, die die Gemüter erhitzte.

»Sind die Rumänen jewesen.«
»Ja, die Zigeunerbanden.«
»Rumänische Zigeunerbanden. Die hat die Securitate jeschickt.«
»Quatsch. Die haben ihre eigene Mafia!«

Wir Zecken trafen uns heimlich in unseren Kinderzimmern. Wir lernten Schleichwege über Zäune und Hecken kennen, wussten bald, wo gefährliche Hunde lauerten und welche Türen nachts verschlossen blieben. Wir waren Mädchen mit kurzen und Jungs mit langen Haaren, die sich vor den Symbolen ekelten, die Stiefel fürchteten. Sie, die Helden der neuen Zeit, entschieden darüber, wer Zecke war und wer nicht.

»Kinder, es ist Wochenende. Was ist nur mit euch los?«
»Sie haben Michael Müller zusammengeschlagen.«
»Schon wieder? Warum denn nur?«
»Ohne Grund.«
»Es gibt immer einen Grund.«
»Weil er lange Haare hat?«
»Das ist doch kein Grund.«
»Sag ich doch.«
»Jetzt hör aber auf!«
»Ich soll aufhören?«
»Na, ihr dürft nicht immer provozieren.«

Wenn wir einander in den wenigen geschützten Räumen begegneten, war das die Rückversicherung: Wir sind nicht verrückt.

Weil sich alle gleichzeitig schnelle Westautos kaufen mussten, nahmen die Unfälle auf den zerfurchten Straßen der Gegend zu. Die Alleen erschienen zu schmal für das hohe Verkehrsaufkommen und immerzu standen Bäume im Weg. Die Wachtmeister Glubke und Schäfer waren von oberster Stelle angehalten worden, regelmäßige Verkehrskontrollen im Ortseingangsbereich durchzuführen. Ausgerechnet

Timo verblüffte die beiden in Ausübung ihres Amtes, als er auf die Frage nach den Fahrzeugpapieren laut ausrief: »Falsche Richtung!« Abrupt sank er in eine tiefe Ohnmacht, und mein Moped, das er sich tags zuvor geborgt hatte, knallte scheppernd auf den Asphalt. Sie maßen 3,5 Promille und Timo verlor seine Fahrerlaubnis. Glubke schob die Simson eigenhändig vor unsere Haustür. »Passense besser druff uff, junge Frau!«

Das Moped war zerbeult und fahruntüchtig.

Laufen müssen. Langsam sein. Eine Katastrophe. Bei unserer nächsten Begegnung haute ich Timo eine runter. Dann lachten wir, und er musste versprechen, die Reparatur zu bezahlen.

Mäckies Wohnung stand immer offen. Seit man ihn von der Schule verwiesen hatte, wirkte er befreit. Wir trafen uns nach dem Unterricht bei ihm, rauchten Haschisch, tranken Bier, tauschten Neuigkeiten aus und vergaßen eine Weile, was um uns herum geschah. Zottel und Michael Müller wurden Teil der Band, waren für den Auf- und Abbau und für das Gebrüll im Hintergrund zuständig. Krischi versorgte alle mit »Tulpen«, dicken Haschischzigaretten. Seine Fähigkeiten wurden von allen gepriesen. Niemand baute schönere Tüten als er.

Der alte Herr Rose beschwerte sich über nichts. Er ließ Die Kaputten und ihre Hippiefreundinnen sogar gewähren, als die den alten Keller ausräumten, mit Eierkartons tapezierten, ein Schlagzeug hineinstellten und dramatische Musikstücke probten.

Jeden Abend fuhr ich wehmütig mit meinem ramponierten Moped nach Hause. Ich benutzte Feldwege, um bösen Überraschungen und Polizeikontrollen zu entgehen. Nachts kritzelte ich Omis Zettelsammlung voll. Sie hatte nichts wegwerfen können, das noch zu gebrauchen war. Die Worte fielen aus meinem Kopf auf das karierte Papier. Ich schenkte sie ihr. Hätte ich sie für mich behalten müssen, wäre etwas Schlimmes passiert.

Mutter musste an den Wochenenden nach Potsdam fahren, wo sie die Universität besuchte, um ihre Lehrbefähigung nicht zu verlieren. Unser Vater wartete weiterhin auf die lebenswichtige Transplantation. Jemand musste sich um ihn und Adolar kümmern. Also blieb ich zu Hause.

Wollten mich meine Band-Freunde sehen, mussten sie mich in der Havelstadt besuchen. Im Schutz der Dämmerung schlüpften sie durch das Hoftor, begrüßten den Hund und schlichen mit mir unters Dach. Mein Vater war zwar misstrauisch, ließ aber geschehen, was er nicht verhindern konnte. Um wenigstens die Qualität unseres Rausches sicherzustellen, gab er uns regelmäßig von Nachbars Schnapskirschen ab.

»Hauptsache, ihr hascht nicht. Wenn ich irgendwo Spritzen finde, ruf ich die Polizei.«

»Mann, Pappa ...«

»Nee nee, erzähl mir nichts. Bei Spritzen hört der Spaß auf.«

Er hatte zu viel ferngesehen.

Nachdem die Heime der Vertragsarbeiter und Asylanten geräumt worden waren, begannen die verschiedenen Nazigruppierungen, Diskotheken zu überfallen, in denen sie Zecken und Ausländer vermuteten. Die Oranienburger traten in schwarzen Lederjacken und BMWs auf, sie trugen keine Glatzen sondern Scheitelfrisuren und hatten Äxte bei sich. Die Glatzenbanden benutzten Baseballschläger und Arbeitsschuhe mit Stahlkappen. Es gab schwer durchschaubare Fehden zwischen ihnen, Rangkämpfe und solche um Gebietsansprüche.

DJ Bibo hatte solche Überfälle bereits erlebt. Wenn er nicht in der Wolfshöhle auflegte, unterhielt er die Gäste einer anderen Diskothek, die nur wenige Kilometer entfernt in einem Straßendorf südlich der Kreisstadt lag. Dreimal waren sie dort schon eingefallen und jedes Mal brutaler geworden.

»Die sind einfach rein in den Saal und haben um sich geschlagen.«

Man konnte Bibos Angst förmlich riechen.

»Mann, der eine Typ war riesengroß! Der stürmt zu mir auf die Bühne und schreit nur ›Böhse Onkelz!‹, also spiel ich das.« Die Meute sei mit den Schnürstiefeln voran, Baseballschläger schwenkend, durch den Raum gesprungen.

»Den Riesen nennen alle Bomber. Und wollt ihr wissen, wie der Anführer heißt?«

»Wie, das Monster ist nicht deren Anführer?«

»Quatsch. Der hält sich aus der Drecksarbeit raus. Hitler heißt der!«

Mein Herz raste.

Wir begegneten dem Wahnsinn jeder mit einer eigenen Varianten: Mäckie plädierte für den Freitod durch eine Überdosis Drogen, was uns traurig machte, weil er sich wirklich danach zu sehnen schien. Timo stellte sich vor, von einem Hochhaus zu springen, worüber wir lachten, denn es gab bei uns gar keine Häuser, die hoch genug waren, um sicher in den Tod stürzen zu können. Michael wollte »alle an die Wand stellen«, was man ihm schlecht verübeln konnte. Sein Bein tat noch immer weh. Zottel gefiel sich in der Rolle des Rächers. Er brachte die Rote Armee Fraktion ins Spiel: »Mit denen müsste man in Kontakt treten! Aber wie?«

Spätestens an diesem Punkt des Gesprächs klopften wir uns gegenseitig auf die Schenkel und schrien vor Lachen. Krischi saß dabei und grinste verlegen. Ihm machten unsere Gedankenspiele Angst. Wenn es ihm zu viel wurde, stand er auf, ging zur Stereoanlage und drehte die Musik so laut es eben ging auf. Wir hörten damals immer nur die Einstürzenden Neubauten.

Wie still alle geworden waren bei uns zu Hause, während sich ringsherum auf den Straßen und Plätzen das Brüllen erhob, durch nagelneue Farbfernsehgeräte in die Gehirne drang, die Augen rollen und die allerletzten Hoffnungen platzen ließ. Unser Mut war aus unterschiedlichen Gründen auf etwas nicht mehr Benennbares zusammengeschrumpft. Und doch: Sie hätten es mir sagen müssen.

Ich kam von der Schule nach Hause, stieg die Treppe hinauf, hielt inne, schaute hoch und sah, wie Mutter und Vater den Tisch hinaustrugen, Omis schönen Mau-Mau-Tisch. Und konnte nichts dagegen tun. Auf dem Rasenplatz vor dem verwaisten Hundezwinger türmten sich bereits Omis Möbelstücke, Koffer und das Geschirr, aber auch Schreibblöcke, Kontoauszüge, Lockenwickler, Schuhe und ihre Handtaschen.

»Das soll doch kein Museum werden«, rechtfertigte Mutter das Ausräumen. Später stellte sich heraus, dass auch meine alten Schulsachen, die vollgekritzelten Zettel und Hefte auf dem Haufen gelandet waren. Es war, als kappte sie die Verbindung. Zu mir. Weil ich die Falsche war?

Meine Freunde konnten nicht helfen, kein Gespräch und auch kein Schnaps. Ich schlief auf dem Flur der Wolfshöhle ein, in Hauseingängen und fremden Autos. Am nächsten Tag konnte ich mich nicht mehr erinnern, wie ich nach Hause gekommen war. Erst als ich eines Morgens erwachte und ein Zahn fehlte, einer von den schönen, weißen, ganz geraden Schneidezähnen oben links, erschrak ich vor mir selbst. Die linke Gesichtshälfte war dunkelblau und zugeschwollen. Blut klebte überall an meinen Kleidern. Minutenlang starrte ich in das Gesicht. Bis kein Zweifel mehr bestand. Das war ich.

Die Familie saß am Frühstückstisch. Sie sah wunderschön und sauber aus. Draußen lag frischer Schnee, und die Sonne schien. Die Mutter ließ das Messer fallen.

Nach Sonnenuntergang waren die Straßen der Havelstadt wie leer gefegt. Niemand hatte Lust, den umherstreunenden Gorillas zu begegnen. Stattdessen schafften sich die Leute modernere Rollläden an, die Straßenlicht und Lärm von ihren Wohnzimmern fernhielten. Adolar gehörte inzwischen der Mannschaft der C-Junioren des Havelstädter Fußballvereins an. Dort war es üblich, bei der siegreichen Heimkehr von Auswärtsspielen gemeinsam zu singen. Einmal, ich kam gerade mit Biermann von einem Waldspaziergang zurück, zog der Bus mit lautem Gebrüll an mir vorbei. »Die Fahne hoch! Die Reihen dicht geschlossen! SA marschiert! Mit ruhig festem Schritt!«

Sie wurden schon erwartet. Am Sportlerheim standen die bezechten Fans Parade. Selbst Ziegelfritz hatte seinen Kahn verlassen: »Unsere Jungs!«

Ulli stand unten auf der Straße und warf mit Steinchen gegen mein Zimmerfenster. Zögernd ließ ich sie herein. Sie sah schlecht aus, mager. Ich verzichtete auf jeden Kommentar, verzieh ihr den Verrat, so wie sie mir damals meinen verziehen hatte. Wir waren quitt und froh, nicht mehr allein zu sein, saßen in meinem Zimmer und tranken Kirschschnaps aus der Flasche. Ulli fürchtete nicht nur die Gorillas. Auch die Wolfshöhle machte ihr Angst. Sie schämte sich.

Ich fragte den Raben um Rat: »Ich will nach Berlin, mal was anderes sehen als das hier.« Er lächelte wissend und empfahl mir das Treu in der Nähe vom Bahnhof Zoo.

Ulli war entsetzt, als ich ihr von meiner Idee erzählte: »Westberlin? Bist du irre?«

»Hab dich nicht so. Ich kenn mich da aus.«

Ich beschwindelte Ulli nicht gern, so jedoch konnte es mit uns nicht weitergehen. Wir mussten raus.

Um meine Freundin souverän ins Treu lotsen zu können, zog ich detaillierte Erkundigungen ein, studierte Fahrpläne und lernte das Straßenverzeichnis rund um den Ku'damm auswendig. Am schwierigsten war es, mir meine Verblüffung nicht anmerken zu lassen. Allein die Szenerie am Bahnhof war überwältigend: Lärm und Gefunkel, Gerüche und Bilder strömten auf mich ein wie ein unbekannter Rausch. Ullis Krallen in meinem rechten Oberarm verhinderten, dass ich mich dem hingab. Zielgerichtet führte ich uns fort von Glanz und Glitzer, die Budapester Straße entlang, hin zum abseits gelegenen Eingang der Diskothek. Ulli hielt die ganze Zeit meine Hand umklammert wie eine kleine Schwester: »Im Fernsehen sah der Ku'damm schöner aus.«

Wir stiegen die Treppen hinab und landeten in einer Art Manege. Wundersame Gestalten strebten im Nebel auf deren Mitte zu wie ein einziger tanzender Körper. War der Scheitelpunkt erreicht, waberte der vielarmige Pulk wieder in die entgegengesetzte Richtung. An der Bar begegneten uns die Königinnen und Könige der Nacht. Ich versuchte, den Blicken standzuhalten und erschrak ab und an. Ein paar von denen sahen brutal aus. Doch was war der bisschen Disko-Grusel gegen die echte Furcht, die wir hinter uns gelassen hatten? Wir waren gekommen, um zu vergessen. Begierig starrte ich auf Ohren, Hände, Lippen, Unterleiber.

In die wachsende Euphorie platze Dörte Becker wie eine Wasserbombe hinein: »Mimi, meine Liebe!« Sie streckte mir ihre Arme entgegen, zog mich an ihren prallen, schweißglänzenden Leib und rief immer wieder »Meine Liebe! Meine Liebe!« Dörte trug Strapse, wie ich sie nur aus Filmen kannte, und einen parfumgetränkten Umhang aus schwarzem Samt. Ich war sprachlos. Zuletzt hatte ich sie im Blauhemd gesehen. Sie war in Begleitung zweier Gestalten, die dem Raben in Größe und Statur ähnelten, jedoch mit Nieten gespickte Lederhalsbänder und Metall im Gesicht trugen. Dörte plapperte unaufhörlich, sang ein Hohelied auf unsere Zeit in der Pionierrepublik und stellte mich als »Seelenverwandte« vor, ein Wort, das in meinem Kopf gleich neben »Sackratten« einsortiert war. An Sex war nun nicht mehr zu denken.

Dörte redete ohne Punkt und Komma. Doch die Worte drangen nicht zu mir durch. Eine Wand aus Klängen zwischen uns. Ich nickte und trank meinen Tequila. Zwischendurch glaubte ich, in dem Gewusel aus Mänteln, Frisuren und Nebel Ulli zu erkennen. Ein hüftschwingender Depeche-Mode-Fan wich ihr nicht von der Seite.

Um drei Uhr morgens verabschiedete ich mich von meinen neuen Freunden und machte mich auf die Suche nach Ulli. Sie saß heulend vor der Tür, wo der Winterwind wütete. Nur mit Mühe konnte ich sie überreden, wenigstens aus dem Sturm zu gehen, lud sie auf eine Tasse Kaffee bei McDonald's ein und wischte ihr mit einem von Omis geblümten Stofftaschentüchern den Rotz aus dem Gesicht.

»Wir waren auf dem Klo, haben geknutscht.«

»Na und?«

»Du hast ihn doch auch gesehen, oder?«

»Ja, ein guter Tänzer ...«

Ulli schluchzte so laut auf, dass selbst das leidgeprüfte McDonald's-Personal entnervt zu uns herüberblickte. Auf dem Weg nach Hause erfuhr ich peu à peu die Einzelheiten. Gegen Mitternacht hatte Ulli auf Wolke sieben geschwebt und geglaubt, ihren Traumprinzen zu küssen.

»Und dann hab ich meine Hand auf seine Hose gelegt ...«

Meine Begleiterin blickte auf ihre Hände, atmete tief ein und stieß die Worte aus wie Krümel, die in ihrer Luftröhre festgesteckt hatten: »Mimi – der war gar kein Junge!«

Die Sonne ging bereits auf. Im Zug schliefen wir vor Erschöpfung ein.

Am Havelstädter Bahnhof trennten sich unsere Wege. Ulli kehrte schon am nächsten Abend zurück in Andreas Walthers Arme.

Unser Vater begann, sich für Lokalpolitik zu interessieren, und liebäugelte mit einem Eintritt in die SPD, die immerhin den Landrat, einen wirr dreinblickenden Pfarrer mit Rauschebart, stellte. Einige seiner besten Freunde hockten in der Ortsgruppe der CDU, da mitzumachen erschien ihm allerdings schwierig. Mutter würde dagegen sein, schließlich waren wir Atheisten. Die PDS fiel für ihn, der eh schon als Mann einer »Roten« galt, aus. Und den Abgeordneten der DSU, da war man sich im Haus einig, hatte ihr Kommunistenhass das Hirn vernebelt. Ihr einziges Bestreben galt der Umbenennung aller Straßen und Plätze bei gleichzeitiger Beseitigung der Denkmale im Ort. Ansinnen wie diese musste der erblindende Vater schon aufgrund seiner Orientierungsschwierigkeiten von sich weisen. Am sichersten fühlte er sich im Auto. Manchmal begleitete ich ihn, um zu verhindern, dass er jemanden überfuhr.

Es war das erste Wochenende im neuen Jahr. Die Euphorie der Silvesterfeierlichkeiten lag noch über allem. Niemand hatte vor, Maß zu halten. Wir würden einfach weiterfeiern. Weitertanzen. Weitertrinken.

Das Moped wollte nicht anspringen, daher lief ich die paar Kilometer zur Wolfshöhle. Über die vielen Köpfe im Gastraum hinweg winkte mir Zottel von seinem Stammplatz am Tresen zu. Krischi prostete fröhlich. »Die andern sind schon drinne.«

Der Saal war angefüllt mit Gleichgesinnten: Unter Bibos langhaarige Metalfreunde, Mäckies Kifferbande, die Hippiemädchen, Grufties und Depeche-Mode-Fans hatten sich, wie immer, auch ein paar Dorfbewohner gemischt. Lauter Tanzwütige, die auf Neues hofften. Der Wandel war in vollem Gange. 1990. 1991. So, wie alles angefangen hatte, konnte 1992 nur besser werden! Einige sahen abgekämpft aus von den zurückliegenden Feiertagen. Andere trugen bereits ihre neu erworbenen Kostüme zur Schau. Am Tresen standen jene, die noch nicht nüchtern geworden waren, so wie Zottel und Krischi.

Ich saß neben Michael an unserem Stammplatz und hielt Ausschau nach den Freunden, prostete und fiel um Hälse: »Frohes neues Jahr!« Viele waren wie ich gelaufen, andere mit ihren Fahrrädern oder Mopeds durch die klare Frostnacht gefahren. Wir mussten uns bewegen. Das konnten auch Die Flippers nicht verhindern. Wir nahmen einfach alles mit. Nach ein, zwei Stunden waren die Gliedmaßen auf Betriebstemperatur geschüttelt, die Köpfe von einer wohligen Menge Apfelkorn benebelt. Gerade hatten wir kurz Platz genommen, und Krischi war losgerannt, um Schnaps zu ordern, da brach im Eingangsbereich des Saals Lärm aus. Etwas wirbelte die Menschen durcheinander. Grelle Mädchenstimmen schrien – Urlaute, keine Worte. Dann sahen wir sie. Erst einen, zwei, etwa zehn, fünfzehn Uniformierte. Glatzen, grüne Bomberjacken, Springerstiefel.

Ich erkannte die Angreifer sofort. Sie trugen Baseballschläger, und jeder, der sie sah, rannte weg, versuchte zu entkommen. Körper verkeilten sich im schmalen Gang, der zum Hof führte. Neben mir riss jemand das Fenster auf, eisiger Wind erfasste mich, dann der Sog der Umstehenden, die zu der Öffnung strebten, zur Dunkelheit, die ihren Sprung verschlucken würde. Kreischen erfüllte den Saal. Keulen sausten auf Rücken, Hände, Hälse. Ich sah Zottel, wie er zwei Fenster weiter, in der äußersten Ecke, auf das Brett stieg und sprang. Andere folgten. Ich kletterte über die Tische, kämpfte mich durch Haufen erstarrter Menschen, stieg hinauf, stand im Fensterkreuz, und jemand schrie mir zu: »Spring!« Ich ließ mich einfach fallen, landete mit einem Knall auf dem Blech der Mülltonnen, sprang nochmals hinunter, auf die unebene Erde. Im Schein der Lichter, die den Eingangsbereich zur Diskothek erhellten, sah ich, wie sich das Grün der Bomberjacken in die dunkle Gegenmasse der Türsteher und Dorfbewohner verkeilte. Die Stimme, die mich zum Sprung ermutigt hatte, rief mir zu: »Hierher!«

Ich hetzte die Schuppenwand entlang in eines der Plumpsklos direkt gegenüber der Schlägerei. Schlüpfte hinein, fest überzeugt, dass sie mich gesehen hatten. Doch niemand folgte. Auf dem Boden kauernd schnaufte Zottel. Stumm hockten wir vorm Donnerbalken. Die Kälte zog mir den Hals zu, der Geruch von Scheiße und Urin drang durch Mund und Nase. Meine Zähne klapperten, ich vergrub den Kopf zwischen den Knien. Konnte mein Herz pochen hören. Zählte seine Schläge.

Erst Blaulicht. Blaulicht und Sirenen. Eine rote Rundum-Leuchte. Der Krankenwagen kommt. Die Menschentraube vor dem Eisentor verstummt, als hielten alle die Luft an. So leise. Nur das Klackern der frisierten Mädchen, die mit spitzen Hacken auf der Stelle treten. Die Feinstrumpfhosen, Glitzer an den Wangen und Wölkchen, die aus Mündern quellen. Wir stehen verloren in der Kälte. Die schlecht beleuchtete Dorfstraße führt ins Nichts. Dann lässt Zottel meine Hand los, mein Blick folgt ihm. Er kniet sich hin, auf den kalten Boden neben Krischi, breitet seine Hände über dem kleinen Bruder aus. Hände, die sich nicht trauen, den Kopf anzufassen. Das ganze Blut. Das ganze Blut.

Am nächsten Tag konnte ich nicht aufstehen. Und erst später, viel später dachte ich den ungeheuerlichen Satz: »Sie haben ihn umgebracht.« Im Traum sah ich sie um ihn herumstehen, sah sie auf Krischi einschlagen, auf den am Boden Liegenden eintreten. Eine Stiefelspitze, die mit voller Wucht an den Schädel saust. Der zerbricht.

Liegen bleiben

Ich will nicht mehr essen.
Ich werde nicht mehr essen.
Ich trete in Hungerstreik.

Leben wie ein Hund. Gefüttert werden. Gehorchen.
Nimm nichts mehr an!
Hör auf zu gehorchen!
Hungere und lebe wie ein Mensch.

Ich lege mich neben mein Bett auf den Boden. Der Teppich ist hart, ist genau richtig. Das Laken ist meine Decke. Ein Kissen benötige ich nicht.

Ich sitze im Zimmer und schweige, höre meinen Atem.

Ich stehe am Fenster und schaue hinaus. Nichts geschieht. Bis es dämmert. Ich lege mich schlafen. In zwei Stunden wird der Wecker klingeln. Zwei Stunden sind genug.

Es gibt kein Frühstück für mich. Ich sehe darüber hinweg, über mein Frühstück auf dem Tisch. Niemand sieht mich. Ich gehe. Wenn ich Hunger habe, später, oder Schmerzen, dann rauche ich.

Am Abendbrot komme ich nicht vorbei. Nicht an den Augen der anderen. Ich esse eine Scheibe Brot. Für den Kreislauf, denke ich und esse.

Die Nächte sind schön. Ich bin allein. Es ist still.

Es gibt Momente der Schwäche. Dann denke ich an meinen Streik. Es kommt nur auf mich an.

Ich werde weniger. Bis ich gar nicht mehr bin. Ich will nicht sein.

Ich betrachte mich im Spiegel. Ich finde meine Augen schön. Sie kämpfen.

Ich habe Schmerzen. Ich setze mich in das leer geräumte Zimmer der Großmutter. Es riecht noch nach ihr. Ich esse einen Apfel und weine. Ich knarre mit den Dielen und weine. Ich hole den schwarzen Hund ins Zimmer. Er stinkt nach Regen. Regenhund. Er leckt meine Apfelhand ab. Ich nehme ihn zu mir nach nebenan. Wir schlafen Kopf an Kopf. Ich höre ihn atmen, Stunden, sein Geruch hat mich betäubt. Ich wecke ihn auf und lasse ihn wieder raus, in die Kälte. Er kann nicht gut allein sein.

Er tut mir leid. Ich wasche mir die Hände und sehe mir dabei im Spiegel zu. Ich habe keine Schmerzen mehr.

Der Wecker klingelt. Ich kann nicht aufstehen. Mutter klopft, bis ich ihr zerschlagen an den Frühstückstisch folge. Sie ist guter Dinge. Ich halte das nicht aus. Wortlos verlasse ich das Haus. Im Bus drängeln sich Menschen und Gerüche, schlimmer als nasser Hund. Die Scheiben beschlagen von innen. Man kann nicht hinaussehen. Mir ist schlecht.

Ich fahre wieder zurück. Krankgemeldet. Schleiche mich ins Zimmer. Als der Vater fortgeht, hole ich den Hund ins Zimmer. Nachher werde ich ihn baden und über Nacht zu mir nehmen. Sonst erfriert er noch, der Arme.

Wegen mir.

Die Ärztin gibt mir eine Befreiung für den Sportunterricht, Elektrolyte und Schlaftabletten. Die Schwester starrt meine Arme an. Sie findet keine Vene. Ich muss lachen.

Frühling.

»Geh doch mal raus, Kind, so blass, wie du bist!«

»Wohin soll ich denn gehen?«

»Na, raus!«

»Da erschlagen sie mich.«

»Jetzt übertreibst du aber!«

Nachts habe ich keine Träume mehr. Aber am Tage sehe ich seine Erscheinung überall. Er biegt um die Ecke, steht als Schatten unter einem Baum. Dort hinten, am anderen Ufer des Flusses. Er bewegt sich nicht. Er verbirgt seine Augen.

Sie schaffen sich Hunde an. Keine wie Bruno oder Biermann. Bullige Tiere mit starken Kieferknochen. Einmal sehe ich sie, im Wald. Sehe, wie sie einen Welpen scharfmachen. Mit Quälereien und aufgehetztem Schreien. Er tut mir leid. Eine Partisanin würde ihn retten. Ich tue es nicht.

Ein Nachbarsjunge erzählt mir, dass Hitler seinen Hund aus dem Fenster geworfen hat. Nicht aggressiv genug. »Der wollte nicht beißen.« Ich mag den kleinen Nachbarn. Er scheint keine Angst zu kennen. Wir sind wie Spione. Information gegen Information. Er interessiert sich für lebenspraktische Dinge. »Was bedeutet ›blasen‹?«

Sommer.

Ihre Truppen versammeln sich vor dem Rathaus. Sie verteilen sich auf Autos. Sie ziehen in den Krieg. Später im Fernsehen: Das Haus mit der Sonnenblume brennt. Tausende triumphieren. Der Vater stellt den Apparat aus.

Mäckie ist fort. Kein Abschied. Die Wohnung ist leer. Herr Rose schaut mich an mit seinen weichen Augen. Er ist wieder alleine. »Ist nach Görlitz, der Junge. Sondergenehmigung.« Die Kirchenmusikschule nimmt Mäckie auch ohne Schulabschluss. Jetzt wird er Organist. Herr Rose berührt kurz meine Hand: »Adieu, mein Schmetterling.«

Einmal sehe ich Ulli Schmidtke durch mein Fenster. Ulli trägt die Haare jetzt zum Zopf geflochten. Kopf im Himmel.

Michael Müller ist verliebt. Das Hippiemädchen sucht nach einer Wohnung in Ostberlin. Timo und seine Freundin wollen mitmachen.

Zottel kommt vorbei, mitten in der Nacht, damit ihn niemand sehen kann. Er ist so betrunken, dass ich mich frage, wie er es zu mir nach Hause schaffen konnte. Er weint. Nicht so wie damals im Zeltplatzkino. Ich weiß nicht, was ich tun soll. Ich nehme ihn in den Arm. Seine Augen laufen aus. Als er eingeschlafen ist, decke ich ihn zu und laufe in den Hof. Biermann leckt meine Hand. Atmen. Was ist falsch an uns?

Mein Körper beginnt zu verschwinden. Ich liege in meinem verdunkelten Kinderzimmer auf dem Rücken. Keine Idee für morgen. Da ist nichts. Nur Streik. Wie hatte ich das Schulende herbeigewünscht. Endlich abhauen … Jetzt fehlt mir die Kraft. Für alles.

Wegfliegen

Ungeachtet seiner schwindenden Kräfte und anhaltenden Schmerzen hatte der Vater wieder Kontakt zur Welt aufgenommen. Er war tatsächlich in die SPD eingetreten, hatte sich deren Stammtisch angeschlossen. Zur nächsten Kommunalwahl würde er als aussichtsreichster Kandidat an den Start gehen. Die Leute mochten ihn, es gab kaum jemanden in der Stadt, mit dem er nicht gesellig geworden war. Seine Leidenschaft für Cognac kam ihm zugute. Mutter absolvierte die ersten Examina mit Bestnoten. Die Eltern erwarteten, dass ich mich an einer Universität einschreiben und ausziehen würde. Ein Kreuzworträtsel half mir aus der Patsche: »Sie sind unser Hauptgewinner! Sie besuchen Singapur und die Insel Penang im Jahr des Hahnes.«

Für unseren Vater kam das Abenteuer nicht infrage. Regelmäßige Blutwäschen waren im Rundumsorglospaket nicht vorgesehen. Die Mutter überlegte nur kurz. Beide vorgeschlagenen Reisetermine waren mit ihrer Studienordnung unvereinbar. Adolar war noch minderjährig. Es gab nur eine Lösung: Ich würde mein Zimmer verlassen müssen.

Sonnenscheu und empfindungslos gehungert betrat ich eine Maschine der Singapore Airlines, erste Klasse. Winkend stand meine Familie hinter Glas.

Im Flugzeug glotzte ich verwirrt in den vor mir hängenden Bildschirm und verspürte keinerlei Angst, als sich das Passagierflugzeug anschickte, mich zum ersten Mal in die Wolken zu heben. So sah die Welt also von oben aus.

Weniger als vierundzwanzig Stunden später fand ich mich am Changi Airport wieder. Auf Laufbändern folgte ich den Massen durch lange Hallen, umklammerte den Griff der alten Reisetasche, die schon ganz vergilbt war, an den Nähten zerschlissen. Schließlich entdeckte ich meinen Namen, umständlich und falsch auf ein Stück Pappe gekritzelt. Ein Turban tragender Greis riss mir die Tasche aus der Hand, bahnte den Weg, schob mich in sein Taxi und plapperte dabei unaufhörlich auf mich ein. Ich verstand kein Wort und lächelte. Während der Schlangenbeschwörer weiterredete, starrte ich die Palmen an. Ich war geblendet, als das Taxi in die Stadtlichter fuhr, die uns mit einem Mal von allen Seiten anfunkelten. Der Fahrer hatte mich offensichtlich etwas gefragt, denn er beobachtete mich jetzt im Rückspiegel. »Sorry, what was the question?«

Die Lobby des Hotels war kathedralenartig hoch, von massiver Wucht. Ein künstlicher Fels bildete ihren Abschluss. Wassermassen stürzten hinter Glas hinab. Im Vordergrund saßen Menschen in dunkler Abendgarderobe, die sich leise miteinander unterhielten, während zur Linken ein Pianist seine Finger sanft über die Tasten eines weißen Flügels gleiten ließ. »Miss, we are waiting for you«, unterbrach der Reiseleiter meine Betrachtung, indem er mir beherzt unter die Arme griff. Ich ließ mich willenlos an einen festlich gedeckten Tisch schieben.

Meine Mitreisenden empfingen mich voller warmer Gefühle. Sie fanden das Mädchen in dem geblümten Kleid süß und very German. »Und ganz allein auf der bösen, weiten Welt«, sagte die Frau eines ehemaligen Spitzenmanagers bei Daimler-Benz. Mit ihrer Haltung, ihrem Goldschmuck und den falschen, weißen Zähnen entsprach sie ziemlich genau meiner Vorstellung von der Gattin eines Spitzenmanagers. Ihr Mann erinnerte mich an die grauen Herren aus der Tagesschau. Obwohl ich nichts sagte, erklärten die beiden unentwegt ihren Nachbarn, einem australischen Ehepaar, mein Verhalten. Beide waren sehr braun, frisch frisiert und weltgewandt. Das waren sie alle. Meine Reisegruppe. Dass ich aus dem Osten war und Gewinnerin einer Hörzu-Leserreise, behielt ich für mich. Es fragte auch niemand. Der Reiseleiter würdigte mich während des Begrüßungsrituals keines Blicks. Wahrscheinlich hielt er mich für ein drogenabhängiges Reichenkind. Er hatte in Heidelberg Germanistik studiert und war gebürtiger Malaye, Moslem und Freund aller Deutschen. Ich war eine allein reisende Frau, die zu spät kam, obwohl sie Deutsche war.

Zur Begrüßung gab es Whisky. Nach dem zweiten schrien alle wild durcheinander: »Was für ein toller Tag! Zum Wohl! Cheers! Isn't it beautiful?«

Die Flitterwochenfrau begann, dreckige Witze zu erzählen. Die Männer lachten und schlugen sich auf die Schenkel. Ich kicherte mit und bestellte noch einen Schnaps. Nur die Managergattin zeigte sich peinlich berührt.

Als sich der Reiseleiter auf leisen Sohlen davonmachte, schlich ich hinterher.

Da ich nicht einschlafen konnte, ließ ich mir ein komplettes Menü aufs Zimmer bringen, stopfte alles in wenigen Minuten in mich hinein und kotzte es wieder aus. Ich fand Whisky im Kühlschrank, trank zwei Flachmänner leer, öffnete eine dritte Flasche, griff zum Zimmertelefon und wählte Zottels Nummer.

»Ja, wat los?«

»Zottel?«
»Sonst wohnt hier keener!«
»Zottel, ich bin in Singapur.«
»Und deswejen hältste mir vom Biertrinken ab?«
»Wie geht es dir?«
»Der Typ hat Bewährung jekricht. Drei Jahre.«
Der Deckenventilator brummte stetig vor sich hin.
»Zottel, bist du noch da?«

Die Nächte in Singapur waren laut. Ziellos irrte ich durch die Straßen. Ich strich an den Häuserfronten entlang, versuchte, unsichtbar zu sein, und scheiterte an der freundlichen Aufdringlichkeit der Händler. Es war kein Himmel zu sehen, nur grelles Neonlicht über allem. Der Schweiß lief. Geschäftsleute, zugeknöpft bis zum Hals, und schillernde Gestalten vor den Clubs. Als mir der Geruch einer Garküche entgegenschlug, sich mit dem süßlichen Aroma der Burger-Filiale gegenüber vermischte, geriet ich ins Taumeln. Für einen Moment schien die Welt stillzustehen. Wie im Zeitraffer tastete ich nach hinten, suchte mit beiden Händen nach Halt, glitt die Wand hinab. Sank vor dem Eingang eines Schmuckgeschäfts in die Knie. Wenn ich nur verloren gehen könnte.

Später im Hotel bestellte ich mir wieder das Menü aufs Zimmer. Ich stopfte, kotzte, trank den letzten Whisky aus und wartete an das Marmorbecken gelehnt auf den Morgen.

Mein Streik war vorbei. Ich konnte jetzt alles zu mir nehmen. All die schönen Bäder würde ich vollkotzen und auf den kalten Fliesen schlafen, wo mich keiner sah. Ich würde in die Spiegel schauen und ein Gespenst darin sehen, das Krischi hieß, oder ein Wildschwein oder mich ...

Der Rest der Reise verschwamm im Whiskyrausch und im Geplapper der Gruppe. Manchmal, wenn ich einen der goldenen Buddhas sah oder eine grasgrüne Schlange, erwachte ich kurz. Dann machte ich ein Foto und bestellte etwas zu essen.

Am Ostberliner Flughafen wartete niemand. Arbeitszeit. Schulzeit. Bei jedem Umstieg fror ich mehr. Mein Körper hatte sich gerade an die Tropen gewöhnt. Endlich in der Havelstadt angelangt, plumpste ich entkräftet und ausgekühlt aus dem Zug. Es war längst dunkel. Autos mit getönten Scheiben kreisten um den Bahnhof. Aus den GTIs plärrten Hassgesänge. Vorsichtig schlich ich an Kleingärten vorbei, mied das Licht, die Straße, zog dabei die schwere Tasche hinter mir her.

Ein kurzer Moment der Unachtsamkeit genügte. Sie hatten die Scheinwerfer ausgeschaltet und waren langsam von hinten herangerollt.

»Heil Hitler!« Der Schuss ging in die Luft. An meinem Kopf vorbei. Vornüber fiel ich ins Gras, schloss die Augen und wünschte mir für einen Moment, sie hätten getroffen.

Ich war gerade erst durch die Tür, da erklärte die Mutter, dass sie eine Wohnung für mich angemietet habe. In Berlin. Gleich am nächsten Abend floh ich ins Treu, tanzte die Nacht durch, hockte eine Weile bei McDonald's am Ku'damm und nahm dann den Bus zur Humboldt-Universität, wo ich mich ohne ernsthaftes Interesse einschrieb.

Abschied nehmend half ich unserem Vater bei seinen täglichen Besorgungen, indem ich ihm das Kleingedruckte auf Verpackungen, Dosen, Flaschen und Tuben laut vorlas. Er war dankbar und milde gestimmt. Um uns herum war das anders. Ob beim Bäcker, im Baumarkt oder in der Zoohandlung: Entweder die Leute empörten sich über das Wetter, oder sie kommentierten die Nachrichten über verprügelte Obdachlose, Mosambikaner und Punker mit Häme. »Selber schuld!«

Auch das Kneipengeflüster in der Kreisstadt war aufschlussreich.

Am Ende einer blutigen Schlägerei hatte ein altgedienter Wirt jedes Gespräch über Politik verboten. Die Rottmann-Brüder, zwei stadtbekannte Schläger, setzten sich fortan an den Tresen und überwachten die Lage. Der Jüngere von beiden trug ein frisch gestochenes Hakenkreuz auf seinem Oberarm zur Schau. Alle versuchten, leise zu reden. Wer besoffen war, schwieg oder flog. Zottel hockte mittendrin. Er weigerte sich, sein Stammlokal zu verlassen.

»Wo soll ick denn sonst hin?«

»Mensch, Zottel …«

»Lass stecken, Mimi.«

Mein Koffer war leicht. Das Fortgehen auch.

III MÜLLMENSCHEN

No tears for the creatures of the night
No tears
My eyes are dry
Goodbye

Tuxedomoon – No Tears (1978)

Wir leben in Höhlen. Licht an. Licht aus. Dort suchen wir Schutz. Doch den gibt es nicht. Die Grenze zwischen Albtraum und Wirklichkeit ist durchlässig. Aus Angst wird Paranoia. Der Liebste nennt mich scherzhaft Fledermausfrau. Ich schrecke leicht auf, stelle den Fernseher leiser, höre durch Wände hindurch. Liege schlaflos. Nur der Geruch im Zimmer unterm Dach zeigt mir, dass ich wach bin. Ein vertrauter Geruch. Kein guter.

»Deine erste eigene Wohnung,« hatte Mutter die neue Höhle euphorisch angepriesen. Ausgerechnet Marzahn.

»Zecke! Punkdreck! Lesbensau!« Willkommensgrüße wie diese sollten meinen Weg von der S-Bahn-Station bis hin zum Wohnblock begleiten. Es war fast wie mit dem roten Anorak gewesen. Und ich? Hatte es geschehen lassen.

Platte Ost

Es klingelte.

Ich lag ausgestreckt auf einem Bett, das nicht meines war. Jemand klingelte an einer Tür, hinter der ich war, obwohl nirgendwo mein Name stand. Niemand wusste es. Darum ging es doch. Dass es niemand wissen sollte. Es klingelte wieder. Ich blieb einfach liegen. Stellte mich tot. Lauschte auf die Geräuschkulisse des Hauses: Schnarchen, Winseln, Hundegebell, Fernsehstimmen. Eine Frau flüsterte nachts so nah, dass ich sie in meinem Kopf vermutete.

Draußen war es längst dunkel geworden. Ich stand auf, vorsichtig, als würde noch immer jemand vor der Tür stehen. Was, wenn ja? Ich zögerte, ging zur Balkontür, zog sie sachte auf. Taubenscheiße überall. Umständlich zwängte ich mich durch einen schmalen Spalt hinaus und sah die Lichter der Stadt, die Hochhäuser gegenüber, betrachtete das Geschehen in den Wohnungen. Kochende Frauen und überall das blaue Flackern der Bildschirme. Eine schmale Hand zog die Vorhänge zusammen. Der Mond schien hell, doch ich konnte ihn nicht sehen. All die Häuser standen zwischen uns. Eine Armee von Wohnblocks, groß genug, uns beide zu besiegen.

Ich erinnerte mich an die Bestimmtheit, mit der mir die Mutter den Schlüssel überreicht hatte. Wie einen Tadel. Sie hatte immer fortgewollt. Raus. In eine richtige Stadt. Sie hätte es sich auf der Karte anschauen sollen. Von meinem Balkon aus konnte man bei gutem Wind die Glocken der kleinen Kirchtürme hören, die die beschaulichen Straßendörfer zierten. Hier stand ich am Rand. Die Trennlinie lief durch mich hindurch.

Ich kaufte eine Zeitung, suchte nach Orten, die mich aufnehmen würden. Nur für einen Moment. Irgendwas im richtigen Ostberlin, wo die anderen lebten. Die Freunde, die nie ans Telefon gingen, sich nicht mehr meldeten – Michael Müller, Timo, ihre Hippiefreundinnen. Ich hatte nicht mal eine Adresse. Ein Filmtipp weckte mein Interesse: »Im Namen des Vaters«. Es ging um Irland. Straßenkämpfe. Terror, Tote und Prozesse.

Ich rannte die Treppenstufen hinunter, denn der Fahrstuhl war ein gefährlicher Ort. Draußen war es viel wärmer als in meiner Höhle. Ich lief im Halbdunkel, sodass man mich sehen, aber nicht erkennen konnte. Im Schein der Laternen schritten Männer mit Aktentaschen und Frauen mit Einkaufsnetzen zu ihren Aufgängen. In der Nähe des S-Bahnhofs umlagerten Jugendliche eines der neu eröffneten Einkaufsparadiese. Im Neonlicht konnte ich die Gesichter der Mädchen sehen, wie sie Bierdosen an ihre roten Lippen pressten und so taten, als würde es ihnen gefallen. Vor einer Dönerbude schlugen sich zwei immer wieder in ihre Weichteile und lachten dazu. Ich lief an ihnen vorbei, schneller, noch schneller, erreichte den Bahnsteig durchgeschwitzt und außer Atem. Die S-Bahn stand bereits da. Als sie anfuhr, saß ich allein im Abteil, ließ nervös den Blick schweifen. Links und rechts flogen Industrieanlagen vorbei. Anhalten auf verwaisten Gleisen. Davonrattern, hin zum Lichtermeer, dorthin, wo endlich der Fernsehturm in den Himmel ragte.

Ostberlin, der Sehnsuchtsort meiner Kindheit, erschien mir tot und abweisend. Alles, was ich erkannte, waren Häuser, in denen man nicht bleiben konnte. An der Weltzeituhr warteten Menschen, vereinzelt, blickten auf ihre Handgelenke, und ich fragte mich, ob sie je einer abholte. Ein alter Mann stellte sich mir in den Weg. Er hielt zwei schlaffe Einkaufstüten in den Händen, hob sie an, als würde er mir etwas verkaufen wollen. Doch aus seiner Kehle drang kein Laut. Ich gab ihm Kleingeld, alles, was ich in der Tasche hatte. Er lachte ohne Zähne. Für eine Weile stand ich unentschlossen auf dem leeren Platz, dann schlug ich die Richtung ein, in der ich das Kino vermutete, nur fort.

Eine riesige Baustelle hatte die Hauptkreuzung in ein Labyrinth aus Rohren, Absperrgittern und Erdlöchern verwandelt. Ich überquerte sie in nördlicher Richtung. Irgendwo dort im Dunkel hatte ich Bäume gesehen. Eine Friedhofsmauer wies den Weg. Das Tor war verschlossen, doch man konnte das Rauschen der Blätter hören. Ich warf kleine Steine über die Mauer und freute mich, als ein Nachtvogel aufgeschreckt davonflog. Radfahrer fuhren vorbei, alle in dieselbe Richtung. Ich folgte ihnen. Die Straßen waren in dieser Gegend schmal und hübsch.

Kleine Cafés reihten sich aneinander. Darin saßen Pärchen und Gruppen dicht gedrängt. Vor den ersten Tischen blieb ich stehen, traute mich nicht, an den Menschen vorbeizulaufen. »Briefe an Felice« stand mit blauer Farbe über den Eingang gemalt. Mit unschuldigen Buchstaben wie von Kinderhand. Ich nahm allen Mut zusammen, ging hinein und setzte mich an den Tresen, wie ich es von zu Hause gewohnt war. Nachdem ich ein Bier bestellt hatte, bemerkte ich, dass die meisten Frauen hier Wein tranken, der in Karaffen auf ihren Tischen stand.

»Braucht ihr jemanden?«

Der vollbärtige Wirt musterte mich eindringlich. Ich lächelte: »Bin neu hier.«

»Ja«, sagte er mit einer Stimme, die nicht zu seinem Gesicht passte, und: »Ich bin auch neu hier, der Laden ist noch nicht fertig. Im Moment könnte ich jemanden zum Putzen ...« Er wies auf ein Loch im Boden, direkt hinterm Tresen. »Willst du mal sehen?«

Das Kellergewölbe war gerade hoch genug, dass ein langer Kerl wie er darin stehen konnte. »Da hinten, das wird der Tresen, und hier alles Lokal.«

Er konnte die Tische und Bänke schon sehen, hörte bereits das Gesäusel der Frauen, wenn der Wein in den Karaffen zur Neige ging. Ich dachte an Kaninchenfleisch und Russen. An der frisch verputzen Wand standen Eimer und Lappen. »Kannst gleich anfangen. Acht Mark die Stunde. Am Ende bar auf die Hand.«

Ich sah ihm nach, sah die Sandalen an den nackten Füßen auf die Stufen klatschen. »Danke.«

Gegen fünf in der Frühe rief er nach mir.

»Willst'n Bier?« Er hatte getrunken. Seine Augen glänzten, als spiegelte sich das Licht all der am Abend erloschenen Tischkerzen in ihnen wider.

»Kannst morgen wiederkommen.«

Ich setzte mich erleichtert zu ihm, er reichte mir eine Flasche. »Ich war drei Jahre lang weg aus diesem Scheißland, und jetzt bin ich hier.«

»Wo bist du gewesen?« Ich fragte das, als würde ich mich in der Welt auskennen.

»Auf Bali. Ich war im Paradies.«

»Aber warum ...?«

»Warum ich zurückgekommen bin?« Alles Helle verschwand aus seinem Gesicht. Er stand auf und bat mich, zu gehen. »Das Bier kannste mitnehmen. Morgen um acht. Wie heißt du eigentlich?«

Die Straße war eingeschlafen, Haus für Haus. Das Licht kroch an ihr empor. Von einem der Balkone pinkelte einer munter vor sich hin pfeifend herunter. Der alte Tag war hinüber.

Ich bummelte lustlos zum Alexanderplatz und fuhr mit der ersten Bahn zurück in meine Höhle. Der Mann am Dönerstand empfand wohl Mitleid, als ich Bier anstelle eines Frühstücks bestellte. Er gab mir einen Beutel voller Brotreste, den ich über die menschenleeren Wege trug. Wie fanden sich die anderen hier zurecht? Ich lief vorbei an den Hauseingängen, die sich einzig anhand der naiven Wandbilder von Bärenfamilien, spielenden Kindern, Äffchen und Krokodilen auseinanderhalten ließen. Welches davon gehörte zu meinem Block? Ich untersuchte Klingelschilder. Schließlich setzte ich mich auf dem neuen Abenteuerspielplatz inmitten des Wohngebietes auf einen künstlichen Hügel, trank das Bier und knabberte an den Brotresten. Mit jedem

Bissen quollen neue Menschen aus den Fluren, ich hörte Vogelzwitschern und Kindergeschrei. Ich entdeckte meinen zugeschissenen Balkon. Das struppige Taubenpaar saß da wie immer und gurrte.

»Das müsste mal sauber gemacht werden«, hatte der Vermieter gesagt. »Ich war einfach zu oft weg. Da brüten dann die Viecher ...«

Ich schlich den Flur entlang. Siebter Stock. Da drinnen waren ein Bett und meine Zahnbürste. Ich sollte mir ein Haustier anschaffen, dachte ich. Und: Welches war jetzt noch mal unser Symbol? Bären, Kinder, Friedenstauben?

Hinter zugezogenen Vorhängen legte ich mich auf das Bett und schaltete den Fernseher ein.

Es klingelte schon wieder. Entnervt ließ ich alle Vorsicht fahren: »Ja, was is?«

Unter Nachbarn muss man sich nicht feinmachen. Die Frau stand im halb geöffneten Bademantel vor mir, unfrisiert, sah müde aus. »Ick wollt nur sagn, der Müllschlucker is kaputt. Bitte nüscht rinschmeißen. Stinkt jetze schon.« Sie verschwand im Treppenhaus. Ich lauschte ihren Schritten nach.

Bei der Schlüsselübergabe hatte mich der Vermieter auf den Müllraum hingewiesen. Es gab einen für jedes Stockwerk, darin die Klappe und der Schacht, der in den Keller führte. Das ganze Haus entsorgte dorthin, bei Tag und Nacht.

Ich schaltete den Fernseher aus, setzte einen Kessel mit Wasser auf, suchte nach dem Müllraumschlüssel. Er passte, doch irgendetwas schien zu klemmen. Ich bekam die Tür nicht auf, zögerte, ließ es bleiben. Es roch merkwürdig, sie hatte recht. Ich stellte mich mit dem dampfenden Kaffee an den äußersten Rand des Balkons. Einen schmalen Streifen zwischen Glastür und Brüstung hatten die Tauben noch nicht ruiniert. Ich reckte mich auf die Zehenspitzen, um hinunterzuschauen. Der Kaffee schwappte über meine Hand. In der Küche hielt ich sie unter kühlendes Wasser, entdeckte eine Packung Abdeckfolie unter der Spüle, zog sie raus und baute mir damit einen Plastikpfad. Nun konnte ich über das Geländer nach unten sehen. Da saß die Nachbarin im Bademantel, und ich konnte nicht sagen, ob sie auch gestern und vorgestern schon dort gesessen hatte.

Die Hand tat höllisch weh.

Es war Pittiplatsch, der von der Wand am Hauseingang lachte. Ich lief einen Bogen um die Szenerie am Dönerstand, vergaß aber nicht, den freundlichen Türken aus der Ferne zu grüßen. Es war schön, durch die Stadt zu fahren, wenn man ein Ziel hatte.

Das Café war leer, als ich es betrat. Der Wirt erwartete mich.

»Es lag am Wetter. Ich halte einfach die Hitze nicht aus.«

Ich nickte und ging in den Keller. Irgendwann gesellte er sich zu mir, setzte sich schweigend auf eine Bierbank, trank, schaute auf meine gerötete Hand. Um das Schweigen zu durchbrechen, fragte ich: »Glaubst du, dass es möglich ist, dass hier in dieser Stadt ein Mensch im Müllraum wohnt?«

Oben riefen Gäste nach der Rechnung.

Am Ende der Nacht war ich fertig, hatte alle Spuren der Renovierung beseitigt. Ich machte mich bemerkbar, er gab mir das Geld, ohne mich anzusehen. »Ich brauch dich nicht mehr. Danke.«

Ich ließ die dritte S-Bahn in meine Richtung fahren, saß rauchend auf einer Bank und sah den Ratten zu, die sich Essensreste schnappten. Auch hier lebten Tauben, verklebten alles mit ihren Exkrementen, gurrten und flatterten hilflos durch die Bahnhofshalle.

Wie fremd ich war, ohne einen, der wusste, wo ich wohnte. Ob die anderen glücklicher waren? Wie es wohl Mäckie ging? Ich saß in der S-Bahn und zwang mich, die Augen offen zu halten, lief irgendwann, betäubt von Betongrau und Lärm, den Weg entlang bis zur Tür. Aus der Ferne brüllten mir immer wieder Gorillas hinterher. Sollten sie doch kommen.

Seit meinem Umzug waren wenige Wochen vergangen, und ich hatte mich wieder in ein Schattenwesen verwandelt, stand nicht mehr auf, dämmerte die Tage vor mich hin, verließ die Wohnung nur, um Lebensmittel einzukaufen. Dann stopfte ich Unmengen von Reis mit Maggigewürz in mich hinein. Steckte den Finger noch in den Hals, wenn schon lange nur noch Schaum ins Becken tropfte. Im Fernsehen das Frühprogramm: Perlweiß-Lächeln und Frühstückseier. Endlich schlafen. Zu den alten gesellten sich neue Albträume. Diesmal war ich in einem Raum gefangen, rüttelte vergeblich an Türen und Fenstern. Die Wolfshöhle gab mich nicht mehr frei.

Als der Anruf kam, war ich sofort hellwach. Die Mutter berichtete stockend vom Zusammenbruch meines Vaters. Nachdem ihn die Sanitäter wiederbeleben konnten, sei der Hubschrauber direkt nach Rostock geflogen, in eine Spezialklinik. Ein passendes Organ sei aber nicht in Sicht.

Wir trafen uns an der Schleuse zur Intensivstation, wo wir unsere Hände desinfizierten, grüne Kittel anzogen und die Gesichter mit keimabweisenden Masken bedeckten. Ratlos standen wir vor der Tür, scheuten uns, hineinzugehen in den kalten, weißen Raum. Adolar schluckte schwer. Ich drückte seine Hand. Der Brustkorb unseres Vaters hob und senkte sich im Takt des Beatmungsgerätes. Seine Augen waren geschlossen, doch er schlief nicht. Er war nur betäubt. Wir verharrten regungslos am Bettrand, trauten uns kaum, ihn anzuschauen. Die Mutter sprach kurz mit den Ärzten. Auf dem Flur beobachtete ich einen Mann, der einen pumpenden Apparat vor sich herschob. Er war damit über Schläuche verbunden, die aus seiner Brust zu wachsen schienen. Vorsichtig setzte er einen Fuß vor den anderen. Das künstliche Herz gab den Takt an. Es müsste jemand sterben, um ihn davon zu erlösen. Schweigend fuhren wir zurück. Sie brachten mich bis zum nördlichen S-Bahn-Ring. Ich winkte noch, als das Auto längst um die Ecke gebogen war.

Eines Morgens lag ein Hühnergott auf dem Balkon. »Bringt Glück«, hatte mir Omi einst so ernst erklärt, dass ich nie daran zweifelte. Regen macht nass. Scheiden tut weh. Hühnergötter bringen Glück. Dann hatte sie einen Wollfaden durch das Loch gezogen und mir das Schmuckstück um den Hals gehängt. Das war schon mein zweiter Lochstein gewesen. Den ersten hatte mir Krischi geschenkt, damals, an unserem letzten Tag an der Ostsee: »Für dich!«

Am Strand fand man öfter Hühnergötter, aber auf Balkonen? Ich bückte mich danach. Als ich den Stein in meiner Hand spürte, war es, als knipste einer das Licht wieder an.

Ich wählte Zottels Nummer. Er ging nicht ran. Stattdessen hörte ich seine besoffene Stimme auf einem Anrufbeantworter.

»Zottel, wir müssen weitermachen. Für Krischi.«

Ich zwang mich zu regelmäßigen Mahlzeiten, lief aufmerksam durch die Häuserschluchten, machte Fluchtwege ausfindig, merkte mir, wo Telefonzellen standen, wo die Begrünung dicht genug war, um sich darin zu verstecken. Einmal folgte mir ein schmächtiger Mann ins Gebüsch hinter der Kaufhalle. Nach kurzem Schreck begriff ich, worum es ging. Von da an grüßte ich ihn und die anderen vietnamesischen Zigarettenhändler höflich. Wir fürchteten dieselben Leute.

»Mann, ich klingel schon 'ne Stunde Sturm! Warum machst du nicht auf?«

»Na warum wohl?«

Fast hätte ich Michael Müller nicht in die Wohnung gelassen. Noch im Flur fielen wir uns in die Arme. Er schluchzte. Die Wohngemeinschaft hatte genauso wenig gehalten wie mein Versprechen zu studieren. Er zog ein paar Bier aus dem Rucksack und erzählte, dass ihn sein Hippiemädchen ausgerechnet mit Timo betrogen habe.

»Wir sind auch nie rausgegangen. Haben die meiste Zeit gekifft oder gesoffen und dazu laute Mucke gehört.«

»Klingt immer noch besser, als allein in Marzahn …«

Michael hatte ein kleines Doppelkinn bekommen. Der Stoppelbart stand ihm gut, doch hatte er einen nervösen Tick entwickelt. Ständig zupften seine Finger darin herum. An manchen Stellen war die Haut schon entzündet. Irgendwann lagen wir lallend nebeneinander. Michael löschte das Licht. Ich schlief so fest wie seit Langem nicht mehr.

»Ich zieh zurück in die Kreisstadt. Im Krankenhaus haben sie mich als Zivi angenommen. Komm doch mit!«

»Auf keinen Fall!« Ich sagte das, obwohl mir klar war, dass ich aus Marzahn rausmusste.

»Du siehst schrecklich aus, Mimi.«

Ich mied Michaels Blick, ging ins Bad, machte mich frisch und begann, meine Reisetasche zu packen.

Sein plötzlicher Wunsch, ausgerechnet dorthin zu fliehen, verstärkte nur die Schuldgefühle, und ich konnte es schlecht verbergen. Er hatte mich im Stich gelassen. Wir alle hatten Zottel im Stich gelassen. Krischi sowieso.

»Und wo willst du jetzt hin?«

»Görlitz.«

Wir verabschiedeten uns an der S-Bahn. Ich fuhr bis Schöneweide und hielt den Daumen in den Wind. Nach nur zwei Stunden ließ mich ein Malermeister auf einem Dutzend Tapetenrollen im Gepäckraum seines zerbeulten Transporters mitfahren. Unterwegs warf er mir Freundlichkeiten und einzelne Zigaretten über die Schulter zu.

Bei einem der Vietnamesen am Bahnhofsvorplatz kaufte ich ein frisches Päckchen und schlenderte durch breite Straßen, gesäumt von einer stattlichen Ansammlung ruinierter Häuser, die mich an das traurige Poznań erinnerten. Kein Mensch war zu sehen, obwohl die Sonne noch am Himmel stand. Ich lief wie erlöst weiter, als kehrte mit jedem Schritt etwas wieder, das mir auf unbestimmte Weise abhandengekommen war.

Die Kirchenmusikschule lag am Rand der zerfallenden Altstadt. Dort erfuhr ich, dass Mäckie dem Unterricht schon länger ferngeblieben sei, »zum Selbststudium«. Ein Mitstudent, der rauchend vor dem Eingang kauerte, verriet mir, wo Mäckie wohnte und stellte keine Fragen.

Pfeifend lief ich zum Fluss. Die Neiße stank ein bisschen, und die Häuser drüben, auf der polnischen Seite, wirkten – bis auf eines mit einer knallroten Eingangstür – wie jene, die ich bei meinem Bummel durch die Görlitzer Altstadt passiert hatte: als könnte sie der nächste Sturm zum Einsturz bringen. Bei einem provisorischen Ufer-Imbiss kaufte ich ein paar Bier und schlenderte in Richtung der genannten Adresse.

Die Straße verlief leicht ansteigend. Das Kopfsteinpflaster war von der Zeit ganz glatt gerieben worden. Sonst Leere. Keine Autos. Keine Räder. Nicht mal ein Spatz. Es begann bereits, dunkel zu werden, doch sah ich nirgends ein Licht angehen. Gab es Klingelschilder, so waren sie unleserlich. Langsam beschlichen mich Zweifel: Wohnten hier Menschen? Ich blieb vor der Hausnummer 27 stehen, bestaunte blinde Glasscheiben und eine aus den Angeln gefallene hölzerne Eingangstür. Aus dem geöffneten Fenster in einem der oberen Stockwerke drang leises Miauen. Ich trat ein, beleuchtete das morsche Treppenhaus mit der Flamme meines Feuerzeugs und rief in die Dunkelheit: »Hallo?«

Ich schlich die knarzenden Treppenstufen hinauf. Die meisten Wohnungstüren standen offen, andere waren vernagelt. Im vierten Stock drangen endlich menschliche Laute an mein Ohr. Ein Radio plärrte vor sich hin, der Stimme des Nachrichtensprechers folgte eine bekannte Schlagermelodie. Die Klingel tat keinen Mucks, also klopfte ich, ohne Erfolg. Das überhitzte Feuerzeug fiel mir aus der Hand. Auf halber Treppe zum obersten Stockwerk suchte ich den Boden danach ab und stieß auf ein großes Waschbecken aus Emaille. Es stank nach hundert Jahren Pisse. Endlich ganz oben angelangt, fiel ich fast über Mäckies Koffer, den ich sofort am Duft der Räucherkerzen erkannte. Plötzlich schlug mir grelles Licht entgegen. Aus einer Haschischwolke trat Timo hervor und grinste.

»Hinter der roten Tür drüben ist ein Puff. Zigaretten kosten auch viel weniger, und der Wodka ist formidabel!«

Wir standen am Flussufer und kifften. Timo war vor den eifersüchtigen Hippiemädchen und seinem schlechten Gewissen gegenüber Michael Müller geflohen. Dass nun auch ich in Görlitz auftauchte, schien weder ihn noch Mäckie zu überraschen. Fröhlich winkend hatte der mich in sein Reich unterm Dach eingeladen: »Such dir ein Plätzchen. Irgendwo liegt noch ein Schlafsack rum.«

Wie sich herausstellte, hatte Mäckie die Wohnung auf einem nächtlichen Streifzug gefunden und einfach besetzt. Er zahlte nichts und war einer von zwei Bewohnern der Ruine. Seine alte Nachbarin war vergessen worden. Sie hieß Oma Albrecht, hatte ein gütiges Gesicht mit kleinen, schwarzen Borsten am Kinn und lief oft mümmelnd durch das Treppenhaus. »Sie sucht die anderen«, meinte Mäckie dann. Er kaufte für sie ein. Das Emaillewaschbecken teilten sie sich sowohl als Pissoir, in das Oma Albrecht regelmäßig ihren Nachttopf entleerte, als auch als Waschbecken, denn wenigstens der Wasseranschluss funktionierte noch. Das Fehlen von Strom wurde durch günstige polnische Geräte, Batterien und das handwerkliche Geschick eines Freundes ausgeglichen. Eine abenteuerliche Konstruktion versorgte die illegalen Hausbewohner nachts mit Elektrizität, stundenweise.

»Damit es nicht so auffällt.« Ameise wusste, wie man Leitungen anzapfte. Er lebte als Schwarzfußindianer in einem Tipi am Flussufer. Sein Tipi war ein beliebter Treffpunkt für die Jugend der Stadt, die er mit feinsten Naturdrogen versorgte. »Chemie gibt's bei mir nicht!«

Der Häuptling hatte bereits ein kleines Vermögen damit gemacht. Er plante, bei nächster Gelegenheit nach Kanada auszuwandern, wo er sich seinen roten Brüdern anschließen würde.

Musikstudent Mäckie dagegen besaß die Schlüssel für alle Kirchen der Stadt. Wo sonst hätte ein junger Organist auch anständig üben sollen? An seiner Seite klapperten wir Gotteshaus für Gotteshaus ab, bis wir einen Ort fanden, an dem sich noch kein beflissener Kirchenmusikschüler mühte, der Werke Johann Sebastian Bachs Herr zu werden.

Wodurch auch immer: Mäckies Ehrgeiz war geweckt, und wir bewunderten ihn dafür, dass er etwas gefunden hatte, einen Halt. Fasziniert schauten wir ihm bei der Arbeit auf der Empore zu, verfolgten das Spiel seiner Füße, das Übergreifen der Hände, sahen den Schweiß, der ihm von der Stirn tropfte, das Hemd langsam dunkel färbte. Diesmal war es ihm nicht egal, ob er flog.

Zum ersten Mal seit langer Zeit dachte ich nicht mehr über Essen nach, über die Wolfshöhle, Hitler oder Krischi. Wir lebten auf Mäckies Kosten, der als Barpianist passabel verdiente, in den Tag hinein, hörten seine Plattensammlung durch, diskutierten Songtexte und tauschten uns über unsere Rauscherfahrungen aus. Im Kino lief »Und täglich grüßt das Murmeltier«. Ich verliebte mich in Bill Murray, Timo schwärmte für Andie MacDowell. Zu zweit erkundeten wir die polnische Seite der Stadt, kauften günstigen Alkohol, Zigaretten und Lebensmittel, lungerten im Park herum, besuchten Ameise in seinem Zelt und lagen bei Rotwein und Schnaps vorm Altar der Peterskirche. Unser Freund trat in die Pedale der Sonnenorgel und stimmte ein beschwingtes Lied an: »Schafe können sicher weiden«. Der blinde Konrad, ein Kirchenmusikschüler aus Thüringen, blätterte die Noten um und reichte regelmäßig neue Tüten. Eine Weile ließ Mäckie die Vögelchen piepen, um unvermittelt zu Toccata und Fuge zu wechseln. Ich lag mit weit aufgerissenen Augen auf dem kalten Marmorboden, verlor jedes Gefühl für Zeit und Raum, lag einfach da und wurde doch fortgerissen. Hinauf ins Universum. Als die Orgel endlich schwieg, zweifelte ich für einen Moment an der Nichtexistenz Gottes. Erst Mäckies enthemmtes Lachen brachte mich wieder zur Besinnung.

Die unbeschwerte Zeit endete, als die örtlichen Gorillas Ameises Tipi in Brand setzten. Die Drogengeschäfte sollten künftig in ihren Händen liegen. Ameise zog zu Mäckie, sie brachten Eisengitter im Treppenhaus an und verrammelten die Tür. Timo und ich packten unsere Sachen, fuhren nach Marzahn.

Der Sex war kurz und enttäuschend. Anschließend stand Timo auf meinem Taubenschiss-Balkon und rauchte nervös.

»Ich muss meinen Zivildienst antreten.«

»Weißt du schon, wo?«

»In der Nähe meiner Eltern. Kreisstadt oder so. Willst du denn hierbleiben?«

»Nein. So allein isses zu gefährlich ...«

»Dann lass uns doch zusammen gehen ...«

Wir küssten uns lange und schwiegen noch länger. Händchen haltend saßen wir im Zug beieinander wie Hänsel und Gretel. Je weiter wir uns vom Fernsehturm entfernten, desto mehr sehnte ich mich in seine Nähe. Ich wusste, dass es falsch war zurückzukehren. Aber ein Teil von mir saß noch immer in der Wolfshöhle fest.

Auf dem Bahnsteig der Kreisstadt trennten sich unsere Wege.

»Ich bin nicht zur Uni gegangen.«

Die Mutter nahm mein Geständnis mit versteinerter Miene hin.

»Und was willst du jetzt machen?«

»Na, Arbeit suchen.«

Ich bezog mein altes Zimmer. Ein paar der Möbel standen noch an ihrem Platz. Den Rest fand ich unten, bei Adolar. Er hatte es sich gemütlich gemacht. Dankbar für meine Rückkehr wich mir Biermann nicht mehr von der Seite. Ich klaute ihm Wurst aus dem Kühlschrank und ließ ihn nachts bei mir schlafen..

Äpfel

Das Krankenhaus lag etwas außerhalb, unweit des Rostocker Zoos. Um uns aufzuheitern, lud unsere Mutter die ganze Familie dorthin ein. Vater saß mürrisch in einem Rollstuhl. Vor dem Gehege eines ergrauten Orang-Utan-Männchens legten wir eine Verschnaufpause ein. Der Menschenaffe kauerte am Boden, wankte stumpfsinnig vor und zurück und ließ uns nicht aus den Augen. Sein Anblick war so trostlos, dass Adolar aufs Klo rennen musste. Die Mutter redete atemlos, als suchte sie Schutz in einer Glocke aus Worten, Lauten, schrillen Tönen. Doch Vater stierte leeren Blicks zurück. Die mütterliche Plapperei, Adolars Fußballgeschichten, meine unbeholfenen Versuche, witzig zu sein, all das erreichte sein Herz so wenig wie die Tiger, die Kamele oder Pinguine in ihren Gefängnissen. Die Ärzte hatten angeboten, ihn in ein Spezialprogramm aufzunehmen. Sie wollten eine neue Operationsmethode testen. Nicht nur die Nieren, auch die Bauchspeicheldrüse würden sie herausnehmen und durch gesunde Organe ersetzen.

»Haben Sie denn schon passende Organe gefunden?«

»Geduld, Herr Schulz.«

Gleichgültig unterschrieb er die Papiere.

Schon nach wenigen Tagen in der Havelstadt musste ich wieder gegen das Bedürfnis ankämpfen, mir den Finger in den Hals zu stecken. Oder fortzulaufen. Stattdessen probierte ich es mit Vegetarismus, begrenzte dies doch das Nahrungsangebot auf ein Minimum. In Gasthöfen und Kantinen servierten sie mir kopfschüttelnd Krautsalat. Statt des »Döner ohne alles«, den die Einheimischen meist orderten, bat ich den freundlichen Türken am Havelstädter Marktplatz um das Gegenteil: »Lassen Sie bitte das Fleisch weg.« Mit Krakelschrift hatte jemand »Juden raus!« auf seinen Imbiss-Wagen geschmiert.

Wenn mich eine nächtliche Hungerattacke vom Schlafen abhielt, musste ich nur ein paar Äpfel von den Bäumen im Hof pflücken. Und als in der Kreisstadt ein chinesisches Restaurant eröffnete, gehörte ich zu den ersten Gästen. Der Geruch des Chop Suey kitzelte Erinnerungen an Singapur wach. Sicherheitshalber ließ ich die Hälfte auf dem Teller und bestellte Wasser statt Whisky.

Meinen rasierten Schläfen fügte ich Mantel und Schnürstiefel hinzu. Tatsächlich wechselten nun ein paar alte Leute die Straßenseite, wenn sie mich kommen sahen. Diejenigen aber, denen meine Tarnung wirklich galt, verstanden sehr wohl. Ich würde mich nicht mehr vor ihnen verstecken.

Aus der Ausnahmesituation war inzwischen Alltag geworden. Glatzköpfe schlenderten mit ihren Freundinnen zur Eisdiele. Scheitelträger sonnten sich, ans Geländer der alten Zugbrücke gelehnt, und Uniformierte patrouillierten so selbstverständlich durch die Straßen wie einst die Wachtmeister Glubke und Schäfer. Die Leute schien das nicht zu stören. Dafür starrten sie mich beim Bäcker an, als hätte ich eine ansteckende Krankheit. Manchmal grölten mir Bomber und seine Gorillas aus der Ferne hinterher, in meine Nähe trauten sie sich aber nicht. Den Gerüchten zufolge schlief ich in einem Sarg und hatte einen heißen Draht zu irgendwelchen Autonomen.

»Was für Autonome eigentlich?«

»Na, so Punkers. So Radikale. Aus Kreuzberg! Stimmt das?«

Der neugierige Nachbarjunge war unförmig geworden. Seine Gliedmaßen wirkten wie falsch angenäht, und Akne hatte sein Gesicht entstellt.

Ich schaute ihm so ernst wie möglich in seine kleinen Gauneraugen: »Ist besser für dich, wenn ich schweige.«

Intuitiv wich er einen Schritt zurück.

Hitler blieb im Verborgenen. Es hieß, er pflege mittlerweile umfangreiche Beziehungen zu polnischen Gesinnungsgenossen. Gemeinsam beherrschten sie den örtlichen Drogenmarkt. Koks, Speed, Pillen, LSD – die Kids bekämpften ihre Langeweile nicht mehr nur mit Alkohol und Gras. Ob das auch bei ihren Wehrlagern eine Rolle spielte? Der kleine Gauner aus dem Nebenhaus hatte mal bei einem mitgemacht: »Dit war mir nüscht. Die haben ja nur jeballert!«

Timo trat seinen Zivildienst in einer Behinderteneinrichtung der Kreisstadt an. Er wohnte wieder im Kinderzimmer bei den Eltern, die nun beide arbeitslos waren, resigniert und stumm. In dem abgelegenen Dorf gab es keine Straßenbeleuchtung, dafür die unbeschäftigten Bauern, die um die Wette soffen, und die obligatorische Bande streitsüchtiger Glatzköpfe. Einer von denen hatte gerade die »Judenbaracke« in Sachsenhausen angezündet. Der Prozess ließ auf sich warten.

»Damals, in der Nacht, als sie Krischi …«

»Was soll damit sein?«

»Die sind alle frei.«

»Ich weiß.«

»Das darf doch nicht sein.«

»Ich weiß.«

»Was machen wir denn jetzt?«

»Keine Ahnung.«

Nach Feierabend besuchte Timo regelmäßig Zottel in der Kreisstadt. Dann saßen sie in Zottels Neubauwohnung, hörten Heavy Metal und tranken, bis der letzte Bus abfuhr. Ich erfand Ausreden, um nicht dabei sein zu müssen. Doch ließ ich ihm jedes Mal Grüße ausrichten und mein Versprechen vorbeizukommen, irgendwann.

Michael Müller saß halb nackt und betrunken in Mäckies alter Bude auf dem Boden. Er sah elend aus. »Der Schichtdienst.« Herr Rose strahlte umso mehr. Überschwänglich schenkte er uns von seinem Cognac ein: »Mein Schmetterling!« Ich berichtete ihm von Mäckies Organistenkünsten, Oma Albrecht und dem abgebrannten Tipi. Herr Rose lachte sein zärtliches Lachen und gab Ratschläge: »Bleibt anständig, Kinder. Vor allem dürft ihr nicht so viele Drogen nehmen. In harten Zeiten braucht man einen klaren Kopf.«

Als wir, voll beduselt, zum letzten Mal die Gläser erhoben, lag Michael bereits schnarchend auf seinem Sofa. Am nächsten Tag, er hatte dienstfrei, klärte er mich beim Frühstück über die neusten Entwicklungen auf.

An den Tankstellen blühte nun nachts der Schwarzhandel. Diebesgut wurde aus Kofferräumen angepriesen, begutachtet, hin und her geschichtet. Es gab Schnaps aus den Dorfläden, Jacken, Uhren, Fahrräder und nagelneue Computer aus Schulsekretariaten zum halben Preis. Das Diebesgut war einwandfrei, Sonderwünsche gegen Bestellung. Haschisch, Koks oder Waffen: »Die besorgen dir alles, was du brauchst.«

Einen Teil schmuggelten die Händler aus Polen ein, andere Sachen hatten Diebesbanden bei Streifzügen durch die Dörfer erbeutet. Und auch Tipps für Nutten bekäme man an der Tankstelle.

»Nutten?«

»Ja, die wechseln täglich die Wohnungen. Sind Illegale ausm Osten, die Frauen, sehr junge …«

Alles andere bekäme man direkt an die Haustür gebracht.

Ich traute mich nicht zu fragen, woher Michael all das wusste.

»Die Leute, die das hier kontrollieren, sind eigentlich ganz O. K. Die kennst du auch. Aus der Kremlkneipe. Aber in der Havelstadt – da ist alles fest in Nazihand. Dein alter Freund zieht da die Fäden.«

»Er ist nicht mein Freund.«

Als die Mutter von einem weiteren Besuch im Rostocker Krankenhaus zurückkehrte, übermittelte sie mir die Drohung meines Vaters: Fände ich nicht innerhalb der nächsten zwei Wochen eine Stelle, würde er mich an den Betrieb eines alten Bekannten vermitteln. Als Bürokauffrau. Offenkundig befand er sich auf dem Weg der Besserung.

Opa Erwin erschrak, als wir uns zufällig beim Bäcker trafen. »Kind, wie siehst du denn aus?« Er kniff mir in die Wange und schüttelte dabei sein ergrautes Haupt. »Dünn biste jeworden!«

Drei Tage später hupte es vor dem Hoftor. Als ich nachsah, fand ich Erwin, der mit stolzgeschwellter Brust vor einem himmelblauen Trabi posierte: »Nimm mal, der is noch jut in Schuss. Menschenskind. Nu brauchste noch Arbeit.«

Dankbar nahm ich das Geschenk an und begann, mich pflichtbewusst durch die Stellenanzeigen der Regionalzeitung zu wühlen. Dabei entdeckte ich die Namen zweier alter Bekannter. Sabine Schablowski und Kasimir König füllten den redaktionellen Teil weiterhin mit ihren Artikeln. Meine Bewerbungen für Lehrstellen als Druckerin oder KFZ-Mechanikerin waren mit dem lapidaren Vermerk zurückgekommen, man suche männliche Auszubildende. Der örtliche Uhrmacher hatte mir erklärt, ich sei überqualifiziert. Also stieg ich in meinen Trabi und fuhr in die Kreisstadt. Warum war ich nicht gleich darauf gekommen?

Beim Anblick der missgelaunten Schablowski fiel es mir wieder ein.

Auf den ersten Blick hatte sich in der Redaktion nichts verändert. Die Aschenbecher quollen über, die semmelblonde Sekretärin jonglierte mit den Telefonhörern, und im Kabuff am Ende des Großraumbüros standen die Cognacschwenker bereit. Nur war die Schablowski nicht mehr die Chefin, was ihr zusätzliches Gold auf die Hüften getrieben und den Ausdruck des Grams in ihrem Gesicht vertieft hatte. Kasimir blinzelte mir über den Brillenrand zu.

»Hereinspaziert!«, grüßte der neue Chefredakteur mit glockenheller Stimme über alle Köpfe hinweg. Er winkte mich durch den Zigarettendunst zu sich heran.

»Ausm Westen!«, raunte mir die Semmelblonde noch zu, da hatte sich der dünne Mann mit den vorstehenden Zähnen und den fröhlichen kleinen Maulwurfsaugen schon hinter seinem Schreibtisch hervorgewühlt. Er warf schwungvoll seine Jacke über und lud mich auf eine Cola ein. Im Stadtcafé, wo uns Bedienung und Gäste ungläubig musterten, redete er hektisch auf mich ein, hielt kurz inne und bekannte: »Ich kann dich gut leiden. Wie wär's, wenn wir uns duzen? Ich heiße Pascal!«

Per Handschlag erhielt ich meine Stelle, unbefristet, und was die sonstigen Vertragsdetails anginge, da könne ich mich ruhig auf ihn verlassen: »Ich hab einen guten Draht zum Herausgeber. Wir brauchen junge Leute wie dich!«

Kaum wieder in der Redaktion verkündete Pascal zur Verblüffung aller Anwesenden, den Briefträger einbegriffen, meine Einstellung.

Als ich in meinem geschenkten Trabi nach Hause fuhr, vergaß ich vor Aufregung, das Licht einzuschalten.

»Junge Frau, sind Sie betrunken?«

»Nee. Ausnahmsweise nicht.«

Ich hatte Wachtmeister Glubke zunächst nicht erkannt, denn er trug eine neue Uniform und hatte sich einen Vollbart stehen lassen. Wir mussten beide lachen.

»Na dann, gute Fahrt und Glückwunsch!«

Zu Hause stand die Tür zu meinem Zimmer offen. Adolar ließ sich nicht stören. Vollkommen selbstverständlich saß er am Schreibtisch, hatte seine Sporttasche mit den verschwitzen Sachen in die Ecke geknallt und schien sehr beschäftigt zu sein. Man sah ihm das regelmäßige Training an. Niemand sonst in unserer Familie hatte so viele Muskeln. Ganz aufrecht saß er am Tisch und schaute auf seine riesigen Hände. War ich zu einem dürren Birkenbäumchen verhutzelt, hatte er sich, einer mächtigen Eiche gleich, in alle Himmelsrichtungen ausgedehnt. Er warf mir einen kurzen, unbekümmerten Blick zu, wandte sich wieder ab und pfiff sich versiert weißes Pulver durch ein Röhrchen in die Nase.

»Ich dachte, du hättest nichts dagegen.«

»Wie kommst du darauf?«

»Nicht böse sein, Mimi.«

Er eilte davon und ließ die Dreckwäsche in meinem Zimmer zurück. Missmutig trug ich den Haufen runter, stopfte ihn in die Waschmaschine und hing düsteren Gedanken nach: Seit mein Bruder die Eins-achtzig-Grenze überschritten hatte, war ich nicht mehr in Sorge um ihn gewesen. Er ging längst seiner eigenen Wege, war ein aufgehender Stern am örtlichen Fußballhimmel, bewundert und verehrt. Dass er das »Horst-Wessel-Lied« im Mannschaftsbus mitgrölen könnte, hatte ich vertrauensselig ausgeschlossen. Wie Übelkeit stieg nun eine Befürchtung in mir hoch: Er war groß und blond und ohne Angst. Ein prima Gorilla.

Grau kehrte unser Vater aus dem Krankenhaus zurück. Die Zahl der Blutwäschen war auf das Maximum erhöht worden, was nur den Taxifahrer erfreute, der ihn bald duzte. Im Anschluss an die Behandlungen schleppte er sich auf die Wohnzimmercouch, wo er den Rest des Tages verschlief. Er ging auf wie ein Hefeteig. An seltenen Tagen riss er sich unter Mühen zusammen und spielte den Hausherrn: »Ich werde dir eine Lehrstelle besorgen.«

»Als Tippse? Aber ich hab doch längst was!«

»Das ist doch nichts. Man braucht eine Ausbildung. Studieren willst du ja nicht. Und das bei deinen Talenten! Du verschwendest dich.«

Genau das wollte ich: mich verschwenden. Der Tod, das war der Klang des Weckers am Morgen. Das war der Geruch der Frisiersalons, der schönen Kleider in den Geschäften. War der kratzerlose Lack der neuen Autos überall. War das grelle Leuchten der Reklamen. Der Tod putzte jeden Morgen seine Schuhe. Er trug Bomberjacke. Für Vater aber war der Tod konkret.

Als er damit drohte, mich aus dem Haus zu werfen, wenn ich mich weiterhin weigerte, eine Lehre anzutreten, zuckte ich nur mit den Achseln. Es war traurig. Er war traurig. Mit der Kraft war auch jede Autorität aus seinem Körper gewichen.

Die Mutter tat, als handele es sich bei alldem um eine vorübergehende Erscheinung. Von meinem Verdacht gegen Adolar schwieg ich, nahm mir aber vor, der Sache auf den Grund zu gehen, bevor ich ihm mein Zimmer endgültig überlassen würde.

Kollegen

Wie versprochen hatte mir mein neuer Chef eine Wohnung besorgt: »Mit Telefonanschluss!«

Erleichtert saß ich in der winzigen Dachkammer, die nicht beheizbar war, auf meinem einzigen Möbelstück – einer Matratze. Gemeinsam mit Timo hatte ich sie aus dem leer stehenden Hotel gegenüber gestohlen, das man verrotten ließ, um es irgendwann abreißen und durch einen Supermarkt ersetzen zu können. Ein Hotel brauchte niemand mehr. So glaubten die neuen Stadtväter. Nachts waren wir in den Saal eingedrungen, hatten unsere Taschenlampen auf das verwitterte Parkett gerichtet, das sich in gigantischen Wülsten hob und senkte, als habe es sich erst verflüssigt und sei dann plötzlich erstarrt.

Ich schlich durch die Räume, sah das verrottende Volkseigentum, die Tische, Stühle, Gläser, die Betten und Schränke, angefüllt mit Gardinen und Tischdecken, Handtüchern und Decken, die niemand mehr brauchte. Aus dem Keller drang eine Wolke der Verwesung, breitete sich im alten Gastraum aus und füllte auch eine Treppe höher die Flure, bis zur letzten Zimmertür. Hinter ihr lag die verblassende Erinnerung an jene Übernachtung Silvester 1987.

Vorsichtig setzte ich mich auf das Bett, in dem ich eben noch mit Omi und dem kleinen Adolar gelegen hatte, erhob mich wieder, hievte die Matratze aus dem Rahmen, bugsierte das Ungetüm durch die Trümmer des Hotels nach draußen, über die Straße in das große Haus direkt gegenüber, die Treppenstufen hinauf, über den Dachboden und hinein in meinen Verschlag. Timo war den ganzen Weg keuchend mit einer Doppelmatratze hinter mir hergelaufen, die wir fürs Erste zur Dämmung an die kalte Außenwand lehnten. Er konnte sich nicht entscheiden, ob er bei mir einziehen oder bei den Eltern bleiben sollte. »Mein Alter ist sehr krank. Ich trau mich nicht, den alleinzulassen.«

Auch wenn ich nickte, nahm ich ihm sein Zögern übel. Zum Abschied küssten wir uns flüchtig.

Ich besaß ein Auto, eine Wohnung und verdiente Geld. Die Fassade stimmte. Einzig die Eltern wollten dem nicht trauen. Täglich durchforsteten sie die Zeitung, um sich meiner Anstrengungen zu vergewissern.

Die Redaktion wurde mein neues Zuhause. In das Dachzimmer kam ich nur zum Schlafen. In Windeseile machten mich die Kollegen mit den Produktionsabläufen vertraut. Sie akzeptierten mich, wie ich war.

Ich wollte ihrem Vertrauen gerecht werden und stellte mich schnell auf die Gebiete ein, die sonst in der hektischen Langeweile des Tagesgeschäftes auf der Strecke blieben: Jugendarbeit, Kulturveranstaltungen und Geschichten mit Tieren.

Man kann alles lernen, hatte Omi immer gesagt. Also lernte ich, zitierfähige Sätze aus verschwiegenen Dorfältesten herauszukitzeln, lernte, Texte zu liefern, Seiten zu füllen, zuzuhören, lernte, das Desinteresse der Leute am Geschehen jenseits der Dorfgrenzen zu ignorieren. Es machte mir Freude, den Alleen zu folgen, auf der Suche nach irgendwas, das ich nicht kannte oder noch nicht wusste. Alles war neu und wert, von mir entdeckt zu werden.

Ich verschaffte mir einen Überblick über das Geflecht von holprigen Dorfstraßen und sandigen Feldwegen und saß stundenlang in Kneipen, in denen bierbäuchige Gemeinderäte tagten. Es gab so gut wie keine Jugendklubs mehr. Die alten Gebäude waren verwaist und innerhalb kurzer Zeit zu Ruinen verfallen. Das Gleiche galt für Kinos und Kulturhäuser. Die Wolfshöhle hatte ihre Pforten ebenso geschlossen wie andere Dorfdiskotheken, die niemanden mehr fanden, der sie versicherte. Es hatte zu viele zerschlagene Fenster, verprügelte Gäste und zertrümmerte Tresen gegeben. Von Krischi sprach man nicht. Er war bereits vergessen.

Hier und da bemühten sich Techno-Aktivisten, neue Vergnügungsstätten zu etablieren, so wie in der Kreisstadt, wo sie dem alten Kulturhaus wieder Leben einhauchten. Und das Geschäft blühte prächtig. Es gab praktisch keine Alternative zum Tempel. So bestaunten die Einheimischen Wochenende für Wochenende eine Karawane von Autos, die aus allen Himmelsrichtungen auf den einstigen Festplatz drängte, wo sie parkten, bis es wieder hell wurde. Das alte Gebäude wurde vom Bassgewummer erschüttert, die Erinnerungen der Eltern an glorreiche Tanzabende unter dem Banner der Freien Deutschen Jugend wichen dem Geflacker der Stroboskope. Bullige Türsteher und ein Springerstiefelverbot halfen, die Gewinne und Besucher abzusichern.

Jenseits der Gorillafront, im Abseits entlegener Dörfer, entstanden vereinzelte Initiativen für neue Jugendtreffs. Meist jedoch verloren sie sich rasch zwischen den Fluren der Ämter, den Sprechzimmern der Ortsvorsteher, den Kreistagssitzungen und Ratsversammlungen. Gute Anfänge scheiterten auch am Fortgehen derer, die sie gemacht hatten. So blieb es bei den Tankstellen, Buswartehäuschen und Parkplätzen. Die mit den Autos waren die Könige, die ihre Reiche absteckten, indem sie unablässig darin herumfuhren und sich anhimmeln ließen.

Die Semmelblonde sorgte dafür, dass ich nicht verhungerte. Außerdem korrigierte sie anstandslos meine Texte. Ich revanchierte mich, indem ich sie mit gereimten Bildunterzeilen bei Laune hielt:

> Auf einer Wiese nahe Grieben
> Da standen einst der Kühe sieben.
> Die fraßen Gras und Klee in Massen,
> Konnten vom grünen Saft nicht lassen.
> Bis einst der Bauer kam und schrie:
> Was seid ihr nur für blödes Vieh!
> Der Kühe Fell – vor lauter Schrecken –
> Es trägt seit jenem Tage Flecken.

Wenn ich am Satzspiegel zu verzweifeln drohte, nahm sich Kasimir meiner an. Er bewohnte einen winterfesten Bungalow an einem See hinter der Stadtmauer, in den er mich eines frühsommerlichen Abends zum Umtrunk einlud.

Das Häuschen lag einsam zwischen Pappelalleen und wilden Wiesen. Am schilfbewachsenen Ufer führte ein kleiner Steg mitten in ein ohrenbetäubendes Froschkonzert hinein.

»Voilà!« Kasimirs runder Bauch wackelte, wenn er lachte. Ohne Zweifel war dies sein Paradies. »Fünf Jahre, gute Pacht und die Wirtsleute lassen mich in Ruh. Kommse rin, junge Frau.«

Der kleine Wohnraum war mit Schallplatten, Büchern und Bildbänden vollgestopft. Während er für uns beide in der improvisierten Küchenzeile Käsebrote schmierte, werteten wir die vergangenen Stunden im Büro aus, und ich wurde endlich meine Fragen los. Geduldig klärte mich mein gutmütiger Kollege über kommunalpolitische Zusammenhänge und personelle Konstellationen im Redaktionsbüro auf. Letztlich lief alles auf dasselbe hinaus: Es gab die Alten aus dem Osten, die neuen Chefs aus dem Westen und ein paar Bleichgesichter wie mich, die auf neutralem Boden wandelten, weil es ihnen an Vergangenheit mangelte. Die Alten rechneten Monat für Monat mit ihrer Entlassung, wussten aber, dass die Chefs den Laden schwer alleine schmeißen konnten. Also buhlten sie mehr gegen- als miteinander um den Status der Unverzichtbarkeit.

»Is natürlich Quatsch. Wenn der Laden dichtmacht, sind wir alle weg vom Fenster. Aber jetzt ist Feierabend.«

Wir setzten uns auf Schaffelle am Boden, tranken Whisky, hörten Muddy-Waters-Platten und begannen, einander Geschichten zu erzählen. Ich erfuhr Neuigkeiten aus der untergegangenen Welt, wo in einem anderen Hoyerswerda als dem, das ich im Fernsehen gesehen hatte, Menschen wie Kasimir eine eigene Republik – »Mit eigener Währung!« – gegründet hatten, von Musikfestivals in einem schönen und aufregenden Polen und von Theaterabenden mit text- und trinkfesten Arbeiterinnen der DDR in den Hauptrollen. Eine leise Melancholie ging von seinen Schilderungen aus, die Sehnsucht nach einer Welt, die ich nie wirklich kennengelernt hatte, obwohl ich ihr entstammte. Ich war an einem Ort gelandet, der von Erzählungen lebte.

Im Morgengrauen verschwand König Kasimir, der Herr der Frösche, auf der Suche nach Zigaretten auf dem Dachboden. Ich legte mich kurz auf die Seite und schlief augenblicklich ein.

»Wenn du willst, kannst du in mein Zimmer ziehen.«

»Ja klar, was denn sonst?«

Die Freude über Adolars Besuch hatte schon durch die Tatsache einen Dämpfer erhalten, dass er nicht allein gekommen war. Dann entpuppte sich der unbekannte Begleiter als der freundlichere Besucher, denn er hatte Kuchen mitgebracht und lächelte unentwegt, wohingegen Adolar auf meiner Matratze lümmelte, als hätte er sie geklaut und nicht ich. Meine Hoffnung, ihn zur Rede stellen zu können, begann zu schwinden.

»Wo habt ihr denn Dirkie gelassen?«, fragte ich scheinheilig.

Zum ersten Mal verfinsterte sich die Miene von Adolars Begleiter: »Ich glaub, ich geh mal Bier holen.«

Kaum hatte er uns allein gelassen, nahm Adolar eine andere Haltung ein, fuhr sich nervös durchs Haar, räusperte sich ein paarmal und kam endlich auf den Punkt: »Danke, dass du nichts gesagt hast wegen neulich. Es ist so ... ich bin da in was reingeraten, also Dirkie und ich, wir haben da ein paar Sachen abgezogen ... das wollten wir gar nicht.«

»Das Koks? Geht es darum?«

»Irgendwie schon ... Oliver hat ...«

»Oliver?«

Ich sprang auf und wedelte, wütend und nach Worten ringend, mit den Armen. »Was hat das Arschloch mit euch abgezogen?«

»Mann, er nimmt uns halt öfter mit – zum Einkaufen. Ist einfach sicherer so, mit Minderjährigen dabei ...«

Die Tür ging auf. Ich riss Adolars sympathischer Begleitung den Bierbeutel aus der Hand, griff nach einer Flasche, schlug den Deckel an der Klinke ab und trank auf ex. Ängstlich starrten mich die beiden an.

»O. K., jetzt erzählst du mir mal ganz genau, was passiert ist, was es auch sei. Und dann überlegen wir zusammen, was zu tun ist.«

Während wir Flasche um Flasche leerten, berichteten die beiden von den Kurierdiensten und Drogengeschäften, für die Hitler sie als Tarnung benutzt hatte.

»Die Bullen haben uns wirklich mal angehalten. Aber dann sehen die uns, und Oliver erzählt so, dass er uns das Angeln beibringt, und dann quatschen die übers Angeln. Und ... das funktioniert.«

Inzwischen säßen aber meist Jüngere auf dem Beifahrersitz. Adolar sei einfach zu schnell gewachsen. Dirkie sei jedoch weiterhin dabei. »Na, und jetzt will er plötzlich mit uns reden. Wegen was anderem. Ein neues Geschäft, sagt er...«

Ich sparte mir die Frage nach dem »Horst-Wessel-Lied« für das nächste Mal auf, bat beide um Verschwiegenheit und zweifelte nicht daran, als ich in ihre Gesichter blickte. Die Jungs fürchteten sich. Zum Abschied versprach ich ihnen, schnellstmöglich mit Hitler zu reden.

»Bist du sicher?«

»Lasst das mal meine Sorge sein. Ich geb euch dann Bescheid. Und ihr versucht, ihm so lange aus dem Weg zu gehen.«

»O. K.«

»Und lasst die Finger von dem Zeug oder kauft es wenigstens woanders.«

»Klar.«

Ich konnte nicht glauben, was gerade passiert war, griff zum Telefon und rief Michael Müller an. »Bist du zu Hause?«

»Ja. Komm rum.«

Wir waren beide nicht mehr nüchtern, Michael stellte dennoch sofort eine Flasche Pfefferminzlikör auf den Tisch, goss uns zwei Wassergläser voll und riss die Stereoanlage auf: »I'm going over to the other side / I'm happy to have and not to have not / Big business is very wise / I'm inside free enterprise / This is not a love song ...«

Im Vollrausch schliefen wir dann miteinander. Der Sex glich einer Turnübung, nach deren Ende wir kichernd und erschöpft einnickten. Am nächsten Morgen war mir trotzdem nach Sterben zumute. Ich konnte mich nicht einmal daran erinnern, was ich ihm erzählt hatte. Michael erhob sich, schamhaft in die Bettdecke gewickelt, duschte und ging grußlos aus dem Haus. Ich flüchtete zurück in die Dachkammer, wo Timo bereits auf mich wartete. Er trug zwei Koffer bei sich. Strahlte mich nur an. Wollte nichts hören. Strahlte und begann, seine Sachen auszupacken.

»Ich muss in die Redaktion.«

»Klar. Bis später.«

Immer macht man alles falsch.

Jeder im Büro wusste mehr über die DDR zu berichten als ich. Sogar Pascal, dessen Eltern ihn als Westlinke in den Sommerferien ins Pionierlager »nach drüben«, also zu uns, geschickt hatten. Pascal wusste auch mehr als alle anderen über die BRD. Das nutzte ihm aber gar nichts, wenn Herr Doktor Hieronymus Gaul vorfuhr und, eingehüllt in feinsten Tweed und mit der Haltung eines missgelaunten Lords, den Raum betrat. Der Herausgeber schritt mit dem Kinn voran durch das Büro, setzte sich auf den Stuhl des Redaktionsleiters, trommelte mit den Fingern auf dessen Schreibtisch und erhob die Stimme: »Darf ich bitten, mein Terminplan ist eng.«

Die Kollegen scharten sich mit gesenkten Häuptern um den »großen Boss«, wie ihn die Semmelblonde nannte. Seine preußische Art passte gut zu den blutunterlaufenen Augen, deren wässriges Blau einen nach dem anderen zu hypnotisieren schien. Schablowskis Unterlippe zitterte wie eine Rotfeder am Haken, Kasimir nestelte unentwegt an seiner Nickelbrille herum, und die Sekretärin zerkaute ihren Kugelschreiber. Nur Pascal verhielt sich so wie immer. Schließlich kam er auch aus dem Westen. Als Einziger setzte er sich mit an den Tisch. Doch Hieronymus Gaul legte ihm sogleich seine mit Sommersprossen übersäte Pranke auf das Knie. Pascal hielt die Luft an. Dem Herausgeber schien das zu gefallen, er lächelte diabolisch. Als sein Blick auf mich fiel, wurde mir bewusst, dass ich noch nicht geduscht, dass ich mir noch nicht einmal die Zähne geputzt hatte. Doktor Gaul blinzelte und schaute durch mich hindurch.

»Herr Doktor, das ist die Neue, von der ich Ihnen berichtet habe. Mimi Schulz.«

»Aha.«

Das Telefon klingelte.

»Gehen Se mal ruhig ran.«

Ich entfernte mich im Windschatten der semmelblonden Sekretärin und kochte erst mal einen starken Kaffee. Zwei Stunden später rauschte der Boss wieder von dannen. Schablowski eilte als Erste ins Kabüffchen, um sich einen zu genehmigen. Keiner war gefeuert, es war allerdings auch kein gutes Haar an der Arbeit der Redaktion gelassen worden. Sogar Pascal wirkte betrübt.

»Los, Chef, komm schon ...«

Ausnahmsweise trank er mit.

Als Jugendbeauftragte der Redaktion betrat ich zum ersten Mal in meinem Leben einen Gerichtssaal. Sechs der sieben Angeklagten waren minderjährig. Der siebte, ihr Obergorilla, kam mir vage bekannt vor. Im Laufe des Prozesses rekonstruierten Staatsanwalt und Richter eine Menschenjagd, deren zufälliges Opfer noch nicht wieder in der Lage war, auszusagen. Es war sogar unklar, ob der Mann je wieder sprechen können würde. Die kahlköpfigen Kinder hatten ihm den Schädel derart zertrümmert, dass er vom eintreffenden Notarzt zunächst für tot gehalten worden war. Nach dem Motiv befragt konnte sich eine Pausbacke mit Sommersprossen, er war der Kleinste von allen und gerade vierzehn geworden, das Lachen nicht verkneifen: »Na, uns war langweilig ...«

Aufgrund ihres Alters und der »guten Prognosen« – ihre Elternhäuser galten als wohl beleumundet – kamen fünf der Stiefeltreter mit Bewährungsstrafen davon. Nur das pausbäckige Alkoholikerkind musste zusätzlich Sozialstunden in einer Behinderteneinrichtung leisten. Der Obergorilla ging für drei Jahre in den Knast, was er mit einem süffisanten Lächeln quittierte.

Das ganze Schauspiel hatte drei Verhandlungstage gedauert, an denen ich kein Essen herunterbekam und mich allabendlich mit Timo betrank.

Nach der Urteilsverkündung trafen wir uns mit Zottel in dessen Stammkneipe, kippten Schnäpse und landeten schließlich vor seiner Anbauwand im Neubaublock, wo wir über den Plattenspieler herfielen und das Wohngebiet beschallten: »Cause I'm T.N.T., I'm dynamite, T.N.T., and I'll win the fight …«

Pascal erkannte mein Unglück. Er gab mir doppelt so viel Platz wie vorgesehen. »Schreib was zu den Hintergründen.«

Das war leicht gesagt. Bei meinen Recherchen im Kellerarchiv der Zeitung stieß ich auf die Geschichte eines alten Nazis, der kürzlich erst aus dem Knast entlassen worden war. Der Mann hatte nach dem Krieg jahrelang unentdeckt in der Kreisstadt leben können und war schließlich vom französischen Geheimdienst als Anführer eines Massakers enttarnt worden. In Zottels Stammkneipe erzählten sie sich, er wäre im Kreis jugendlicher Fans gesichtet worden. Pascal war nicht begeistert: »Das ist doch eine völlig andere Geschichte.«

Ein paar Zeilen genügten schließlich, meine Prozessbeobachtung zusammenzufassen. Von der anderen Sache sollte ich lieber die Finger lassen: »Das gibt nur Ärger.«

Ab und zu unterbrach ich meine Recherchefahrten für einen kleinen Abstecher zum Haus der Eltern. Biermann bekam die Ohren gekrault und blickte mir herzzerreißend in die Augen. Auch der Vater war für jeden Besuch dankbar und wir erzählten einander Neuigkeiten aus den Gerüchteküchen.

»Die Italiener ziehen sich aus der Kreisstadt zurück?«

»Ja, sieht ganz so aus. Die haben nur die Fördermittel abgegriffen.«

»Man liest ja immer wieder davon …«

»Und was ist das mit eurem Amtsdirektor? Der Schleimbeutel hat sich an Kindern vergriffen?«

»Dazu kann ich nichts sagen, Mimi. Du bist von der Presse ...«

Das Gerücht entpuppte sich als wahr. Die Havelstädter waren einem Sexualstraftäter auf den Leim gegangen. Fortan misstrauten sie den Anzugträgern von außerhalb. Es mussten eigene her.

Vater war nun Stadtverordneter. Wenn er nicht gerade an der Maschine hing oder kraftlos auf der Couch lag, studierte er Eingaben, Vorlagen, Gesetzestexte und die Tagespresse. Oft saß er am Wohnzimmertisch, wo er, in die Lektüre vertieft, eine riesige Lupe im Schneckentempo über die Buchstabenreihen führte. Sein Engagement rührte mich.

»Machs gut, bis bald.«

»Ja, bis bald.«

Den anschließenden Besuch bei den Nachbarn verschwieg ich ihm lieber.

»Mimi! Das ist ja eine Überraschung. Komm doch rein.«

Hitlers Vater war allein, die Frau nun dauerhaft in der geschlossenen Abteilung untergebracht. Seine Hände sahen noch immer zum Fürchten aus, als er uns Kirschschnaps eingoss.

»Was verschafft mir denn die Ehre?«

»Ist Dirkie gar nicht da?«

»Wieso, der ist doch in der Schule? Den seh ich nur noch morgens, oder wenn er Geld braucht. Oder Essen.«

»Ehrlich gesagt, wollte ich nach Olivers neuer Adresse fragen. Ich ... ich muss ihn dringend sprechen.«

»Was Schlimmes passiert?«

Schnell stellte der Ingenieur sein Glas auf den Tisch, schenkte nach und schien die Antwort zu fürchten.

»Ist was Persönliches.«

Er trank, zündete sich eine Zigarette an und vermied es, mir in die Augen zu schauen. Dann erhob sich der Mann, schwerfällig, verschwand im Nebenzimmer, kramte, stieß fluchend etwas um und trat, einen Zettel in der Hand, zurück an den Tisch.

»Hier. Hat er mir für den Notfall gegeben. Falls was mit seiner Mutter ist.«

Hitlers Nummer in der Manteltasche, verabschiedete ich mich an der Tür.

»Wissen Sie, mein Vater ist ja auch oft zu Hause, nebenan …«

»Ach weißt du, seit der bei den Sozis mitmischt …«

Immer wieder stieß ich bei meinen Erkundungsfahrten auf verlassene Kirchen, romantisch verfallene Gasthöfe und, seit dem Abzug der Sowjetarmee, verrottende Kasernen. Sie standen zwischen Wald und Heide im Abseits, wo sie niemanden mehr interessierten. Außer mich und die Gorillas, von deren Militärübungen mir hin und wieder Pfarrersfrauen oder Schafzüchter zuflüsterten. Für mich waren diese Orte Oasen, in denen die Zeit anzuhalten schien, dreidimensionale Bilder, denen nur noch die kleinen Zacken von Omis Erinnerungsfotos fehlten. Der Abendgesang der Amsel klang fröhlicher, die Sonne schien mir heller an Plätzen, die einmal von Menschen erbaut, dann aber vergessen worden waren. Vielleicht hatte ich nur zu viel The Cure gehört. Ich entwickelte eine eigene Rubrik. Pascal war nicht überzeugt, doch er winkte es durch: »Wenigstens hast du mal eine Idee!«

Die älteren Kollegen zeigten keinerlei Interesse daran, etwas zu verändern, nur weil der Boss es befohlen hatte. Das war ihre Art, Widerstand zu leisten. Im Windschatten ihrer Verweigerung konnte ich sogar durchsetzen, dass in den Wochenendausgaben regelmäßig Gedichte abgedruckt wurden. Nicht jeder Dorfjugendliche war ein Meister. Aber lesenswerter als die Friedhofsgebührensatzung war das allemal. Um Doktor Gaul den Glauben an die Fähigkeiten dieser kleinsten aller Lokalredaktionen zurückzugeben, war Pascal fast jedes Mittel recht. Zur Not auch pubertäre Liebesgedichte.

Maifest

An einem sonnigen Frühlingstag schlich ich, auf der Suche nach Nahrung für meine Rubrik »Vergessene Orte«, durch das Unterholz am bewaldeten Ufer des Wentowsees. Das beeindruckend weite Gewässer kämpfte noch mit den Hinterlassenschaften der Sowjetarmee. Die hatte das ganze Areal zwischen Wald und See jahrelang als Müllkippe missbraucht und zuletzt – in der Hektik des Aufbruchs – jede Menge Chemie ins Wasser gekippt. Obwohl die Bäume bereits ausschlugen, Krokusse leuchteten und die Vögel um die Wette sangen, lag der Geruch von toten Fischen über der Idylle wie ein Schatten. Die hellen Bäuche der Tiere glitzerten im Sonnenlicht. Kyrillische Buchstaben waren mit Messern in die Rinde der Birken geritzt, kündeten von Liebe, Heimweh und Langeweile der jungen Soldaten. Ich ließ meine Finger an ihren Botschaften entlangwandern und stutzte, als ich zwischen frisch erblühten Blaubeersträuchern und weichen, moosbewachsenen Hölzern plötzlich jemanden liegen sah. Zuerst fürchtete ich, eine Leiche gefunden zu haben, so reglos, die Augen zum Himmel gerichtet, wie dieser Mensch da lag ... Mein Versuch, mich anzupirschen, wurde jedoch sofort bemerkt. Urplötzlich richtete die Leiche ihren Oberkörper auf und starrte mich an: »Mimi?«

»Mitja?«

Unser Gelächter vertrieb die Vögel von den Bäumen. Während wir uns umarmten, hallte ihr aufgeregtes Krakeelen vom anderen Seeufer zurück. Mitja, der Kasernenjunge, der mir einst sein schönstes Märchenbuch geschenkt hatte – er lebte, er erkannte mich! Wir spazierten vergnügt durch den Wald, musterten einander immer wieder neugierig und ungläubig zugleich. Sein feines, schmales Gesicht war von rötlichem Bartflaum umkränzt. Er wirkte dürr, aber drahtig, als hauste er schon länger im Wald. Vom Zähneputzen schien Mitja jedenfalls nicht viel zu halten.

»Ich dachte, du hättest mich vergessen.«

»Quatsch. Ich wollte euch besuchen ...«

»Ich weiß. Mein Vater war doch Politoffizier ...«

»Wie geht es ihm?«

Mitja erblasste, blieb kurz stehen, nahm einen Stein vom Boden auf und schmiss ihn mit aller Kraft ins Schilf.

»Er ist sehr krank.«

Leise liefen wir nebeneinander her, beobachteten ein Rehkitz dabei, wie es, ins Dickicht geduckt, auf seine Mutter wartete, ärgerten die Kröten, die zu unseren Füßen herumsprangen, indem wir sie umschubsten und am Fortkommen hinderten. Ich erzählte ihm von Hitler, Bomber und meiner Zeit in Görlitz.

Dann war Mitja an der Reihe: In der Kaserne hatte sich kurz nach unserem Besuch ein junger Rekrut umgebracht, woraufhin dessen bester Freund vor Verzweiflung getürmt und von den Wachen erschossen worden war. Danach durfte keiner mehr raus oder rein. Auch nicht die Offiziere. Ein paar Tage nach dem Mauerfall waren dann die Glatzköpfe aufgetaucht.

»Die haben draußen gestanden und uns belagert. Faschisten! Wir haben uns nicht mal gewehrt! Wir durften nicht!«

Vor Zorn traten Mitjas Wangenknochen hervor. Er kaute seinen Ärger, schluckte und fuhr fort. Nach Erhalt des Rückzugsbefehls hätten die Frauen geweint, die Männer gesoffen: »... und am nächsten Tag haben wir dann alles auseinandergenommen und verscherbelt.«

Anders als die Familien seiner Mitschülerinnen und Mitschüler durfte Mitjas Familie bleiben, weil seine Mutter Deutsche war. Seither lebten sie bei der Oma in einem Dorf am See. Der Vater war verstummt, hatte Heimweh nach Minsk und schlimme Magenprobleme. Mitja selbst arbeitete als Filmvorführer in einer alten Ofenfabrik, die seine tatkräftige Mutter mit ein paar deutschen Freunden in einen Kulturort zu verwandeln plante. Der Tag verstrich, die Sonne schickte sich an, im See zu versinken, als ich mich von ihm verabschiedete.

»Ich muss zurück in die Redaktion.«

»Komm mich mal besuchen. Ich bau Gras in Omas Garten an.«

Die entstehende Kulturfabrik von Mitjas Mutter lag ein paar Hundert Meter jenseits der Kreisgrenze. Leider. Ich durfte nicht darüber berichten. »Nein, Mimi. Dafür gibt es nun mal Regeln«, appellierte Pascal an meine Vernunft. Bockig rannte ich vor die Tür. Im Wiedersehenstaumel hatte ich den ganzen Tag verplempert, keine einzige nützliche Information erhalten und stand nun, kurz vor Redaktionsschluss, mit einer nackten Seite da. Kasimir lachte noch Tage später sein heiseres Bauchhüpferlachen. Er hatte die Sache durchschaut und mir fürsorglich ein paar Pressemitteilungen zugeschoben. Daraus und aus Aufzeichnungen der vergangenen Gemeindevertretersitzungen konnte ich zwei Beiträge basteln, die die Seite bei Weitem nicht füllten. In meiner Verzweiflung hämmerte ich eine Reportage in die Tastatur: zur Sprengung der alten Kamine rings um die Havelstadt. Die Erhöhung der Friedhofsgebühren eines Dorfes mit zweiundsiebzig Einwohnern wurde mein Aufmacher. Pascal war sehr zufrieden.

»Was willst du? Wer hat dir diese Nummer gegeben?«

»Dein Vater.«

»So ein Arschloch. Sag schon, was willst du?«

Wir hatten seit Jahren nicht mehr miteinander gesprochen. Seine Stimme klang heiser. Er wirkte gehetzt.

»Ich will, dass du Adolar und Dirkie aus deinen Geschäften raushältst.«

»Hat dein Bruder also gequatscht.«

»Lass die beiden in Ruhe.«

»Und was, wenn nicht?«

Ich stellte mir vor, wie er verächtlich seine Mundwinkel verzog und dabei spöttisch die rechte Augenbraue anhob.

»Dann besuch ich deine Mutter und erzähl ihr alles ...«

»Scheiß auf Adolar, aber Dirkie ist meine Sache! Ruf hier nie wieder an.«

Er hatte aufgelegt. Während unseres Gesprächs war es mir nicht gelungen, eine Zigarette anzuzünden. Dabei blieb es lange. Hände, Augen, Herz – alles flatterte. Hektisch. Hühnerhaft. Ich legte mich rücklings auf den Boden und versuchte zu atmen.

Tatsächlich geschah nichts. Adolar bezog mein Zimmer und versprach, keine Drogen mehr zu nehmen: »Mann, ich bin Sportler.«

Die Eltern hatten sich einmal mehr zusammengerauft, saßen Schulter an Schulter gelehnt im Wohnzimmer und blätterten in Katalogen. Vater stand nun ganz oben auf der Warteliste für eine Organtransplantation. Jeden Moment konnte ein Hubschrauber auf dem Fußballplatz landen und mit ihm ein neues Leben. Das Haus wirkte friedlich. Was störte, waren meine Zweifel. So ruhig die Havel durch den Ort plätscherte, so unheimlich erschienen mir die Kulissen meiner Kindheit, spätestens bei Einsetzen der Dämmerung. Meist mied ich den Kontakt, ließ mich bei Feiern entschuldigen, schwänzte meinen Geburtstag und feierte Weihnachten mit Timo. Bei ihm fühlte ich mich sicher, und er genoss es ebenso, an Weihnachten nicht bei den Eltern zu sein.

»Was ist denn eigentlich los mit deinem Vater? Was hat er denn genau?«

»Is was Nervliches.«

»Beschreib doch mal.«

»Na ja. Er kann manchmal nicht aufstehen. Und dann laufen ihm ständig die Tränen ... Ich glaub, es ist wegen der Kartoffeln.«

»Wegen der Kartoffeln?«

»Ja. Er hat eine neue Sorte erforscht. Damit hätte man den Welthunger bekämpfen können. Sagt er. Die wär sogar in der Wüste gewachsen.«

»Ich dachte, dein Vater ist Bauer.«

»Nee, nee. Forscher. Doktor der Kartoffel. Die standen kurz vor dem Durchbruch. Die hätten den Nobelpreis bekommen.«

»Und jetzt?«

»Na, nüscht. Eingestellt das Ganze. Alles umsonst.«

»Aber warum?«

Timo lachte mich mit seinen weichen Lippen an. Er wuschelte mir über die Haare, wie man einen Hund wuschelt, der das falsche Stöckchen aus dem Wald zurückgebracht hat. Nie war ich mir so sicher gewesen: Wir gehörten zusammen.

Blitzeis verwandelte die Kreisstadt binnen Minuten in ein Tollhaus. Hysterisch klammerten sich Menschen an Laternen fest. Autos drehten sich um die eigene Achse, tanzten Walzer auf der Kreuzung, wie in Zeitlupe glitten die Karosserien aufeinander zu. Aus der sicheren Entfernung des Redaktionsbüros beobachteten wir die Lage, Kasimir, die Semmelblonde und ich. Die Schablowski kaute an einem Wurstbrötchen, und Pascal musste sich am Telefon mit der Geschäftsleitung in Potsdam streiten. Denn der Kurier, der täglich die Fotos aus den Redaktionen zur Reproduktion einsammelte, war im Verkehrschaos verschwunden.

»Improvisieren? Was soll denn das heißen? Wollt ihr die Bilder selbst malen oder was?«

Die Läden ringsum machten Feierabend. Ich übernahm freiwillig die Spätschicht. Wann sah man schon Verkäuferinnen, Ordnungsamtsmitarbeiter und Bürgermeister auf ihren Ärschen am Fenster vorbeischlittern? Als das Telefon klingelte, war Timo dran: »Mimi, wir holen dich ab! Michael hat 'ne geile Idee.«

Kurze Zeit später rutschten die beiden auf einem Schlitten vor die Tür. Ich löschte das Licht, fuhr die Rechner herunter, stellte den Anrufbeantworter an und schloss gerade das Büro ab, da schlug mit lautem Knall eine Flasche auf das vereiste Pflaster. Die nächste traf Timos Schulter. Michael fiel beim Versuch, einem der Geschosse auszuweichen, aufs Kreuz und rammte sich dabei einen Glassplitter in den Unterarm. Der nächste Wurf holte Timo von den Füßen. »Alle neune!« Johlend winkten uns zwei Gorillas aus einem gegenüber parkenden Auto zu. Mit ausgebreiteten Armen stellte ich mich zwischen sie und meine noch immer am Boden liegenden Freunde. Der Fahrer, ein Glatzkopf ohne Schneidezähne, ließ den Motor an, streckte mir den Mittelfinger entgegen und schrie: »Deine Zeit kommt auch noch, Zecke!«

Als es wieder Frühling wurde, ergriffen wir die Flucht nach vorn.

»Wir könnten ein Fest organisieren.«

»Wo?«

»Na, in der Havelstadt. Ein Volksfest. Mit Musik und Buden und allem drum und dran. Ein Maifest. Ganz offiziell, ganz offensichtlich, mit Plakaten, Presse, Vereineeinladen, Pipapo.«

»Warum nicht hier, in der Kreisstadt?«

»Hier haben sie doch schon ihren Techno. Aber drüben: nüscht!«

»Die werden was dagegen haben.«

»Egal. Die ignorieren wir einfach.«

Michael war zwar skeptisch, machte aber mit, genauso wie ein paar Gymnasiasten, die wir in der Kremlkneipe kennengelernt hatten. Timo war so ausgelassen wie nie. Nicht nur, wenn wir einander berührten, sprühten die Funken. Im Rausch unserer Verliebtheit schien alles leicht und richtig. Wir trafen uns in Michaels Wohnung, wo Herr Rose Kaffee kochte, während wir die Aufgaben untereinander aufteilten. Ich verteilte kleine Zettel, auf denen wir um Unterstützung baten und die Menschen zu einem »Schrei in den Mai« einluden. Durch meine Zeitungskontakte gelang es, die Sache schnell publik zu machen.

Der erste Spender war Fleischer Möllemann: »Hundert Würste nur für dich, Mimi!« Er konnte ja nicht wissen, dass ich inzwischen Vegetarierin war. Durch einen kurzen Briefwechsel mit dem Bürgermeister erwirkte unser kleines Organisationskomitee sogar die Kostenübernahme für Miete, Strom und Wasser durch die Havelstadt. Das Vorhaben sprach sich bis nach Berlin herum. Musiker meldeten sich, Standbetreiber und Buchhändler. Mitja rief mich in der Redaktion an: Er wolle das Fabrikprojekt beim Fest vorstellen. Und als sogar Zottel seine Mitarbeit erklärte, begannen wir, an ein Wunder zu glauben. Nur meinen Eltern war die Sache nicht geheuer: Sie flüchteten mit Adolar übers Wochenende nach Thüringen und nahmen sogar Biermann mit, den Stinker.

Der Morgen des Festes war trübe. Ein paar Künstler von umliegenden Galeriehöfen zogen lange Holztafeln aus ihrem Wagen, um sie später von Kindern bemalen zu lassen. Eine Berliner Gruppe zimmerte sich aus Tapeziertischen einen Informationsstand zurecht, um für Esperanto und Tauschbörsen zu werben. Mitja baute sich mit einem langhaarigen Gefährten daneben auf. Es begann, sich einzuregnen. Wir hielten fest an unserer Hoffnung. Doch schon am Vormittag war klar, dass diese Maifeier nicht gelingen würde. Zwei Stunden vor Programmbeginn waren wir umringt von einer erdrückenden Mehrheit an minderjährigen Glatzköpfen und Polizisten, die eine Kette um den Festplatz bildeten. Dieses Szenario verbreitete sich in Windeseile im ganzen Ort. Und nur drei oder vier Schaulustige trauten sich, zur Eröffnung zu kommen.

Die erste Band betrat die Bühne unter Dauerbeschuss. Sie begann gar nicht erst zu spielen. Steine und Flaschen prasselten über unsere Köpfe hinweg. Die Künstler flohen zuerst, rasch gefolgt von den Standbetreibern. »Ich bleib hier. Mir machen die keine Angst«, flüsterte Mitja mir mit vom Schrecken geweiteten Augen zu. Auch ein paar Gymnasiasten machten uns Mut. Die zweite Band sollte es wenigstens probieren. Demonstrativ stellten sie sich ganz nah an den Bühnenrand und versuchten zu tanzen, so gut das eben ging, wenn einem nicht nach Tanzen zumute ist.

Der kleine Steinmann führte die Horde der Glatzköpfe an. Wenn er schrie, schrien alle. Angeheizt von Bier und Schnaps wuchs die Wut der ungebetenen Besucher mit jeder Minute. Immer wieder versuchten sie, auf den Platz zu stürmen. Immer wieder warf die Polizei sie zurück. Es waren so viele Polizisten, wie sie die Havelstadt noch nie zuvor gesehen hatte, und es wurden immer mehr. Sie waren bewaffnet mit Helmen, Schilden und Schlagstöcken. Und sie benutzen ihre Waffen. Die Knüppel flogen auf die besoffenen Kinder nieder. Die gewaltsam Zurückgedrängten glotzten uns aus verzerrten Gesichtern an, schrien, tobten, formierten sich zu Sprechchören, in denen sie Einzelnen von uns den Tod wünschten. Sie kannten ja unsere Namen. Es waren Leute aus den Sportvereinen, denen auch wir angehörten oder angehört hatten, Nachbarskinder, Mitschüler. Ich sah in ihre Gesichter und wusste, wer sie geschickt hatte. Es waren Hitlers Leute. Wo mochten die großen Brüder und Schwestern auf uns lauern?

Noch hielten wir durch. Am Wurststand tranken sich ein paar Mädchen in bunten Kleidern Mut an. Michael und Zottel halfen ihnen dabei. Die Band spielte verbissen weiter. Mit gesenktem Blick trat schließlich Wachtmeister Schäfer auf mich zu: »Hör mal, Mimi, Befehl von oben: Die Einsatzkräfte ziehen gleich ab. Ihr habt nur noch zwanzig Minuten. Dann seid ihr allein.«

Kaum hatte sich die Botschaft verbreitet, brach Panik aus. Alle wollten in eines der Autos, die den Ort unter Polizeischutz verließen, doch reichten die Plätze nicht aus. Timo bekam meinen Trabi. Sechs Leute zwängten sich dort hinein. Kurz vor Ablauf des Ultimatums standen immer noch ein Dutzend Menschen ängstlich um mich herum. »Mir nach!« Wir flohen über Zäune hinweg in die Dunkelheit, rannten über den Sportplatz, hetzten um die Ecken zum Haus meiner Eltern. Ich brachte alle in Omis Wohnung unter, verteilte Laken, Kissen und Decken.

Michael war an meiner Seite geblieben.

Wir beide blieben die ganze Nacht wach, dort unterm Dachboden. Die Jüngsten hatte ich nach nebenan gesteckt, in mein altes Bett, das nun Adolar gehörte. Bald schon würden sie ihren Mitschülern begegnen, würden fortrennen müssen, sich unsichtbar machen. »Wir sollten die Polizei anrufen.«

»Die haben uns doch grade im Stich gelassen.«

Michael rieb nervös an seiner frischen Narbe. Ich stand am Fenster und lauschte in die Nacht. Die da draußen wussten, wo wir waren, und doch: kein Molotowcocktail, keine Fackeln, nur immer wieder Stimmen, Sprechchöre, Stiefeltritte gegen das Tor.

»Scheißzecken!« Klang das nicht nach Palle?

»Wir kriegen euch!« Gohlke?

»Scheiß Negerfreunde!« War das Ullis schrilles Organ? Und der, der in Endlosschleife »Judenschweine« schrie? Andreas? Niemand richtig zu erkennen. Nur hin und her laufende Schatten. Warum kamen sie nicht über die Mauer? Warum griffen sie nicht an? Fast schon wünschte ich, dass es endlich passierte, so müde machte das Warten, Harren, Hören, Fürchten. Warum kamen sie nicht?

Wir hockten zitternd in der Falle und schwiegen, die Köpfe angefüllt mit den Bildern des Tages. Dieselben Bilder trieben auch die da draußen um. Man konnte sie hören, ganz nah, doch sie kamen nicht auf den Hof, als gäbe es einen unsichtbaren Bannkreis. Wir blieben wach bis zum Morgengrauen. Dann verflogen die Stimmen.

»Was von den Kleinen gehört?«

»Einem haben sie nach der Schule aufgelauert. Die Eltern haben schon Anzeige erstattet. Gegen unbekannt. Er wollte nichts sagen ...«

Wir fühlten uns elend und schuldig. Nach seiner Rückkehr aus dem Familienurlaub sprach Adolar, beleidigt, weil jemand Fremdes in seinem Bett gelegen hatte, kein Wort mehr mit mir. Die Mutter tat, als wäre nichts gewesen. Nur Vater fragte kurz nach, ob wir auch alle Würste verkauft hätten. Biermann leckte mir artig die Hand. Nachbarn warfen böse Blicke. Nichts stimmte.

Krankenhäuser

Michaels Mutter hatte endlich eine schöne Wohnung mit Zentralheizung gefunden. Sie würde nun ganz in der Nähe von Möllemanns bei den Rotdornbäumchen leben. Am Tag des Umzugs fuhr Michael zur Unterstützung in die Havelstadt. Auch Krimimüller tauchte auf, doch helfen wollte er nicht. Mit gebrochenem Nasenbein, Schürfwunden und geprellten Rippen kehrte Michael in die Kreisstadt zurück: »Ich soll euch sagen, ihr kommt auch noch dran. Die wollen Rache.« Seine Krankschreibung reichte bis zum Ende des Zivildienstes.

Die Aufregung rund um unser Fest wurde bald von einer anderen Nachricht verdrängt: Bei einem illegalen Autorennen waren mehrere Jugendliche verunglückt. Sie hatten versucht, möglichst kurz vor dem anfahrenden Zug über einen unbeschrankten Bahnübergang zu kommen. Das Siegerfahrzeug war direkt hinter den Gleisen von der Straße abgedriftet und gegen einen Alleebaum geprallt. Die Verlierer waren ungebremst in den Zug gerast. Lokführer und Fahrgäste überstanden dieses Wettergebnis wie durch ein Wunder körperlich unverletzt.

Schon am nächsten Morgen streckte mir die semmelblonde Sekretärin sichtlich mitgenommen einen Anzeigentext entgegen.

»Hat hier grade einer abgegeben.«

Die Freie Kameradschaft der Havelstadt betrauerte darin einen der ihren: »Er war uns treu und gut.« Palle. Er hatte das Verliererfahrzeug gelenkt.

»Kennst du den?«

»Ja, von früher.«

»Diese Kameraden, das sind doch Nazis, oder?«

»Ja. Der das hier abgegeben hat, wie sah der aus?«

Sie musste nicht antworten. Er stand noch draußen, vor dem Fenster des Großraumbüros. Andreas gab ihm gerade Feuer. Sie rauchten, trugen Sonnenbrillen und sondierten den Platz, wie die Mafiosi in Hollywoodfilmen. Dann stiegen sie in ihr Auto und fuhren zurück.

Er hatte seinen kurzen Nachruf mit »Hitler« unterschrieben. »Alles ordnungsgemäß«, betonte der Vertriebsleiter. Die Anzeige sei schließlich bezahlt worden. Bar. Mit wutgeflecktem Gesicht winkte mich die Semmelblonde ins Kabuff.

»Zum Wohl!«

Ich hatte keinen Durst.

Palle lebte nicht mehr, und es ließ mich kalt. Im Gegenteil: ich spürte sogar eine klammheimliche Freude in mir aufsteigen, ein galliges Lachen, verbunden mit dem merkwürdigen Gefühl der Genugtuung.

»Wir sind schon so wie die.«

»Was meinst du damit?«

»Sag nicht, du warst traurig, als du erfahren hast, wer da draufgegangen ist.«

»Und? Bin ich deshalb wie die?«

»Ja.«

»Quatsch. Die sind die Mörder, nicht wir!«

Vor Wut schmiss Timo sein Bier auf den Boden. Da standen wir nun, Stirn an Stirn. Rachlust spiegelte sich in unseren Augen.

Nachdem die Wohnungstür über Nacht mit Hakenkreuzen beschmiert worden war, begruben wir die Diskussion und beschlossen, zu Michael zu ziehen. Wir sparten alle Geld und wären nicht mehr allein.

Im Gegensatz zu Herrn Rose, der seine Schränke begeistert nach einem Willkommensschnaps durchsuchte, war Michael entsetzt: »Zu mir? Ausgerechnet!«

Resigniert zog er schließlich in den trockenen Kellerraum, in dem einst Die Kaputten gegen die Wände gebrüllt hatten. Ich nahm das kleine, Timo das größere Zimmer. Das gesparte Geld würden wir beiseitelegen. Um auszuwandern. Irgendwann. Irgendwohin. Zusammen.

Am nächsten Abend lauerten sie Timo vor unserer Haustür auf. Er wollte nur ein paar Sachen aus der Dachkammer holen, als ihn vier Vermummte von hinten niederschlugen. Es gelang ihm zwar, seinen Kopf zu schützen, doch von den Schlägen und Tritten brachen sein linker Arm und mehrere Rippen. Zufällig kam ein Spaziergänger mit seinem großen Hund vorbei. Der Köter verbellte die Angreifer. Sein Herrchen lief zur Telefonzelle und rief einen Krankenwagen. Timo konnte nicht alleine aufstehen.

Das Krankenhaus der Kreisstadt lag am Waldrand. Die Einheimischen nannten es, weil es so hübsch aussah, die Schwarzwaldklinik. Hier war Omi gestorben. Nun lag Timo auf der Intensivstation. Sie ließen mich nicht zu ihm: »Nur Verwandte.« Aus der Ferne sah ich seine Eltern gebeugt den Flur entlanglaufen. Der Doktor der Kartoffel hatte es geschafft, alleine aufzustehen. Für Timo.

Anfangs war es mir vorgekommen, als sei das Leben in der Kreisstadt trotz allem ein besseres. Langsam begriff ich, dass ich mich nur weniger auskannte und darum weniger sah. In der Havelstadt war mein Blick von klein auf geschärft worden, waren die Gesichter in unzähligen Erlebnissen miteinander verbunden. Langsam begann ich, meinen Selbstbetrug zu begreifen. Mit jeder Fahrt hinaus über die schlaglochgespickten Wege, hinein in die Straßendörfer, bis hin zu den entlegensten Siedlungen auf weitem, kahlem Acker, wurde es deutlicher: Hier war alles dahin und keine Zuflucht weit und breit.

Ich fuhr weiter durch den Landkreis, führte Gespräche, füllte täglich meine Seite mit Berichten über Seniorennachmittage, Feuerwehreinsätze, Schulsportfeste. Gorillas gab es überall, bis in den letzten Winkel.

Die Ähnlichkeit der Physiognomien und der Ereignisse, der nächtliche Terror, hingen mir wie Senkblei an den Gliedern.

Ich beobachtete die alten Bauern, wie sie, konfrontiert mit der professionellen Euphorie westdeutscher Investoren, sprachlos in muffigen Sälen hockten. Dahinter die Enkel, maulfaul und feindselig, die sich eine Zukunft als Koch, Bademeister, Stallbursche oder Balljunge nicht vorzustellen vermochten. Sie teilten die Unbeholfenheit der Väter, die sich auch in neuen Kleidern nicht verbergen ließ. Alle spürten, dass sie nicht hineinpassen würden, selbst, wenn einer der großen Pläne für Windkraftanlagen, Luxushotels oder Golfplätze realisiert werden sollte. Die Blicke der Frauen waren flehend, ihre Stimmen kraftlos. Einzig sie könnten als Dienstpersonal taugen ... Ihre Erfahrungen waren nutzlos geworden. Wenn ich trotzdem danach fragte, belächelten sie mich.

»Wir müssen hier raus.«

»Im Oktober fängt das Wintersemester an.«

Der alte Herr Rose kümmerte sich rührend um die beiden Patienten. Er kochte Tee und hörte zu. Darauf konnte ich mich verlassen.

Auf der Polizeiwache der Kreisstadt ließ man mich stundenlang warten: »Da können wir nichts machen.«

Die Ankündigung der Bauaufsichtsbehörde, den Tempel in der Kreisstadt schließen zu müssen – tatsächlich hatten die Bässe das alte Kulturhaus aus seinem Fundament gesprengt –, bewegte die Gemüter. Die Bewohner der schmalen Gassen, die ringsum aufs Gebäude zuliefen, atmeten zufrieden auf. Den Diskogängern versetzte die Nachricht einen harten Schlag. Nur die Dealer blieben entspannt. Ihr Geschäft würde weiterlaufen.

Mir war das piepegal. Außerdem hatte ich nicht vor, nachts dorthin zu gehen. Aber Pascal blieb unerbittlich: »Das ist dein Thema! Wer soll da sonst hin?« Und noch hatte ich nicht gekündigt.

»Wat *ick?* Soll *da* mit dir hin?« Zottel lachte, bis ihm die Tränen kamen. Widerstrebend schleppte ich mich allein zum Stadtbumms.

Von außen wirkte das Kulturhaus ganz so wie damals, als die Petra-Zieger-Band meine Cousinen verzückt hatte. Doch im Innern des Gebäudes hämmerte ein neuer, harter Rhythmus. Es war so voll, dass ich schon im Vorraum keine Luft mehr bekam. Ich hasste die Beats, die hochgerissenen Arme, die gute Laune aus Plastik und den DJ mit seinem albernen Rumgehopse. Wo waren die Körperfresser, wenn man sie brauchte?

Nach und nach schälten sich bekannte Gesichter aus der schwitzenden Masse. Am Tresen erkannte ich Adolar und Dirkie mit zwei leicht bekleideten Gymnasiastinnen. Die Mädchen blinkerten mit künstlichen Wimpern und wirkten glücklich. Mein großer kleiner Bruder strahlte wie am ersten Schultag. Süß. Ein paar Meter weiter ließ unser einstiger Klassensprecher Gohlke, dessen Vater jetzt Bürgermeister in der Havelstadt war, seine Glatze vom Stroboskop beschießen, und wie ein Geist aus Haut und Knochen zuckte Mike Lehmann am Tanzflächenrand herum. Aber am meisten verblüffte mich ein Paar in der Saalmitte: Andreas Walther und Ulli Schmidtke führten eine Art Ausdruckstanz auf, fletschten die Zähne und kreischten dazu. Und was war mit Bomber geschehen? Er sah aus, als hätte er in dem halben Jahr Knast neue Gliedmaßen bekommen. Er hatte einem jungen Rumänen den Schädel eingeschlagen. Doch war der, kaum genesen, noch vor der Prozesseröffnung abgeschoben worden. Da mussten sie Bomber wieder laufen lassen. Nun ruckelte er über das Parkett wie Boris Karloff in diesen alten Frankenstein-Filmen.

Die anderen Gorillas sahen aus wie immer, nur dass sie anstelle der Springerstiefel Turnschuhe trugen. Auf denen prangte ein N, das stand für »National«, wie mich Dirkie aufklärte. Von der erhöhten Bar aus beobachtete ich die Vollversammlung der Gorillas zwischen den anderen Technofans. Ob einer von denen Timo zusammengeschlagen hatte? Wer sollte sie stoppen? Adolar warf mir ein Lächeln zu. Es lief gut für ihn. Sie würden rausgehen. Zum Knutschen. Ein paar Gin Tonic später ertappte ich meinen Fuß beim Mitwippen. Ich hatte genug.

»Frau Schulz, es ist mir zu Ohren gekommen, dass Sie im Fall Brüning recherchieren …« Er hatte es getan. Pascal hatte mich beim großen Boss verpetzt.

Hieronymus Gaul war wieder zu einer Stippvisite aufgetaucht und gönnerhaft durch das Büro geschritten. Nun saß er auf dem Chefsessel und schaute mir kampflustig in die Augen. Er beobachtete meine stumme Empörung, den kurzen Blick, den ich Pascal zuwarf, mein Zögern und Nachdenken. Lässig lehnte sich der Herausgeber zurück und ließ mich keine Sekunde aus den Augen. Die Schablowski, Kasimir, selbst die semmelblonde Sekretärin, alle wirkten seltsam entspannt. Diesmal träfen Thors Blitze nicht sie.

»Das ist der falsche Ansatz. So binden wir das Volk doch nicht an uns! Was haben Sie sich bloß dabei gedacht?«

Mein Mund war so trocken, dass sich die Zunge wie ein dicker Fremdkörper anfühlte. Dafür hinterließen meine Handflächen dunkle Abdrücke auf der Jeans. Mögliche Entgegnungen schossen kreuz und quer durch meinen Kopf, aber nichts schien Sinn zu ergeben. Mein Herz stolperte. Doktor Gaul fand nichts Spektakuläres an der Geschichte. Gut, der aus dem Gefängnis entlassene Obersturmbannführer Brüning wohnte wieder bei seiner Familie. Und an den Wochenenden hielt er Vorträge vor jungen Kameraden.

»Lassen Se das, junge Frau. Machen Se was mit Kultur.«

Mit dem Ausdruck des Entsetzens lief mir Herr Rose im Hausflur entgegen. Mutter hatte eine Nachricht hinterlassen: Vater ginge es schlecht. Ich machte mich sofort auf den Weg, doch außer Adolar und Biermann traf ich niemanden zu Hause an.

»Was machst *du* denn hier?«

»Wo ist er?«

»Im Krankenhaus. Notoperiert.«

»Die haben ihn schon operiert?«

»Ja, aber die Niere arbeitet nicht.«

Wir setzten uns ins Wohnzimmer. Adolar nahm wie selbstverständlich Vaters Platz ein, selbst dessen leicht gebückte Haltung, das nervöse Schnipsen mit dem Daumen. Er war blass, pulte an seinen Fingern herum und schaltete wahllos durch das Fernsehprogramm.

»Zigarette?«

»Ja.«

Ich schenkte uns zwei Cognac ein, leerte das erste Glas mit einem Zug und goss gleich wieder nach.

»Diesmal ist er zu weit gegangen.«

»Papa?«

»Nee, Hitler.«

Er schwieg eine Weile, dann fing er vorsichtig an zu erzählen. Von Olivers Geschäften, die aus dem Ruder zu laufen drohten.

»Weißt du, es gibt inzwischen Konkurrenz in der Stadt. Er hat da einen Tipp bekommen und gleich die Russen hingeschickt.«

»Welche Russen?«

»Das willst du nicht wissen.«

»Und?«

»Es war der falsche Mann. Die Russen haben den Falschen erwischt.«

Diesmal schenkte Adolar uns nach.

Als wir am nächsten Tag die Rostocker Uniklinik betraten, operierten sie gerade das neue Organ aus unserem Vater heraus. Es hatte die Arbeit verweigert. Einfach so. Unsere Mutter, ein verheultes Elend, saß alleine auf dem langen, kalten, weißen Flur. Als sie uns sah, hellte sich ihr Gesicht auf. »Beim nächsten Mal versuchen sie es mit der Doppeltransplantation. Also Niere und Bauchspeicheldrüse.« Sie konnte in die Zukunft blicken.

Zottel hatte Geburtstag, wollte aber nicht feiern.

»Sonst kommen bloß die Erinnerungen hoch …«

Ich verstand ihn gut, und doch war mir nicht wohl bei dem Gedanken, einfach so darüber hinwegzugehen.

»Geburtstag, Mensch, das ist doch mal ein schöner Anlass, um zu trinken!«, sprang mir Timo bei. Mit vereinten Kräften gelang es uns schließlich, seinen Widerwillen zu bezwingen. Michael buk Blaubeerkuchen, Timo besorgte Würstchen und Kartoffelsalat, ich kümmerte mich um das Geschenk: Metallicas »… And Justice for All«.

»Kommt rin, könnta rauskieken!« Schon von Weitem streckte uns Zottel seine Bierplauze entgegen. Das T-Shirt war eingelaufen, unterm zerkrispelten Venom-Ziegenkopf stand noch gut lesbar: »Welcome to Hell«.

Die Korkenzieherlocken verdeckten seine Augen fast komplett. »Is spät jewordn, jestern.« Auf dem Wohnzimmertisch stand bereits ein voller Bierkasten.

Zottel hatte seit seinem Einzug in die Straße des Friedens ein System ausgetüftelt, mit dessen Hilfe es möglich war, an jedem Ort der Wohnung simultan Musik zu hören: im Wohnzimmer, in der Küche, auf dem Flur und selbst im Klo. Aus allen Boxen kreischte uns Ozzy Osbourne entgegen. Es blieb einem nichts anderes übrig, als Bier zu trinken und seinen Fan-Altar zu bestaunen. Zottel hatte seine beeindruckende Musiksammlung und sämtliche Devotionalien in einer dunkelbraunen Anbauwand verstaut. Totenköpfe und umgedrehte Kreuze, Bierdeckel mit Autogrammen, Horrorvideokassetten und Gürtelschnallen waren in Vitrinen ausgestellt. Wir versanken in der Couchgarnitur, aßen, tranken und wippten zur Musik. Als kurz vor

Mitternacht »Slowly We Rot« von Obituary durch die Neubauwohnung schepperte, wurde das Geburtstagskind unruhig. Wenn es uns nichts ausmachte, ginge er jetzt gern in seine Stammkneipe.

»Wieso denn das? Wir haben doch alles hier!«

»Lokalrunde. Muss ick machen.«

Punkt Mitternacht erhoben wir unsere Gläser mit den Totsäufern im Absturz, Zottels Stammkneipe: »Auf Zottel!«

Ich verzichtete und schob meinen Schnaps Michael zu, der wenig später unter lautem Getöse vom Hocker fiel. Die Männer lachten heiser und dreckig. Gemeinsam brachten wir Michael vor die Tür, wo er augenblicklich beschloss, nach Hause zu gehen.

»Ist alles in Ordnung bei dir? Soll ich dich begleiten?«

Er winkte nur ab.

Auf dem Heimweg hielt sich Zottel immer wieder an Bäumen fest und würgte. Kurz vor seiner Haustür konnte auch ich nicht mehr an mich halten. Endlich im dritten Stock angelangt, erholte ich mich bei offenem Fenster in der Dunkelheit der Küche. Timo legte seine weiche Hand auf meinen Kopf. Wenig später erhob sich ein ohrenbetäubendes Schnarchen aus dem Badezimmer. Umgeben von Dutzenden quietschbunten Reinigungsmitteln, die seine Mutter, die Putzfrau, ihrem großen Sohn in die erste eigene Wohnung mitgegeben hatte, lag Zottel ausgestreckt auf den blanken Fliesen und schlief.

Als es an der Tür klingelte, ahnten wir nichts Böses. Wahrscheinlich hatte Michael seinen Schlüssel vergessen ... Stattdessen rempelten zwei Gorillas durch die Tür: die Rottmanns. Sie stürmten ins Wohnzimmer, knallten eine Flasche Klaren auf den Tisch und schrien nach unserem Freund: »Kamerad Zottel? Antreten!«.

Das Geburtstagskind purzelte kopfüber aus der Toilette, starrte verwundert ins Wohnzimmer und schien auf einmal hellwach zu sein. Die beiden waren nicht weniger betrunken als wir. Sie versanken in der Couchgarnitur, von wo sie mit glasigen Augen auf den Altar blickten. Zottel stellte Kartoffelsalat und Würstchen zurück auf den Tisch, Bier und Pfefferminzlikör. Der Jüngere, ein Schläger der ersten Stunde, war so alt wie wir. Er hatte überhaupt keinen Hinterkopf, was ihn aber nicht davon abhielt, Glatze zu tragen. Sein großer Bruder wirkte vollkommen schwachsinnig. Er saß schweigend und mit offen stehendem Mund neben Timo, der sich vor Angst Pfefferminzlikör in ein Bierglas schenkte und es in einem Zug leerte. Der Jüngere prahlte: »Ham heut Neger aufgeklatscht. Am Bahnhof. O'burg. War das geil!«

Ich konnte sehen, wie Timo unterm Tisch seine Fäuste ballte. Zottel drehte schnell die Musik lauter. Ich war wütend auf Zottel, die Idioten, unsere Unfähigkeit, sie rauszuschmeißen. Der ältere Rottmann sackte weg. Man sah nur noch Weiß in seinen Augen, und dennoch griff er immer wieder zum Schnapsglas.

Im Morgengrauen fand ich mich allein auf Zottels Couch wieder. Timo lag im Flur. Er schlief voll bekleidet und zusammengekauert in der Ecke vorm Klo und konnte sich ebenso wenig an das Ende der Nacht erinnern wie ich. Verwundet schlichen wir heimwärts.

Pascal hatte ein schlechtes Gewissen. Er drückte sich so lange mit bekümmerter Miene um meinen Schreibtisch herum, bis ich ihm schließlich verzieh. Aus Dankbarkeit gab er mir den beliebten Aprilscherz-Artikel: »Denk dir was Schönes aus.«

Das tat ich. Ich erfand eine Sensation, die sich unter dem Asphalt der Havelstadt verbarg, wo eine Dauerbaustelle seit Monaten die Gemüter erhitzte: »Lakritzvorkommen entdeckt!« Schon bald würde man mit der Förderung beginnen, ein westdeutscher Großkonzern habe sein Interesse bekundet. Tausende neue Arbeitsplätze würden entstehen ...

Die Kollegen kicherten zufrieden, doch am nächsten Tag stand das Telefon nicht mehr still. Empörte Arbeitslose forderten meine Entlassung: »Mit so was macht man keine Scherze!« Die Semmelblonde bekam Flecken im Gesicht, und Pascal raufte sich die Haare. Auf sein

Geheiß musste ich mich bis zum Redaktionsschluss von Anrufern beschimpfen lassen. Sogar mein Humor war falsch.

Seit Krimi ihn verprügelt hatte, besuchte Michael seine Mutter nur noch unangekündigt und mit einer Gaspistole bewaffnet. Sie hatte uns zur Einweihungsfeier einladen wollen, doch wir sagten ab. Als Frau Müller eines Tages in der Redaktion anrief, zitterte ihre Stimme: Mike Lehmann war nebenan bei Mario Möllemann eingezogen.

»Ich dachte, der ist im Knast.«

»Ja, er hat wohl eine Postkarte geschrieben, und jetzt ist er draußen. Und die treffen sich nun alle hier. Jeden Abend. Ich trau mich nicht mehr raus. So schlimm wie heute war es nie. Die kommen von überall …«

Da ich die arme Frau nur schwer verstehen konnte und noch weniger begriff, versprach ich ihr, mit Michael vorbeizukommen.

»Lass das bleiben, Mimi.« Kasimir hatte recht. Doch das half Frau Müller nicht.

»Borgst du mir dein Auto? Meins erkennen die sofort.«

Widerstrebend ließ er mich fahren.

Kaum dass wir in die Havelstraße einbogen, hielt ich erschrocken an. Links wie rechts, im Laternenschatten der Rotdornbäumchen, parkten die Autos. Ihre Nummernschilder verrieten weite Anreisen. Kein Mensch war zu sehen, und doch knisterte die Luft. Man konnte sie riechen, die Wut.

Frau Müller saß im Dunkeln und weinte. Ein paar Kartons standen noch unausgepackt an der Wohnzimmerwand. Ihr war klar, dass sie unter diesen Umständen nicht bleiben konnte. Während wir leise beratschlagten, was zu tun sei, beobachtete Michael die Straße. Ab und zu torkelte einer von Möllemanns Hof, verschwand kurz in einem der Autos und torkelte wieder zurück.

»Was machen die da nur?«

»Keine Ahnung, Michael, wir müssen deine Mama mitnehmen. Wenigstens, bis der Spuk vorbei ist.«

Frau Müller packte ein paar Sachen zusammen. Sie hatte beschlossen, ihre Schwester zu besuchen. Ich würde sie nach Berlin begleiten.

»Michael?«

»Hört ihr das?«

»Was denn?«

»Pssst. Da – hört ihr es?«

Als wir über die menschenleere Havelstraße stadtauswärts fuhren, drang lautes Trommeln und E-Gitarren-Geschrammel aus Möllemanns Anbau, wo ich einst Würste aus dem Kessel gefischt und den Männern beim Trinken zugeschaut hatte. Die Nazis veranstalteten ein Konzert. Bei den Schweinen, den Hühnern und Gänsen, dem finsteren Höllenhund und seinem Herrn.

»Wie geht es der Frau?«

Erleichtert nahm Kasimir seinen Autoschlüssel wieder in Besitz.

»Hab sie nach Berlin gebracht.«

»Dann ist doch alles gut.«

»Bis auf das Nazikonzert.«

»Und? Hast du die Polizei informiert?«

»Timo hat angerufen. Die sagen, sie wüssten das schon.«

»Na, besser, die feiern, als dass sie Menschen jagen!«

»Was glaubst du denn, was nach der Feier passiert …«

»Jetzt geh nach Hause. Es ist spät. Und Süßherz: Pass auf dich auf …«

Nicht reden! Handeln! Niemals zuvor hatten wir darüber nachgedacht. Jetzt passierte alles wie automatisch, ohne dass einer Anweisungen gegeben, ohne dass jemand gezweifelt hätte. Michael brachte einen vollen Benzinkanister mit. Timo besorgte die leeren Flaschen. Unterwegs zerriss er ein altes T-Shirt. Ich parkte den Trabi ein paar

Straßenecken weiter. Dann schlichen wir in Richtung der alten Fleischerei, der Spielwiese meiner Kindheit. Ich riet, den Weg über den Friedhof zu nehmen. Wenn wir uns aus dieser Richtung anpirschten, fielen wir niemandem auf, so spät in der Nacht. Der Frost ließ das Laub unter unseren Schuhen knirschen. Omis Grab lag nur ein paar Meter entfernt. An der Friedhofsmauer suchte ich nach Steinen. Als wir genügend beisammen hatten, ging es los. Ich warf die Steine auf die Fensterscheiben, bis es krachte, Timo und Michael warfen die brennenden Flaschen hinterher, eine nach der anderen. Sie brannten zuerst in ihren Händen, dann im Innern des Gebäudes, lichterloh.

Am nächsten Tag vermeldete der Polizeibericht einen Kleinbrand in der Havelstadt. Personen seien nicht zu Schaden gekommen. Die Kollegen nahmen kaum Notiz davon. Nur Kasimir warf mir merkwürdige Blicke zu. Ich rauchte vor Erleichterung eine Zigarette nach der anderen und versuchte, unauffällig meiner Arbeit nachzugehen. Timo lag mit Durchfall im Bett, Michael hatte sich wieder im Keller eingeschlossen.

Zottel hatten wir nicht eingeweiht. Fröhlich begrüßte er mich im Absturz. Judas Priest spielten demnächst in Berlin. Er hatte Karten gewonnen. Übers Radio. Krischis Ermordung lag drei Jahre zurück. Vielleicht hatte er sie vergessen. Vielleicht hatte er recht.

Wie immer kam der Anruf mitten in der Nacht. Der Hubschrauber war – eine Stadtsensation – gelandet und hatte unseren Vater mit sich fortgetragen.

Wenn im Film einer um sein Leben kämpft, auf der Intensivstation eines Krankenhauses, dann wird immer gezeigt, wie die, die ihn lieben, stets um ihn sind, auch über Nacht. Das ist eine Lüge. Es gibt dort gar keinen Platz für Verwandte. Das hält auch keiner aus. Erst recht nicht, wenn das immerzu passiert, das Liegen auf der Station, der Kampf, das Überleben.

Er jedenfalls hatte alles ausgehalten und eigentlich nie viele Worte darüber verloren. Ich ertappte mich nun bei der Hoffnung, dass es vorbei sei. Und keiner da, dem man das erzählen könnte. Sich einsam dafür schämen, ihm den Tod gewünscht zu haben.

Wochenlang lag er diesmal im künstlichen Koma. Die neuen Organe sollten Zeit bekommen. Der Körper war von dem schweren Eingriff geschwächt. Und als sie ihn endlich zurückholten, hatte sich etwas in ihm verrückt. Die Medikamente waren längst abgesetzt, doch er redete weiterhin zusammenhanglos, hatte keinen wirklich klaren Moment, so, als sei er in Träumen gefangen. Mutter und Adolar bekamen Angst vor ihm. Der starke Vater war ein verschusselter Greis geworden.

Bei mir löste dieser Zustand das Gegenteil aus: Zum ersten Mal seit vielen Jahren hatte ich keine Scheu, meinen Vater zu berühren. Keine Beklemmungen, in seiner Nähe zu sein. Keine Fluchtgedanken mehr.

Oft schon hatten wir ihn in den Jahren hilflos gesehen, hatten seine Todesangst gespürt, die mich bis in die eigenen Träume verfolgte. Etwas war nun anders. Der Vater mit der harten Hand war ein Poet geworden. Er redete wirr, wie sie sagten, doch was ich hörte, war das Schönste, das ich je aus seinem Munde vernommen hatte. Er berichtete wortreich von seiner Zimmergefährtin, einer Türkin und ihrem Kind, das sie direkt neben ihm, im Nachbarbett, zur Welt gebracht und »Morgenröte« getauft hätte. Morgenröte. Er erzählte von nächtlichen Theateraufführungen: Die Schwestern seien, verkleidet als die vier Jahreszeiten, um sein Bett getanzt: »Sie tranken mein Blut, Mimi. Es tat überhaupt nicht weh.«

Ausgerechnet er, der Theater hasste, weil er es nicht verstand, erfand bizarre Stücke voller Schönheit und Schmerz. Er sah mich an und nannte mich sein Vögelchen, während ich lachend am Bettrand saß und seine vernarbte Hand hielt.

Ich lief mit Pappi die Flure hoch und runter, ohne einen einzigen sinnvollen Satz zu formulieren, doch wir redeten dussliges Zeug, wie

Kinder. Als ich wieder nach Hause fuhr, begann ich zu heulen und konnte nicht mehr damit aufhören.

Zurück in der Havelstadt bestaunte ich den elterlichen Garten. Die Mutter sprach weder von sich, ihrer Arbeit, noch über unseren Vater, dafür steckte sie all ihre Kraft in Rasen, Rosen und Radieschen. Adolar betrat den Hof in Bauarbeitermontur. Er erschrak, als er mich sah, druckste herum und erklärte schließlich kleinmütig: »Ich helfe Oliver beim Hausbau.«

Zumindest an den Wochenenden würden er und Dirkie dessen großen Bruder unterstützen. »Er hat ja sonst niemand mehr.«

Verblüfft setzte ich mich auf die alte Hollywoodschaukel, die einmal Omis Lieblingsplatz gewesen war, und hörte Adolar zu …

Hitlers Stern war tief gesunken. Seit er die russischen Kampfsportler fälschlicherweise auf einen Unbeteiligten angesetzt hatte, drängten andere an die Macht. »Er kokst auch viel zu viel. Der is schon richtig blöd im Kopp. Das nutzen die natürlich aus.«

»Tut er dir etwa leid?«

Mein kleiner Bruder biss sich in den Daumen. »Ehrlich gesagt: ja. Aber das Schlimmste weißt du noch gar nicht.«

Hitler sei mit der Knarre in der Hand bei Otto Brunk eingefallen, erzählte er. »Und dann hat er seine Freundin mit dem Ding bedroht. So, am Kopf …« Adolar versuchte, die Szene für mich nachzuspielen. Ich schaute ihm entgeistert zu: »Seine Freundin? Pille?«

»Ja. Aber Goebbels ist dazwischen.«

»Goebbels?«

»Na, Mario, von Möllemanns, der mit dem Schäferhund. Zum Glück! Oliver war so außer sich, der hätte sie glatt erschossen.«

Damit war er endgültig zu weit gegangen, er hatte eine der ihren bedroht, Ottos Tochter, in dessen eigener Kneipe. Der Fleischerssohn hatte ihn zwar wieder beruhigen können. Er überredete auch Pille und ihren Vater, auf eine Anzeige zu verzichten. Und alle schwiegen darüber. Der alten Zeiten wegen. Hitler war trotzdem erledigt.

»Mimi, die suchen nach dir.« Schweißtropfen liefen Kasimir über die Nase. Seit dem Morgen hatte er mir hinterhertelefoniert, mich allerdings nicht erreichen können, weil ich mit Mitja durch den Wald spaziert war.

»Die sind hier rein ... ich hab die Polizei gerufen.«

Die semmelblonde Sekretärin rang nach Luft. Schablowski blätterte gelangweilt in einer bunten Zeitschrift herum.

»Und was sagen die?«

»Na, nüscht. Wir sollen uns beruhigen! Be-ru-hi-gen!«

Das gütige Kasimir-Gesicht verfärbte sich dunkel. Als sein Blick auf die Schablowski fiel, verlor er die Fassung, fischte eine Zigarettenschachtel vom Tisch und schmiss damit nach ihr.

»Ey, bist du blöde ...?«

Das Telefon läutete. Pascal. Die Semmelblonde reichte den Hörer direkt an mich weiter: »Mimi, da sind irgendwelche Leute hinter dir her. Pfarrer Schmidtke sagt, er hat die noch nie gesehen. Es sind mehrere Autos ...«

»Scheiße, ich muss zu Timo!«

Herr Rose nahm nicht ab. Ich stürzte hinaus, rannte ins Absturz, wo mich die Totsäufer anknurrten, lief die Hauptstraße entlang, vorbei an Hinterhofausschänken und geschlossenen Kneipen. Kein Timo. Kein Zottel. Wo waren sie nur? In meiner Verzweiflung rannte ich zum Schulhof, wo Salvador Allende – noch immer im Dickicht versteckt – die Raucherinsel beschützte. Ich schrie Timos Namen. Verfluchte die Gorillas. Blickte angriffslustig in die vorbeifahrenden Autos, auf getönte Scheiben, in verschlossene Gesichter. Vielleicht war er bei Zottel?

Als mir aus dem Haus in der Straße des Friedens Lemmy Kilmister entgegenschrie, verließ die Panik mein Herz. Timo lag schnarchend auf Zottels Couch. Der Frühschoppen hatte beiden zugesetzt, doch sie lebten. Nachdem ich ihnen zwei große Kannen starken Kaffee eingeflößt hatte, waren auch sie im Bilde.

»Wo steckt eigentlich Michael?«

»Keine Ahnung …«

Schon aus der Ferne waren dichte Rauchwolken zu erkennen. Ein paar Schaulustige standen mit verschränkten Armen zwischen den Apfelbäumen. Als wir ankamen, war von meinem Trabant nicht mehr viel übrig. Die Pappe war im Nu verbrannt. An der Wohnungstür prangte ein Hakenkreuz. Die Farbe war noch frisch. Michael? Der Boden seines Zimmers war fast vollständig mit Papier bedeckt. Ungeschickte Kritzeleien, Worte, Sätze, Songstrukturen, Akkorde, wabernde Notenlinien, Hälse, schwarze Punkte – die Blätter waren beidseitig beschrieben, scheinbar willkürlich und spontan.

Am Kellerfenster hing ein abgenutztes T-Shirt, das das einfallende Tageslicht fernhalten sollte. Durch ein Loch am Kragen fiel ein einzelner Sonnenstrahl in den Raum, in dem Staubkörnchen tanzten. Fiel auf Michaels linke Wade, auf die Narbe, wärmte sie.

Herr Rose saß mit gefalteten Händen auf einem Stuhl an der Wand. Er schaute zu Boden und schluchzte sehr, sehr leise. Zottel betrat das Zimmer mit einem Hocker. Er stellte ihn vorsichtig neben die Leiche, stieg hinauf und schnitt die Saite durch, mit der Michael sich erhängt hatte. Seine Abschiedsbriefe lagen zu unseren Füßen.

Wir versteckten uns für ein paar Tage bei Mitja in der Ofenfabrik, rauchten Gras und redeten, bis es hell wurde.

Mitjas Arbeitsbeschaffungsmaßnahme als Filmvorführer war beendet. Wenn er nicht las, pirschte er durch den Wald am See und ließ den Tag verstreichen.

»Die wollen mich bei der Kampfmittelberäumung einsetzen. Machen grad alle.«

»Kampfmittelberäumung?«

»Na, Blindgänger. Alte Munition. Die Wälder sind voll davon. Drüben, der Truppenübungsplatz …« Mitja wies mit weit ausgreifender

Geste auf den kiefernbewachsenen Horizont: »Der ist riesengroß. Stell dir vor, du trittst auf eine Mine: Bumm!«

Unser Partisanenfreund plante stattdessen einen Hilfskonvoi, quer durch Osteuropa, bis nach Tschetschenien. »Ich hab ja Kontakt zu Olegs Familie. Unsere Väter haben zusammen gedient. Die Leute brauchen alles: Medikamente, Essen, Kleidung. Ihr könnt euch nicht vorstellen, was dort gerade passiert.«

»Willst du wirklich allein da hin?«

»Kommt doch mit!«

Ich zog an der Tüte, bis mir schwindlig wurde.

Michaels Beerdigung fand an einem Montag statt. Sie legten ihn in die gleiche Erde, in der auch Omi schon zerfiel.

»Schafe können sicher weiden«. Der extra aus Görlitz angereiste Mäckie spielte das Stück auf einem klapprigen Keyboard. Es regnete sich ein, und die wenigen Trauergäste rannten gebückt davon. Auch Mäckie. Wir sprachen kein Wort.

Frau Müller nahm Michaels Tod hin.

»Wie sein Vater. Er kam ja sehr nach ihm.«

Sie war nun mutterseelenallein.

Pascal quittierte meine Kündigung ohne Widerspruch. Er verschaffte mir etwas Luft, indem er mich für drei Monate bei voller Bezahlung freistellte. Ich müsse nur noch zum Sommerfest kommen. Privat. Er bestehe darauf.

Mit zum Himmel gereckter Nase trabte Schablowski, einer schwergewichtigen Königin gleich, über ihren Gutshof. Das erlittene Unrecht ließe sich nicht wieder gutmachen, wohl aber hatte sie das Erbe der alten Schlachterdynastie nun, nach all den Jahren, wieder in Besitz genommen.

Das Gutshaus strahlte in neuem Glanz. Mit Freuden war Doktor

Gaul der Einladung gefolgt, wie er in einer kleinen Ansprache versicherte, die das jährliche Zeitungsfest unter den Augen der Seeadler an der märkischen Luft eröffnete.

Während sich die Kollegen aus den verschiedenen Lokalredaktionen mit ihren Getränken in der Nähe des Herausgebers gruppierten, suchte ich bei Kasimir und der Semmelblonden Beistand. Ein bisschen deprimiert beobachteten wir, wie Doktor Gaul der Schablowski anerkennend auf den Rücken klopfte. Sie strahlte dabei die Verlegenheit einer Klassenbesten aus, die man für ihre guten Noten lobt. Unsere skeptischen Blicke waren ihr jedoch nicht entgangen, also steuerte sie durch die Menge auf uns zu, bot Nachschub an und stieß Kasimir triumphierend ihren Ellenbogen in die Seite.

»Na, wat sssachste nuu?«

Sie lallte schon ein bisschen.

Der Herausgeber hob unvermittelt sein Glas: »Ein Toast!«

Nach zwei Stunden in der prallen Sonne jubelten die Journalistinnen und Journalisten, Sekretärinnen und Vertriebsleute einander rotgesichtig zu. Der Boss verteilte Weisheiten und Knuffe.

»Schon mal Schottischen getrunken?« Aufgeregt kam Kasimir aus der Küche gerannt. Dort war er bei der Plünderung des Buffets auf ein Whisky-Präsent des Herausgebers gestoßen: »Seht her, das ist feinster Single Malt!«

Sein Bauch hüpfte vor Aufregung. Die Semmelblonde stand Schmiere, ich hamsterte das Essen, Kasimir Whisky und Geschirr. Dann rannten wir zur Hintertür hinaus, setzten uns in den Schatten einer alten Kastanie und lächelten in den Wald hinein. Es ging uns gut.

»Mimi, wir müssen jetzt los.«

Der Nachmittag war längst verstrichen. Die Luft kühlte merklich ab. Jenseits des Lärms, der den Gutshof weiterhin erfüllte, schlichen wir abermals ins Haus, holten unsere Sachen und zogen die Tür leise hinter uns zu. Kasimir klaute noch zwei Flaschen von dem guten

Stoff, die er mir in den Rucksack stopfte. Ich streichelte seinen Bauch und gab der Semmelblonden einen Kuss auf die Wange. Lachend winkten sie mir vom Bahnsteig hinterher. Der Zug fuhr direkt nach Berlin.

IV SCHÖNERLAND

»Brandenburgs Natur lässt viel Raum zum Durchatmen: beim Radfahren und Wandern. Wer in unserem Land unterwegs ist, wird ganz automatisch auch zum Kulturreisenden, denn die Kultur ist Teil der Landschaft. Kein Wunder, dass unsere Nachbarn in Berlin so gerne auch mal der Stadt den Rücken kehren und raus aufs Land fahren. Hofläden und Kuchen wie bei Oma, Storchenklappern und Froschquaken, Füße im Wasser und weiter Horizont.
Das ist Brandenburg.«

Aus einer Broschüre des Landestourismusverbandes 2016

Wer nicht schläft, hat Zeit. Zähe Zeit. Verschwommene Zeit. Mein müder Blick fiel auf ein altes Foto, das mit Reißzwecken an der Tür befestigt war: der lachende Vater im Trainingsanzug, mager, eingefallen, geschrumpft. Damals hatte mich sein Anblick erschreckt, wie viel Lebenslust mir nun jedoch aus dieser Aufnahme entgegenschlug, wie viel selige Selbstvergessenheit. Wer hatte diesen Moment festgehalten? Adolar? Biermann hielt kurz den Atem an, dann furzte er in die Stille. Vater lachte weiter.

Der kleine Mut, den die schönen Stunden mit Kasimir und der Semmelblonden, den der Whisky und ein wolkenloser Himmel entfacht hatten, verließ mich, kaum dass der Zug abgefahren war. Ich saß allein in dem Abteil, blickte nervös um mich, fürchtete Schatten und Schritte. Mein Blick glitt durch das Zugfenster, glitt durch die vorbeieilenden Bäume, Felder und Dörfer hindurch. Der Gedanke, nie wieder zurückzumüssen, erzeugte eine kurze Euphorie, dennoch bedrängte mein Herz schon jetzt die Sehnsucht nach der Havel und den Rotdornbäumchen.

Timo war bereits am Morgen in Dresden angekommen, wo Mäckie ihm einen Platz in seiner neuen Wohngemeinschaft besorgt hatte. Er würde sich an der Universität einschreiben, weniger trinken und wieder mehr Musik machen. Wenigstens hatte er das gesagt.

Michaels Gitarre hatten wir Herrn Rose überlassen. Zottel würde sich am Tresen der Totsäufer festhalten und einmal die Woche seine Mutter abholen, damit sie Krischi neue Blumen auf das Grab legen und sich seiner erinnern konnten. Von Mitja wussten wir nur, dass er auf einer Landstraße im Kaukasus feststeckte.

»Nächster Halt: Sachsenhausen.«

Unter dem S-Bahn-Schild lungerten ein paar Glatzen herum. Sie rauchten, rempelten und suchten nach einem Opfer. Ich zog den Kopf ein, hoffte, tastete meine Hosentasche nach dem Messer ab, Michaels Klappmesser. Die Türen schlossen unter lautem Getöse. Von da an fiel die Spannung ab, Station für Station für Station. Als ich den Berliner Alexanderplatz erreichte, war nichts mehr davon übrig. Mit Freuden stürzte ich mich in das Gewimmel, das mich schützend aufnahm, als gehörte ich bereits dazu.

Die neue Wohnung lag nicht weit entfernt vom Café Briefe an Felice, wo ich in den Tagen von Marzahn für ein paar Mark den Keller geputzt hatte. Ein Freund Kasimirs hatte sie mir zur Untermiete angeboten. Auf dem Fensterbrett lag ein zerfledderter Gedichtband.

Am nächsten Morgen rasierte ich die gefärbten Haare ab. Und wie schon früher verzichtete ich darauf, meinen Namen an die Klingel zu schreiben. Ich kaufte das Nötigste ein und vertiefte mich in die Stellenanzeigen ...

Biermanns Schnarchen weckte die Welt. Zuerst die Spatzenarmee, die im dichten Gestrüpp vor der Hauswand gegenüber aus allen Rohren tschilpte. Mit der einsetzenden Dämmerung ergänzten menschliche Laute das Gezeter, machten sich die Ersten auf den Weg in die Büros und Klassenzimmer, die Läden und Garagen. Eilige Schritte wurden von schlurfenden, schlurfende von stolpernden abgelöst. Noch immer unverkennbar mittendrin: der stolze Gang der Mutter. Klackklack. Klackklack. Ihr Tag begann. Schlaflos lauschte ich ihr nach und erinnerte mich an meinen ersten Besuch nach der Flucht.

Frühling. Drei Jahre sind vergangen.

»Warum fahren denn plötzlich alle ihre Autos in die Garagen?«

»Stimmt. Gut, dass du es sagst. Hab ich fast vergessen.«

All diese Zufälle. Am Abend des neunzehnten April, wenn die Uhr auf Führers Geburtstag zutickt, wird drinnen geparkt. Zur Sicherheit. Vater sitzt gebeugt im Sessel. Der Fernseher läuft. Das Gespräch kommt nicht in Gang.

Am nächsten Morgen lädt mich die Mutter zu einem Spaziergang ein. Die umgebaute Schule will sie mir zeigen. Alles sei jetzt neu.

Wir laufen vorbei am Gedenkstein für Karl Marx. Immerhin, denke ich, der steht noch. Dann Stutzen. »Wo sind denn die Jahreszahlen geblieben?« Ihre Miene sagt: Immer machst du alles kaputt. Ich mache nichts kaputt, denke ich, ich mache nur alles falsch, das ist ein Unterschied. Und frage weiter: »Wo sind die Jahreszahlen? Achtzehn-achtzehn bis achtzehn-dreiundachtzig.«

»Da sind nie welche gewesen. Ich muss es schließlich wissen. Das war meine Schule.« Aufgebracht läuft sie weiter. Ich folge erst, zögere dann, drehe mich noch mal um, um es nachzuprüfen, und bin erleichtert. Sie wirft ihre Arme in die Luft. Die Geste sagt: Als ginge es um dein Leben ... Geht es ja auch, denke ich und rufe laut: »Da sind noch die Löcher im Stein, da, wo die Zahlen angebracht waren, zwei Löcher für die Metallstifte.«

Als sie mich zum Bahnhof bringt, begegnen wir dem Bus der Fußball-A-Jugend. Sie haben gewonnen.

»Hörst du? Die singen immer noch das Lied …«

»Das passiert immer nur, wenn du da bist …«

Vaters Dreiundfünfzigstem blieb ich fern. »Weißt ja, die Arbeit.«

Es tat mir leid. Ich rief ihn an, versprach, mich in den Zug zu setzen, sobald die Zeit es zuließe. Die Kraft vor allem. Doch das konnte ich nicht sagen. Nicht mal zugeben vor mir selbst. Wochen später gelang es mir endlich, Energie für die zwei Tage aufzubringen, die nötig waren, um hinauszufahren in die Havelstadt. Denn nicht zu übernachten, das wäre enttäuschend gewesen, für alle. Dachte ich zumindest.

Als ich ankam, war er allein und lächelte dankbar, wusste den guten Whisky zu schätzen, den ich mitgebracht hatte, kochte uns Linsensuppe. Mutter hatte spontan beschlossen, ihre Freundin in Thüringen zu besuchen. Adolar war mit der Fußballmannschaft unterwegs. Wir saßen lange zusammen, tauschten Neuigkeiten aus. Der Vater, breitbeinig in Turnhosen auf dem Sessel ausgestreckt. Ich, im schwarzen Mantel, rauchend. Wir lachten. Machten uns lustig über die Rückschläge, die Gemeinheiten, die uns an verschiedenen Orten, aus ähnlichen Gründen widerfahren waren. Ein Abend in Frieden. Cognac und Bier. Nebenbei schauten wir fern, wie immer. Redeten übers Skispringen. Wir fachsimpelten, erinnerten uns an eine gemeinsame Zeit, die meine Kindheit gewesen war und seine gute Zeit, die arbeitsreiche. Manche Einschätzung teilten wir. In anderen Fragen würden wir wohl ewig auf dem Gegenteil beharren. Und jetzt war es in Ordnung so.

»Die SPD …«, sagte er.

»Die doch nicht«, sagte ich.

»Kultur«, sagte ich, »Sprache vor allem.«

»Das ist es nicht, was die Menschen brauchen«, sagte er.

Ich nahm die Verletzung hin. Dass alle mehr lachen müssten, fanden wir beide.

Die Uhr schlug Mitternacht. Müdigkeit setzte ihm zu. Er erhob sich unsicher, ging ins Bad. Rief mich schließlich aus der Ferne zu sich, ins Schlafzimmer.

Ich war verwirrt und angetrunken, sollte mich neben ihn setzen, auf die Bettkante. Ich sah die Narben an seinen Händen und Armen, das schüttere Haar, weiß geworden schon an den Schläfen. Sah ihn von der Seite, zusammengesunken, den Blick ins Leere gerichtet. Er wirkte zerbrechlich. Pappi. Am liebsten hätte ich ihn gedrückt. Aber weil ich ich und weil er er war, saßen wir schweigend nebeneinander. Dass er traurig war, musste er nicht sagen.

»Warum kommst du uns so selten besuchen? Bist du nicht gern bei uns?«

Ich schwieg.

»Und das Studium, wann wirst du endlich damit fertig?«

Ich schwieg.

»Glaubst du, du könntest mir einen Gefallen tun?«

»Klar. Welchen?«

»Nimm Biermann mit nach oben. Er schnarcht.«

Es gibt keinen Rausch, der gegen die Erinnerungen ankommt. Auch wenn Zottel das immer behauptete. Nervös spielte ich mit dem Krümel Haschisch, den Hitler mir gegeben hatte, schnippte ihn über den Tisch gegen die Streichholzschachtel. Mit metallischem Wummern war die Heizung wieder angesprungen und der Frost begann, eine Eisblume ans Fenster zu zeichnen.

Schon einmal hatte ich das versucht: Die Schlaflosigkeit, die mich jedes Mal befiel, wenn ich in meinem alten Zimmer unterm Dach lag, mit Haschisch zu betäuben. Ein Freund aus Berlin kannte mein Problem und hatte mir etwas mit auf den Weg gegeben. Nach drei quälend langen Stunden war alles aufgeraucht. Als ich endlich vor Erschöpfung einschlief, kamen sie im Traum, um mich zu holen. Sie standen vor meiner Zimmertür, Hunderte von ihnen, bis hinaus auf die Straße. Sie brüllten meinen Namen. Hämmerten mit ihren Stiefeln gegen die Tür. Und ich konnte mich einfach nicht rühren. Omi schwebte plötzlich durch den Raum, in ihrem schönen gelben Nachthemd. Ihr Haar glänzte silbern, sie schwebte über mir. Omi. Sie lächelte. Ich sah ihre nackten Füße. Es hämmerte weiter. Die Tür knarzte bedrohlich, sie gab nach – wo war Omi geblieben? Die Tür zerbarst. Ende. Nur ein Traum eben.

Draußen dämmerte es bereits. Ich stand auf und lief hinaus zum Fluss. Alles war ganz friedlich. Ich lief durch den menschenleeren Ort, am Ufer entlang zur Schleuse. Zwei Schwäne zogen schreiend an mir vorüber. Irgendwo schlug der Wind ein Fenster in stetem Takt auf und zu, auf und zu. Ich entdeckte einen fetten roten Kater, der versuchte, einen Zitronenfalter einzufangen. Er jagte ihm nach, durch den Garten, über die Straße. Ich schlich den beiden hinterher.

Dass ich plötzlich vor seinem Hoftor stand – nur ein Zufall? Ich war nie zuvor dort gewesen. Ich zündete mir eine Zigarette an, setzte mich auf die Treppenstufen gegenüber und erinnerte mich.

Es war etliche Jahre her, da war er in dieses Haus gezogen, hatte es mit großer Mühe wiederhergestellt, da er fast alles allein machen musste. Seit der Sache mit dem Überfall hatte ja niemand mehr etwas mit ihm zu tun haben wollen. Und höchstens in den Kreisen der nachgewachsenen Jungnazis sprach man noch ehrfurchtsvoll seinen Namen aus, dort war er noch Legende.

Hitler selbst war hinter heruntergelassenen Rollläden verschwunden. Ich stellte mir vor, wie er nun dort saß, hinter diesem Hoftor in seinem Haus, allein. Wie er sich mehr schlecht als recht als Kleindealer durchschlug. Wie er auf Post vom Arbeitsamt wartete. Zu oft hatte er Leute mitgenommen auf seine privaten Horrortrips, die immer makaberer geworden waren, immer brutaler. Bis die Nachricht umging, dass seine Rache nun tödlich war und vor Kameraden nicht haltmachte. Da hatten auch sie Angst vor ihm bekommen. Ob er jetzt da drinnen saß, in seinem Haus, und selbst Angst hatte?

Der Hund konnte einen verrückt machen. Er musste einen Albtraum gehabt haben. Bellend sprang er erst auf alle Viere, dann an das Fenster, hielt kurz inne, erkannte seinen Irrtum, warf mir einen trotteligen Blick zu und legte sich schnaufend wieder hin. Mein armer, einsamer Biermann. Ich kraulte seine grau gewordenen Ohren und schaute auf die Uhr. Anstandshalber bis zum Frühstück bleiben ... Auf dem Dachboden fand ich eine angestaubte Kiste mit Kinderschallplatten. »Von einem der auszog, das Fürchten zu lernen«. Ich hatte das Fürchten zu Hause gelernt. Kein Frühstück mehr. Los.

Als ich begann, meine Sachen zu packen, rappelte sich Biermann mühsam auf. Sein Blick flehte mich an zu bleiben. Wie oft er mich getröstet hatte ... »Hör zu, du musst dich an Adolar halten. Der lässt dich bestimmt weiter hier schlafen. Und ärgere die Mutter nicht. Sie kann Hunde nicht ausstehen.« Biermann zwinkerte verständnisvoll. Bevor ich den Hof verließ, füllte ich seinen Napf mit dem guten Hundefutter auf, dem teuren aus der Dose. Schnell weg.

Der Herbst war mild gewesen, golden der Oktober, selbst der November noch grün. Doch folgte ein Winter mit Schneewucht und Eis. Die Mutter hörte den Schlag. Er war aus dem Bett gefallen. Sie rief den Krankenwagen.

Ein letztes Mal legte man ihn in ein weiß getünchtes Zimmer. Noch vor dem ersten Morgengruß der Amsel hörte sein Herz zu schlagen auf. Die Apparate blinkten, piepten. Im Tierpark gegenüber war es still. Es wurde ein sonniger Tag.

»Bist du sicher, dass du alleine fahren willst?«

Zum Abschied küsste ich ihn auf den warmen Hals.

»Pech im Spiel, Glück in der Liebe«, hatte Omi immer gesagt. Mein neues Leben hatte eben erst begonnen. Und ich wollte nicht, dass das alte davon Wind bekam. Oder umgekehrt.

Mit einem geliehenen Auto verließ ich Berlin in nördlicher Richtung, fuhr über Felder und Dörfer in die Havelstadt. Es war so kalt, dass selbst die Katzen in den Scheunen blieben. Vereinzelt huschten Vermummte mit hochgeschlagenen Krägen und tief in die Gesichter gezogenen Mützen über die Straße. Das Haus, in dem uns Matratzenmandy bewirtet hatte, stand leer und verwaist. Auch die Wolfshöhle war mit Brettern verrammelt. Am Ortsausgang ästen zwei Kamele, denen weder Frost noch Eiswind etwas anhaben konnten.

Lang nachdem ich fortgegangen war, hatte mich das Foto eines alten Bekannten auf der Titelseite eines Berliner Boulevardmagazins verblüfft. Ich erkannte ihn an dem toten, schwarzen Raben, der immer noch auf seinem Schädel lag. Der Banküberfall war so dilettantisch verlaufen, dass sie in die Schlagzeilen geraten waren: »Die dümmsten Räuber aller Zeiten«. Nun saßen der Rabe und der Pimmelzwerg im Knast, genauso wie Mike Lehmann.

Das Stadtzentrum wirkte ausgestorben. Tot. Die Pastellfarben, mit denen die Häuser Anfang der Neunziger angepinselt worden waren, begannen bereits, wieder abzubröckeln. Das Straßenpflaster war ausgetauscht worden, mit ihm die Kanalisation. Lakritze hatte man dabei leider nicht entdeckt.

Ich kam gerade noch rechtzeitig. Vor dem Hoftor standen bereits die Trauernden. Sie waren im Aufbruch begriffen.

Dicht aneinander gedrängt liefen wir durch die Kälte, ein schwarzer Wurm, der vorbei an den kahl geschorenen Rotdornbäumchen schweigend hin zum Friedhof zog. Direkt neben Omi und unweit von Michael war ein neues Loch ausgehoben worden. Es musste ein hartes Stück Arbeit gewesen sein. Die Spaten steckten noch in den gefrorenen Erdhaufen. Fleischermeister Möllemann reichte mir seine warme, halbe Hand. Ich blickte zu Boden, dachte an die klirrenden Scheiben damals, die Flammen.

Opa Erwin schnaubte unablässig in sein Taschentuch. Dirkie stand bei seinen Eltern, die dem aufziehenden Sturm unter großen Mühen und mit hochgezogenen Schultern trotzten. Schirme flogen auf, verfingen sich in Ästen, torkelten im Wind. Manchmal hielt ich Adolars Hand, manchmal die der Mutter. Tante Ingeborg war durchscheinend wie ein Blatt Papier. Die Cousinen stützten sie und Wilhelm, der seinen Blick einfach nicht von dem Sarg abwenden konnte, in dem mein Vater lag. Ich wusste nicht mehr, wen oder was ich halten oder loslassen sollte, legte die Hände flach auf meine Knie und wartete, bis wir endlich wieder aufstehen durften. Zähneklappern. Hände. Blumen. Hände. Auf dem Weg zurück, vorbei an den Spuren meiner verblassenden Kindheit, konnte ich, gefangen im Kopf des schwarzen Wurms, an nichts anderes denken als daran, wie kalt er nun war.

Hitler saß bereits in unserem Wohnzimmer. Er war dem Friedhof ferngeblieben, um Otto Brunk nicht begegnen zu müssen.

Er räusperte sich.

»Kaffee?«

Ich nickte.

Mutter hatte uns mit Tischkärtchen einander gegenüber platziert. So, als hätte er schon immer dort in unserem Wohnzimmer gesessen und als hätte ich die Stadt nie verlassen müssen. Wir aßen die Schnapskirschen, die in kleinen, runden Schalen auf dem Tisch standen, rauchten, tranken Kaffee und Cognac.

Ich musste immer wieder zu ihm hinschauen, trank schneller als gesund sein konnte, war halb ohnmächtig vor nicht wissen, was zu tun ist.

Als er mir erneut einschenkte, wusste ich, dass auch er sich erinnerte. Er war offensichtlich milde gestimmt. Bot mir seine Zigaretten an. Und ich begriff, dass von ihm keine Gefahr ausging. Nicht für mich.

Im Laufe der Feier erfuhr ich, dass das schüchterne Mädchen von damals, dem wir immer die Mütze geklaut hatten, früh verheiratet und nun Mutter zweier Kinder war. Gerade war ihr alter, den Handfeger schwingender Nachbar verstorben. War kurz entschlossen dem treuen Dackel gefolgt. Immerhin hatte dieser störrische Alte einen Sieg mit ins Grab genommen. Auf dem Rasenplatz vor der Havel waren, auf sein vehementes Eintreten hin, Spiele jeder Art verboten worden.

»Wisst ihr noch, der Frühling '74?« Die Gesellschaft tröstete sich im trunkenen Erinnern, wurde lauter, verlor ihren Ernst. Die Mutter ließ sogar Biermann ins Haus: »Soll ja nicht leben wie ein Hund!«

So vergaß ich. Bewusst vergaß ich. Vergaß alles, was man über ihn berichtet hatte. Er erschien mir wie ein alter Freund, als er zum Abschied seine Nummer zurückließ, für den Fall, dass ich etwas Haschisch bräuchte.

Er verschwand und ich stand noch auf der Veranda, als alle übrigen Gäste längst gegangen waren. Starrte den Himmel an. Kippte Schnäpse in mich hinein und betäubte die Ahnung, der Junge, den sie Hitler nannten, habe mir damals das Leben gerettet.

Dank

Mein Dank gilt den Freunden und Weggefährtinnen. Im Besonderen danke ich Jörg Sundermeier, Daniela Plügge, Thorsten Müller, Kristina Wengorz, Christian Walter und Markus Liske, dessen Optimismus über alle Strecken trug.

Unterstützt wurde meine Arbeit an diesem Roman darüber hinaus von der Akademie der Künste, dem International Writers and Translators' House Ventspils sowie dem Verbrecher Verlag, der mir in baulärmreichen Zeiten Schreibtischasyl gewährte. Auch dafür möchte ich mich bedanken.

Juli Zeh

Nullzeit

Roman

256 Seiten, btb 74569

»Vor knapp einer Stunde hat Theo mal wieder versucht, mich umzubringen. Klingt wie der Anfang eines Krimis. Ist es aber nicht.«

Eigentlich ist Jola mit ihrem Lebensgefährten Theo auf die Insel gekommen, doch als sie Sven kennenlernt, entwickelt sich aus einem harmlosen Flirt eine fatale Dreiecksbeziehung, die alle Regeln außer Kraft setzt. Wahrheit und Lüge, Täter und Opfer tauschen die Plätze. Sven muss erleben, wie er vom Zeugen zum Mitschuldigen wird. Bis er endlich begreift, dass er nur Teil eines mörderischen Spiels ist, in dem er von Anfang an keine Chance hatte.

»Ein schauderhaft schöner Psychothriller.«

Stern

»›Nullzeit‹ kann sich locker mit der Altmeisterin der spürbaren Amoral Patricia Highsmith messen.«

Brigitte

Volker Weidermann

Ostende.

1936, Sommer der Freundschaft

160 Seiten, btb 74891

Ein belgischer Badeort mit Geschichte und Glanz: Hier kommen sie alle noch einmal zusammen, die im Deutschland der Nationalsozialisten keine Heimat mehr haben. Stefan Zweig, Joseph Roth, Irmgard Keun, Kisch und Toller, Koestler und Kesten, die verbotenen Dichter. Sonne, Meer, Getränke – es könnte ein Urlaub unter Freunden sein. Wenn sich die politische Lage nicht täglich zuspitzte, wenn sie nicht alle verfolgt würden, ihre Bücher nicht verboten wären, wenn sie nicht ihre Heimat verloren hätten. Es sind Dichter auf der Flucht, Schriftsteller im Exil. Volker Weidermann erzählt von ihrer Hoffnung, ihrer Liebe, ihrer Verzweiflung – und davon, wie ihr Leben weiterging.

»Liebevoll und vorsichtig malt Weidermann sich und uns aus, wie es gewesen sein könnte in diesem Sommer des Abschiednehmens.«

Elke Heidenreich